DER HERBSTPALAST

ONDINE
BUCH ZWEI

EBONY MCKENNA

Erstmals veröffentlicht 2011 auf Englisch

Snow Goat Publishing

PO Box 2160

Rangeview, Victoria, 3132

Australia

ebook isbn 978-1-923735-09-5

print isbn 978-1-923735-10-1

Dieses Buch enthält Endnoten. Das sind kleine Zahlen im Text – klicke sie an, und sie werden dir weitere Erklärungen zur Terminologie, brugelischen Kulturnotizen oder manchmal auch puren Sarkasmus liefern.

Ich möchte den schottischen Frettchen danken, die als Sensitivity Reader für die Ondine-Reihe tätig waren. Ich habe so viel von dieser unglaublichen, aber oft übersehenen Gemeinschaft gelernt. Alle sachlichen oder interpretatorischen Fehler gehen allein auf mein Konto. Sie haben mich gezwungen, das zu sagen.

DER HERBSTPALAST

Dieses zweite freche Abenteuer in der Jugendbuchreihe von Autorin Ebony McKenna verbindet märchenhafte Romantik mit magischem Spaß.

Die 15-jährige Ondine will unbedingt aus dem hektischen Hotel ihrer Familie raus, um mit ihrem coolen neuen Freund Hamish zusammen zu sein.

Als sein Talent, sich in ein Frettchen zu verwandeln, ihm einen gefährlichen neuen Auftrag vom Herzog von Brugel einbringt – in dessen atemberaubendem Herbstpalast –, nutzt Ondine die Chance, um mitzukommen.

Zu ihrem Ärger besteht Ondines Großtante Col darauf, sie als Aufpasserin zu begleiten. Erschwerend kommt hinzu, dass die alternde Hexe die peinliche Angewohnheit hat, im ungünstigsten Moment die falsche Art von Magie anzuwenden.

Als sie das Palastgelände betreten, werden sie von einem heftigen Tornado überrascht, der etwas Dunkles und Unheilvolles erweckt. Unerklärliche Phänomene dringen in alarmierender Geschwindigkeit in den Alltag ein.

Umgeben von seltsamer Magie müssen Ondine und Hamish eine königliche Verschwörung aufdecken, sich für die unterdrückten Bediensteten des Palastes einsetzen und ein rätselhaftes Geheimnis lösen.

Wird bei so viel auf dem Spiel überhaupt Zeit bleiben, um zusammen zu sein?

„The Autumn Palace“ ist der zweite Roman der wunderbar witzigen vierteiligen ONDINE-Reihe. Fans von „Die Braut des Prinzen“ werden dieses Buch lieben. (Fans des ersten Buches werden es natürlich auch lieben!)

KAPITEL EINS

Um eines von vornherein klarzustellen: Ondine de Groot ist nicht hellsichtig und wird es auch niemals sein.

Klug? Ja.

Anfällig dafür, zur falschen Zeit das Falsche herauszuplatzen? Allerdings.

Aber hellsichtig? Kaum.

Doch als sie Hamishs warme Hand in ihrer hielt und zum Bahnhof in West-Venzelemma ging, hatte sie das Gefühl, dass etwas Bedeutsames geschehen könnte.

Sehr bald.

Möglicherweise schon auf den nächsten Seiten.

Hamish war im Begriff, eine Stelle beim Herzog von Brugel anzutreten, der zwei Bezirke entfernt im vornehmsten Teil von Venzelemma lebte.[1]

---

1. Der Herzog von Brugel ist das erbliche Staatsoberhaupt des konstitutionellen Herzogtums Brugel, einem ehemaligen Ostblockland in Osteuropa, das den Eurovision Song Contest immer noch nicht gewonnen hat. Venzelemma, wo Ondine mit ihrer Familie lebt, ist die Hauptstadt von Brugel. Manche Leute fragen sich vielleicht, wenn Brugel ein Sowjetstaat war, wie hat das Herzogtum überlebt? Gute Frage. Antworten finden Sie in *Die vollständige Geschichte von Brugel*, von Shaaron Melvedeir – 250 Seiten Folklore, Fakten, Zahlen und gelegentlich ein Foto. Ein weiteres Buch, *Alles, was*

Neun Haltestellen würde die Fahrt dorthin dauern, was bedeutete, dass die nächste Stunde für eine lange, lange Zeit ihre letzte gemeinsame sein könnte. Tatsächlich würde Ondine ihn vielleicht eine ganze Woche lang nicht wiedersehen! Das war viel zu lange, um ohne den Freund auszukommen, den sie gerade erst gefunden hatte.

Sie drückte seine Hand und versuchte, ihre aufgewühlten Gefühle zu beruhigen. Im Gegenzug schenkte Hamish ihr sein typisches schiefes Grinsen, bei dem ihr ganz weich ums Herz wurde.

»Du führst was im Schilde, Mädel, das seh ich dir an.«

»Ich habe nur gerade gedacht, dass wir uns vielleicht doch nicht verabschieden müssen, wenn wir beim Herzog ankommen.« Freche Ideen wirbelten in ihrem Kopf herum, als ein Plan Gestalt annahm, wie sie zusammenbleiben könnten.

»Ich wusste doch, du siehst so verschlagen aus.«

Ondine grinste. »Du weißt ja, ich habe meinen Eltern versprochen, dich bis zum Herzog zu begleiten und dann nach Hause zu kommen. Und dann musste ich auch noch versprechen, dass ich den Herzog nicht um eine Stelle bitten würde …«

»Och, Mädel, da kommt doch gleich ein ›aber‹.«

»Aber!« Und hier strahlte Ondine darüber, wie clever sie die Versprechen, die sie ihren Eltern gegeben hatte, umgehen konnte, ohne sie wirklich zu brechen. »Das heißt ja nicht,

---

Shaaron Melvedeir sagt, ist Müll, von Isaak Drixen, 745 Seiten, ist Gegenstand der am längsten laufenden Verleumdungsklage in Brugel.

dass *du* den Herzog nicht in meinem Namen um eine Stelle bitten kannst.«

»Bist du sicher, dass du dich da nicht zu weit aus dem Fenster lehnst?«

Ein paar Zahnräder drehten sich in Ondines Kopf, bevor sie verstand, worauf er hinauswollte. »Ich übernehme mich nicht. Das wird schon gut gehen. Was soll schon schiefgehen?«

»Ich möchte deine Eltern nicht verärgern. Wenn sie das herausfinden, sind sie bestimmt beleidigt.«

Ondines Hoffnungen zerplatzten. »Willst du nicht, dass wir zusammen sind?«

»So kannst du mich nicht ansehen, das bricht mir mein kleines Herz. Du weißt, ich liebe dich mehr als alles andere und ich werde tun, was ich für dich kann, Mädel.«

Die Anspannung in ihren Schultern löste sich. »Ich liebe dich so sehr. Wenn der Herzog ›Nein‹ sagt, dann werde ich das akzeptieren. Aber wenn er ›Ja‹ sagt, dann können wir zusammenbleiben.«

Die kühle Herbstbrise wehte ihr braunes Haar über die Augen und versperrte ihr die Sicht. Hamish strich ihr eine verirrte Strähne hinters Ohr. Er schenkte ihr ein so liebevolles Lächeln, dass sie vergaß zu atmen.

»Bist du sicher, dass du das willst?«, fragte er. »Ich werde ziemlich beschäftigt sein, mit all den wichtigen Dingen, die der Herzog für mich geplant hat. Ich muss zugeben, ich bin ziemlich aufgeregt wegen meines ersten richtigen Auftrags.«

Ondine hätte schwören können, dass sich seine Brust vor Stolz blähte. Und das zu Recht. Der Herzog wollte, dass

Hamish – mit seinen besonderen Talenten – für ihn spionierte.

»Ich bin absolut sicher. Oh, Hamish, wir werden so ein großes Abenteuer erleben.«

»Ja. Ich kann's kaum erwarten.« Er grinste sie wieder an und ihr wurde schwindelig vor Erleichterung.

Neue Gefühle sprudelten in ihrem Herzen auf. »Hamish, du bist das Beste, was mir je passiert ist.«

»Ach, Mädel, du bist all das und noch viel mehr für mich.« Er gab ihr einen schnellen Kuss. »Aber die Zeit drängt, lassen wir den Herzog nicht warten.«

Gerade als sie nach zwei City-Saver-Tickets fragten, rief eine vertraute Stimme: »Huhu«. [2]

Ondine drehte sich um und sah, wie fünf Koffer auf dem Boden zu einem ordentlichen Haufen polterten, als wären sie noch einen Moment zuvor geschwebt. [3]Beim Anblick ihrer Großtante Colette Romano, die neben dem Gepäck stand, senkte sich ein bleiernes Gewicht in ihren Magen. Wie um alles in der Welt hatte sie es gepackt, dann getragen und sie dann so schnell eingeholt? Ach ja, richtig, sie war eine Hexe. [4]

---

2. City Savers sind sehr preiswert, aber nur für Reisen außerhalb der Stoßzeiten. Alle Besucher von Venzelemma sollten ein Zehnerpack kaufen, um das Beste zu sehen, was die Stadt zu bieten hat. Das zentrale Krankenhaus mit seiner neugotischen Fassade, den Strebepfeilern und den Gewölbedecken im Foyer ist ein Muss. Das Krankenhaus liegt praktischerweise in taumelnder Entfernung von Brugels größtem Fischmarkt, sodass Besucher, die vom Gestank nach verrottenden Meeresfrüchten überwältigt werden, schnelle Behandlung erhalten können.

3. In Brugel gibt es für jeden fallengelassenen Gegenstand ein eigenes Verb. Zum Beispiel klirrt fallengelassenes Besteck, fallengelassenes Gepäck poltert.

4. Dies war keine abfällige Bemerkung, sondern lediglich die Wahrheit.

»Was macht die denn hier?«, sagte Ondine mit zusammengebissenen Zähnen zu Hamish.

»Da seid ihr ja! Hamish, helfen Sie mir mal damit? Seien Sie so gut.« Die alte Col rauschte vor ihnen an den Schalter.

Ondine sah, wie Hamish verwirrt die Augenbrauen hochzog.

»Col, wir bezahlen gerade unsere Fahrkarten«, sagte Hamish und legte Geld auf den Tresen. Die Hand der älteren Frau schlug hart auf seine. Er zuckte zusammen. Ondine zuckte aus Mitgefühl zusammen. Für eine alte Dame hatte sie ganz schön was drauf.

Die alte Col wurde streng. »Stecken Sie Ihr Geld weg, ich reise nicht zweiter Klasse.« [5]

»Das habe ich Sie auch nicht gebeten.«

»Wie soll ich dann Ondines Anstandsdame sein, wenn wir nicht alle im selben Waggon sitzen?« Sie machte ein zischendes Geräusch, schüttelte den Kopf und wandte ihre Aufmerksamkeit dem verwirrten Fahrkartenverkäufer zu. Dann sagte sie mit zu lauter Stimme: »Drei Erste-Klasse-Fahrkarten nach Bellreeve, danke.«

Ondine dachte: *Anstandsdame? Für eine Zugfahrt quer durch die Stadt?*

Colette Romano war eine Hexe. Die Tatsache, dass sie weniger als eine Stunde brauchte, um reisefertig zu sein – und fünf gepackte Koffer über eine Straße schweben zu lassen – bewies es.

5. Zweite ist der logische, aber leicht beleidigende Begriff, den die Brugeler (die Einwohner von Brugel, die Brugelisch sprechen) verwenden, um alles zu beschreiben, was nicht Erster ist. Es kann so viel bedeuten, wie das 100-Meter-Finale um eine Mückenflügellänge zu verpassen oder in der ersten Runde des Venzelemma Grand Slam drei Sätze zu null zu verlieren.

Hamish sagte: »Das ist sehr großzügig von Ihnen, aber …«

Das Geräusch quietschender, rostiger Bremsen schrillte in Ondines Kopf. »Bellreeve? Was wollen wir denn so weit draußen? Der Herzog ist doch hier in Venzelemma.«

»Wir fahren nach Bellreeve, weil dort die Herbst-Palechia stattfindet.« [6]

»Aber –«, fing Ondine an.

»Aber –«, fing Hamish an.

Die alte Col atmete tief ein und straffte die Schultern. »Genug!« Nur für den Fall, dass sie es nicht verstanden hatten, hielt sie ihre Handfläche wie ein Stoppschild hoch.

Stillschweigend drückte Ondine Hamishs Hand noch einmal, um ihm zu signalisieren: *Wir stecken da gemeinsam drin, das wird schon gutgehen*. Nach Hamishs blassem Gesicht zu urteilen, war er sich da nicht so sicher. Col hatte eine Art, sein Leben durcheinanderzubringen. Er wäre ein Dummkopf gewesen zu glauben, sie würde ihn jetzt schonen. [7]

»Kommt, Kinder.« Die alte Col hatte diese gebieterische Art an sich.

Ondine und Hamish konnten nur mit den Achseln

---

6. »Palechia« ist das brugelische Wort für »Palast«. Es wird »pe-tscha« ausgesprochen. Gelehrte beharren darauf, dass das Wort noch vor zweihundertfünfzig Jahren ursprünglich »PAL-e-TSCHI-a« ausgesprochen wurde. Als Wiwyam The Gweat 1799 Herzog wurde, machte seine Vorliebe dafür, Leuten die Köpfe von den Schultern zu nehmen, den Rest seiner Berater widewwillig, seine vielen Sprachfehler zu kowwigiewen.

7. Numpty bedeutet unklug. Wenn eine Hexe schon einmal sehr wütend auf dich war und dich in ein Frettchen verwandelt hat, wärst du ein Numpty, wenn du denken würdest, du könntest ihr jemals wieder vertrauen.

zucken und ihr folgen. Währenddessen fragte sich Ondine die ganze Zeit, was es mit der plötzlichen Planänderung auf sich hatte. Dann drehte sich die alte Col um und warf ihnen einen finsteren Blick zu, der die Luft um fünf Grad abzukühlen schien. »Die Koffer tragen sich ja nicht von selbst, oder?«

Ein Gefühl der Leere beschlich Ondine, als Hamish ihre Hand losließ und die Koffer der alten Col holte. Sie sahen kreuzschwer aus und es waren fünf Stück. Warum ließ die alte Col sie stattdessen He schweben?

»Tante Col, ich weiß deine Sorge um mein Wohlergehen zu schätzen, aber du musst wirklich nicht mitkommen. Ich kenne den Weg zum Stadtpalast des Herzogs, es ist nicht so weit von hier«, sagte Ondine. »Hamish und ich waren schon einmal dort, weißt du.«

»Das würdest du sagen, Kind.«

Bevormundende alte … Es ergab keinen Sinn, den ganzen Weg nach Bellreeve zu reisen, wenn der Herzog so nah wohnte. Wenn Ondine ehrlich zu sich selbst war, musste sie auch zugeben, dass der Gedanke, aufs Land zu reisen und so weit von zu Hause weg zu sein, sie nervös machte. Da sie in den belebten Straßen von Venzelemma aufgewachsen war, fühlte sich die Stadt vertraut an. Das Land war eine völlig andere Sache. Mit seinen dunklen, unheimlichen Wäldern und den großen, lauten Tieren, die dort umherstapften, fühlte sich die Reise dorthin ein wenig beängstigend und einschüchternd an.

»Offensichtlich hast du nicht über deine hormonellen Triebe hinausgedacht, Ondi. Es geht hier um das große Ganze, und du bist blind dafür. Du erinnerst dich vielleicht daran, dass der Herzog von Brugel, als er vor einigen Wochen das Hotel deiner Eltern mit seiner Anwesenheit beehrte, [8] mich bat, für ihn zu arbeiten, und ich habe angenommen. [9]Er hat auch Hamish eine Anstellung angeboten, und Hamish hat angenommen. Dir gegenüber hat er jedoch keine solche Einladung ausgesprochen. Würdet ihr beide zusammen vor seiner städtischen Haustür auftauchen, würdest du, Ondine, allein zurückkehren.«

Das Gepäck drückte Hamish nieder. Ondine tat aus Mitleid der Rücken weh, und sie schnappte sich einen der Koffer, um seine Last zu erleichtern. Ein paar Schritte weiter fühlte es sich an, als würde ihre Schulter gleich nachgeben, und sie hatte eine brennende Zerrung im unteren Rücken, aber sie ertrug es.

Ondine sagte: »Der Herzog wird schon etwas für mich zu tun finden. Ich arbeite auch umsonst, wenn es sein muss.«

»Erniedrige dich nicht so!«, schnalzte die alte Col zur Bekräftigung mit der Zunge. »Ich bin eindeutig gerade noch rechtzeitig gekommen, bevor du dich komplett zum Narren gemacht hast. Wenn du die Politik auch nur ein wenig verfolgen würdest, wüsstest du, dass der Herzog und seine Familie den Herbst immer in Bellreeve verbringen, bevor das Parlament zusammentritt. Er wird bald dort sein, also ersparen wir uns den Aufwand eines Umzugs. Wenn über-

---

8. Siehe *Ondine: Der Sommer von Shambles.*

9. Als der Herzog Old Col kennenlernte, fand er Gefallen an ihr. Natürlich wollte er jemanden mit ihren Hexenkünsten für sich arbeiten sehen. Wenn nicht, könnte sie am Ende gegen ihn arbeiten, und das war ein Risiko, das der Herzog nicht eingehen wollte.

haupt, könnten wir die Gegend nach irgendetwas Bedenklichem auskundschaften.«

»Oh!« Das warf ein völlig neues Licht auf die Sache.

»Wenn wir drei heute Abend in Bellreeve ankommen, sind wir so weit und so lange gereist, dass unser großzügiger Gastgeber sich verpflichtet fühlen wird, dir irgendeine Art von Anstellung anzubieten. Kein anständiger Mensch würde ein junges Mädchen allein auf eine so lange Rückreise schicken.«

Es war fast so, als würde Großtante Col sich besonders anstrengen, um Ondine zu helfen. Der Gedanke hätte beruhigend sein sollen, doch stattdessen beunruhigte er sie. Vor wenigen Augenblicken waren sie und Hamish noch die Herren über ihr Schicksal gewesen. Oder so sehr Herr, wie man es sein kann, wenn man darauf angewiesen ist, dass ein Herzog einem einen Job gibt. Nun hatte ihre Großtante das Ruder übernommen, und das gefiel Ondine ganz und gar nicht.

KAPITEL ZWEI

Der Erste-Klasse-Waggon des Zuges befand sich ganz am Ende des Bahnsteigs, direkt hinter der Lokomotive. Sie mussten sich durch die Menge zwängen, was mit vielen »Entschuldigungs«, »Verzeihungs« und »Hatten Sie den blauen Fleck schon vorher?« verbunden war. Endlich kamen sie an und Hamish knallte die Koffer mit einem zufriedenstellenden Poltern auf den Boden. Seine Gelenke knackten und knarrten, als er seinen Rücken streckte.

»Oh, seht mal, da ist ein Gepäckwagen. Hamish, warum haben Sie den nicht benutzt?« Die alte Col hielt sich die Hand vor den Mund und lachte. Es sollte wie ein Kichern klingen, hörte sich aber eher wie ein gackerndes Lachen an.

Obwohl es unmöglich war, gleichzeitig in den Köpfen von zwei Menschen zu sein, wusste Ondine, dass sie und Hamish denselben Gedanken teilten: *Das war Absicht.*

Ein Gepäckträger kam an und begann, die Koffer in den Gepäckwagen zu laden. Es wäre schön gewesen, wenn der Gepäckträger schon bei ihrer Ankunft in der Nähe des Fahrkartenschalters gewesen wäre – er hätte ihnen eine Menge Rückenschmerzen ersparen können.

»Steigt ein, Kinder.« Die alte Col zeigte auf die Waggontür und sie kletterten an Bord.

Drinnen sah es aus wie ein plüschiges Wohnzimmer. Korrektur, wie eine Reihe plüschiger Wohnzimmer mit Liegesesseln aus Leder und schmucken kleinen Tischen an den Fenstern. Es roch nach Geld.

Als Ondine die nächste Kopfstütze berührte, spürte sie, wie das weiche Leder unter ihrer Hand nachgab.

»Das ist ja total edel!«, sagte sie. Kein Müll auf dem Boden, kein Graffiti an den Wänden, keine fehlenden Lampen oder zerrissenen Sitze. Der Teppich war so dick, dass sie beim Gehen Dellen darin hinterließ.

»Jo, das ist der Barry!«, sagte Hamish, als er hinter ihr ging. [1]

Der Duft von Walnüssen erfüllte die Luft. Ondine konnte auch Kaffee, Honig und einen Hauch Muskatnuss riechen. Weiter vorne im Waggon nippte ein Fahrgast an einer dampfenden Tasse Kaffee und knabberte an einem feinen Gebäckstück.

Sie ließen sich in ihre Sessel sinken – keine harten Sitzbänke hier drin – und Hamish lächelte Ondine an. Frische Wärme strömte über ihre Haut.

»Ahh, die junge Liebe«, sagte Großtante Col und warf ihnen einen strengen Blick zu. »Darf ich dich daran erinnern, Ondine, dass du erst fünfzehn und keine Erwachsene bist,

---

1. »Barry« bedeutet »sehr gut«, sogar »großartig«. Gutes Essen, toller Ort, fabelhafte Aussicht, etc. Außerhalb von Edinburgh bedeutet »to Barry« sich zu übergeben. Es ist wirklich wichtig, die beiden nicht zu verwechseln, sonst könnte man jemanden beleidigen.

egal wie sehr du auch so tust. Hamish täte gut daran, sich das zu merken.«

Ihrer Großtante zum Trotz drückte Ondine Hamish einen Kuss auf. Zapp! Als sich ihre Lippen berührten, sprühten Funken zwischen ihnen.

»Wow!«, Ondine schüttelte erstaunt den Kopf.

Hamish zog sich zurück und schenkte ihr ein spitzbübisches Grinsen. Er rieb seine alten, geliehenen Schuhe ein paar Mal über den Teppich und küsste Ondine erneut.

Ping!

Statische Elektrizität knisterte über Ondines Haut und ließ die feinen Härchen an ihrem Arm aufstehen. Jeder kleine Kuss versetzte ihr einen elektrischen Schlag.

»Benehmt euch«, sagte die alte Col, aber sie klang nicht besonders ernst.

Die elektrischen Küsse erwiesen sich als süchtig machend und Ondine rieb ihre Schuhe erneut über den Teppich. Sie leckte sich über die Lippen und beugte sich für einen Kuss vor.

Peng!

»Autsch!«, sagte Hamish. »Der war echt stark!«

»Tut mir so leid!« Hatte sie ihn verletzt?

»Och, schon gut. Gib mir einen Kuss, damit es besser wird.« Für ihre Mühe erhielt sie einen weiteren köstlichen elektrischen Schlag.

»Das reicht jetzt, ihr beiden. Denkt daran, ihr seid in der Öffentlichkeit«, sagte die alte Col.

Gebäude zogen mit zunehmender Geschwindigkeit am Fenster vorbei und trugen sie mit alarmierendem Tempo aus der Stadt hinaus. Der Sommer mit Hamish war wirklich wundervoll gewesen, aber allzu kurz. Erinnerungen zogen Ondine zurück in die Vorgeschichte, in die Zeit, als sie und Hamish sich kennengelernt hatten. Sie war gerade dabei, das Sommercamp für Hellseher zu verlassen. [2]

Er war ein Frettchen gewesen. Ein sprechendes Frettchen, das nach einer Reihe aufreibender Ereignisse endlich zu einem hinreißenden Burschen geworden war. Was alle, besonders Ondine, als eine ziemlich hervorragende Wendung der Ereignisse empfanden. Ondine war am glücklichsten, wenn Hamish sein gut aussehendes Selbst war, anstatt seiner tierischen Inkarnation. Im Laufe ihres gemeinsamen Sommers hatte sich der Fluch so ziemlich von selbst erledigt. Hamish konnte ein Mensch sein, solange er in Ondines Nähe war, was ihr gerade recht kam. Doch sie standen kurz davor, für den Herzog zu arbeiten, und der Herzog würde es wahrscheinlich vorziehen, wenn Hamish so oft wie möglich ein Frettchen bliebe.

»Das wird so aufregend, ich kann's kaum erwarten loszulegen«, sagte Hamish. »Und Col, zuerst mochte ich Eure Einmischung ja nicht, aber jetzt sehe ich, dass Ihr Ondi helft, einen Job zu kriegen, und dann werden wir zusammenarbeiten und Abenteuer erleben, das werden wir ganz sicher.«

Ondine liebte es, ihn reden zu hören. Seine Sprechweise hatte etwas Magisches und ein klein wenig Verwegenes an sich. Allein der Gedanke daran, wie sie zusammenbleiben

---

2. Normalerweise gehört die Vorgeschichte nicht an den Anfang des Buches. Ondine war sich dessen bewusst und hielt ihre Episode des Schwelgens in Erinnerungen kurz.

und zusammenarbeiten könnten, ließ sie strahlen. Es fühlte sich wirklich so an, als würde alles wundervoll werden.

Der Teewagen für den Nachmittagstee kam an. Col bestellte eine Kanne Darjeeling für sich und ein paar Knabbereien für Ondine und Hamish. [3] Mit ein paar geschickten Handgriffen zog der Kellner Beistelltische aus den Armlehnen.

»Das ist vom Feinsten, was, Süße?« Hamish schenkte Ondine wieder eines seiner schiefen Lächeln. Eines von denen, die sie ganz albern im Kopf machten. Im nächsten Moment schnitt er ein kleines Stück von seiner marinierten Artischocke ab und bot es ihr an.

Diese Geste war so zärtlich und rührend, dass Ondine sich überwältigt fühlte. Sie nahm den Bissen an und kaute ihn so zierlich sie konnte. »Das ist himmlisch.« Sie schloss die Augen, um den Moment auszukosten. Als sie sie wieder öffnete, sah sie, wie Hamish sie voller Anbetung anstarrte. Sie waren in einer Blase der Liebe verloren, als sie den Gefallen erwiderte und ihm einen Leckerbissen von ihrem Teller reichte.

»Immer sachte mit dem Salat, Süße.«

»Oh, entschuldige, ich habe vergessen, dass du noch nicht daran gewöhnt bist.« Ondine zupfte das Blattgemüse von ihrer Gabel und ersetzte es durch Hühnchen- und Schinkenstücke.

»Es dauert eine Weile, sich daran zu gewöhnen, halt«, sagte er.

---

3. Darjeeling ist ein teurer, edler Tee. Er wurde in Brugel eingeführt, als Marco Polo den Gewürzhandel mit Asien eröffnete.

Das stimmte allerdings. Als Frettchen hatte er nichts als Eiweiß und Fett gefressen. Nicht freiwillig, sondern aus reiner Notwendigkeit, denn Kohlenhydrate hätten ihn ins Koma befördern können. Aber jetzt war er ein Mensch, da konnte er seinen Speiseplan doch sicherlich etwas abwechslungsreicher gestalten?

Als würde er ihre Gedanken lesen, fügte er hinzu: »Alte Gewohnheiten sterben langsam.«

»Das tun sie in der Tat«, sagte die alte Col und unterbrach sie. Daraufhin kippte Col die Reste ihres Tees in die Untertasse und studierte die Teeblätter. »Oh, seht nur, wir werden auf eine Reise gehen.«

Ondine verdrehte die Augen – eine sicherere Alternative, als »Pfffft« zu machen, denn sie hatte einen weiteren Bissen des köstlichen Essens im Mund. Seit wann suchte ihre Großtante nach Zeichen in einer Teetasse? Col hatte ihre alte Freundin Mrs. Howser noch dafür verspottet, genau das auf der Verlobungsfeier von Thomas und Margi getan zu haben.

»Nein, wirklich, sieh her.« Die alte Col hielt Ondine die Teetasse hin, damit sie hineinsehen konnte.

Zu Ondines Überraschung erkannte sie in den nassen Blättern den klaren Umriss einer Lokomotive. »Das ist ein ... es sieht wirklich wie ein Zug aus. Bei Merkurs Flügeln, ich hätte nie gedacht, dass du jetzt aus Teeblättern liest. Er hat sogar einen Waggon und alles.«

»Wirklich?« Die alte Col zog die Brauen zusammen und warf einen weiteren Blick in die Tasse. Sie drehte die Tasse hin und her, dann schüttelte sie den Kopf. »Das ist kein Waggon, meine Liebe, das ist ein Sarg. Wie schade, das bedeutet, dass jemand sterben wird.«

KAPITEL DREI

So sehr Ondine auch nicht an die Macht von Teeblättern glauben wollte, sie wurde das Bild des kleinen Sarges, der sich aus Darjeeling-Blättern in Tante Cols Tasse abzeichnete, einfach nicht los.

Ihr Zug tuckerte weiter, durch die Täler von Novorsk Kallun [1] und vorbei am dramatischen Obski-See, wo das Sonnenlicht auf Türmen aus kristallinem Gestein glitzerte. [2]

Als die Sonne sich den Hügeln zuneigte, erreichten sie den nördlichen Stadtteil Bellreeve, wo die Luft nach feuchtem Laub roch. Den Pfützen auf der Straße nach zu urteilen, hatte es geregnet. Und den dunklen Wolken am Himmel nach zu urteilen, würde es bald wieder regnen. Es gab Reihen über Reihen von Gebäuden, aber keines davon war höher als zwei Stockwerke. Es sah wie die Art von Ort aus, der sich selbst als Stadt bezeichnete, aber kaum mehr als ein Städtchen war. Tante Col wedelte mit einem Fächer aus

---

1. Das Verfahren zur Aufnahme in die Liste des Weltkulturerbes läuft gerade. Stellt Argentiniens Ischigualasto locker in den Schatten.
2. Nicht zu verwechseln mit dem Omski-See bei Budapest, an dem man sich nackt sonnen kann (nur im Sommer).

Geldscheinen vor den Gepäckträgern, damit sie ihre Koffer zur Palechia brachten.

Ondine fragte sich, woher Col so viel Geld hatte. Erste Klasse zu reisen und mit Geld um sich zu werfen, um Hilfe zu bekommen, war Ondine nie in den Sinn gekommen. Nicht, dass ihre Eltern arm gewesen wären, aber mit drei Kindern und einem Geschäft, das sie führen mussten, hielten Ma und Da die Finanzen fest im Griff. Ihre Großtante hingegen musste Kissen aus Gold haben. [3]

»Es ist nicht weit, wir werden von hier aus zu Fuß gehen«, sagte die alte Col in ihrem belehrendsten Tonfall.

Ohne Taschen, die sie tragen musste, schob Ondine ihre Hand in die von Hamish. Im Gegenzug schenkte Hamish ihr ein Lächeln, das ihr die Knie weich werden ließ. Sie gingen durch die ruhigen Straßen, während die Ladenbesitzer ihre Geschäfte für den Tag einpackten und schlossen.

»Ich kann es kaum erwarten, bis unsere Abenteuer beginnen«, sagte er.

Ondine drückte seine Hand. Unruhe nagte an ihr, während sie stumm hoffte, dass sie bei Hamish bleiben und nicht nach Hause geschickt werden würde.

Die alte Col führte sie eine von Bäumen gesäumte Straße hinauf, die einen Hügel erklomm.

---

3. Ein altes Sprichwort in Brugel, das bedeutet, dass man sehr viel Geld hat. Es bezieht sich nicht auf tatsächliche Goldkissen, da diese unbequem zum Schlafen sind. Die Redewendung stammt von reichen Leuten, die Banknoten und Wertsachen zur sicheren Aufbewahrung unter ihren Matratzen versteckten. Dieses Verhalten ist eine Folge des veralteten Bankensystems von Brugel und der langwierigen Rezessionen von 1972 bis März 1987 und von September 1987 bis Anfang 1996. Und dann von 2008 bis zum heutigen Tag.

»Nun, da wären wir.« Sie blieb oben stehen, wo sich die Landschaft vor ihnen ausbreitete. Vor ihnen stand das jahrhundertealte Torhaus mit seinem gepflasterten Weg. Ondine seufzte, als sie die samtig grünen Wiesen betrachtete, die mit winzigen weißen Blumen übersät waren. Hoch aufragende Bäume ließen ihre gelben und orangefarbenen Blätter wie Konfetti auf den Boden fallen. Inmitten dieser Lieblichkeit stand ein riesiges Herrenhaus, wie geschaffen für einen ... nun ja, einen Herzog. Drei Stockwerke hoch und fünfundvierzig riesige Fenster breit, dominierte es das Anwesen. [4]

Es hatte eine blassgelbe Fassade und manikürte Kriechpflanzen, die sich um weiße Säulen wanden.

»Es ist wunderschön«, sagte Ondine mit einem hauchenden Seufzer. Impulsiv beugte sie sich zu Hamish und legte ihren Kopf auf seine Schulter.

»Oh, nicht das, Col, du Goiven!«, sagte Hamish. [5]

»Was?« Ondine traute ihren Ohren nicht. Wie konnte jemand eine so hübsche Szene betrachten und nicht im Reinen mit der Welt sein?

Als Col sich umdrehte, um sie anzusehen, war ihr Gesicht die reinste Unschuld. »Gefällt es dir nicht?«

Hamish funkelte die alte Col wütend an und sagte: »Von

---

4. Die Palechia ist eines der prächtigsten Anwesen Osteuropas und wird manchmal auch das Versailles von Brugel genannt. Eine wenig bekannte Tatsache: Die Palechia inspirierte die Neugestaltung von Polesden Lacey in Surrey, England, das in einem weitaus kleineren und, wagen wir zu sagen, erschwinglicheren Maßstab gebaut wurde.

5. »Goiven« ist ein Wort, das nichts bedeutet, aber anstelle vieler Fluchwörter stehen kann.

all den Orten in Brugel musstest du mich ausgerechnet hierherbringen, nicht wahr?«

Mit einem mulmigen Gefühl blickte Ondine von Hamish zu ihrer Großtante und dann wieder zurück. »Was ist das für ein Ort?«

»Das ist der Herbstpalast des Herzogs.« Col lachte und zwinkerte. Die Frau amüsierte sich viel zu sehr auf Kosten von Hamish und Ondine.

»Ihr wart schon einmal hier«, sagte Ondine, »ihr beide.«

Die alte Col zuckte mit den Schultern. »Na sieh mal an, du hast recht! Wir waren schon einmal hier, vor vielen Jahren.« Dann drehte sie sich um und marschierte auf das Torhaus zu.

»Sehr vielen«, sagte Hamish und schüttelte den Kopf. »Nur hieß es damals nicht Bellreeve. Hätte ich das gewusst, wäre ich nicht mitgekommen.« [6]

Bildlich gesprochen war der Geduldsfaden gerissen. Ondine verdrehte die Augen. »Hier hat der Debütantinnenball stattgefunden, nicht wahr?« [7]

»Aye. Du bist ein schlaues Mädchen.« Er schenkte ihr ein

---

6. Bellreeve hat im Laufe der Generationen mehrere Namensänderungen erfahren. Zu verschiedenen Zeiten war es als Trelteman, St. Basil und Glückentenk bekannt.

7. In manchen Ländern sagt man vielleicht »ist der Groschen gefallen«, was bedeutet, dass jemand endlich etwas verstanden hat. In Brugel lautet der beliebte Ausdruck »der Zweig ist gebrochen«, ein Verweis auf das Geräusch und die Anstrengung von jemandem, der wirklich angestrengt nachdenken muss, um auf die Antwort zu kommen. Wenn du das nächste Mal deinen Eltern eine wirklich schwierige Frage stellst, wie »Warum muss ich zur Schule gehen?« oder »Woher kommen die Babys wirklich?«, hör genau hin. Hörst du dieses klickende, knackende Geräusch? Das sind ihre Gehirne, die auf Hochtouren arbeiten.

Lächeln, aber es wirkte gezwungen und angespannt, und seine Nasenflügel waren gebläht.

»Mir war nicht klar, dass es hier ist. Ich schätze, ich habe nie darüber nachgedacht, wo es passiert ist«, sagte Ondine und verlangsamte ihre Schritte, um Abstand zwischen sich und der alten Col zu schaffen, die auf das imposante Gebäude zuging und in sich hineinkicherte.

Ondine flüsterte Hamish zu: »Glaubst du, sie wusste es die ganze Zeit?«

»Aye, das glaube ich.«

Ondine fragte nicht weiter, weil sie wusste, dass es Hamish sehr verletzen würde, über diese schrecklichen Ereignisse zu sprechen. Sie schlang ihren Arm um seine Taille und umarmte ihn. Er erwiderte die Umarmung, aber ohne die Intensität, die sie brauchte. Trotz der postkartenreifen Szenerie verflog ihre fröhliche Stimmung. Irgendwo in diesem riesigen Palast befand sich ein Ballsaal, in dem Großtante Col vor Jahrzehnten ihre hauchdünne Beherrschung verloren und Hamish in ein Frettchen verwandelt hatte. Und in dieser Gestalt war er Jahre und Aberjahre geblieben, bis er Ondine getroffen hatte. Das einzig Gute daran, dass er als Mitglied der Marderfamilie gefangen war, war, dass sich seine menschliche Gestalt seit jenem Tag nicht verändert hatte. [8]

Sie gingen zum Torhaus und Ondine überließ Col das

8. Als die alte Col jung war, hatte Hamish sie auf einem Debütantinnenball vor der feinen Gesellschaft furchtbar blamiert, woraufhin sie ihn in ein Frettchen verwandelt hatte. Ihr Zauber enthielt die Worte: »Meinetwegen kannst du so bleiben«, was erklärt, warum sie jetzt alt und runzlig ist, Hamish aber nicht.

Reden. Der Wachmann sah die drei an und bat um ihre Ausweise.

Oh je, Ondine hatte keinen, Hamish auch nicht. »Sie sind bei mir«, sagte die alte Col, »der Herzog erwartet uns.«

»Einen Augenblick«, sagte der Wachmann, nahm eine Gegensprechanlage in die Hand und drückte einen Knopf.

»Bis Sie das erledigt haben, könnten wir schon längst drinnen sein. Kommt, Kinder«, sagte Col und rauschte an ihm vorbei.

Iieh, das fühlte sich ein bisschen unartig an. Hamish nahm Ondines Hand und sie folgten Col.

Klipp klapp machten ihre Füße auf dem Kopfsteinpflaster, in das Fleur-de-Lis gemeißelt waren.

Plötzlich heulte der Wind durch die Bäume. Ondines dunkles Haar peitschte ihr ins Gesicht und brannte in ihren Augen. Eine Böe erfasste sie von hinten und sie verlor den Halt.

»Sachte, mein Mädchen.« Hamish hielt ihre Hand fest, während sich die Bäume um sie herum krümmten und bogen. Seine Lippen bewegten sich weiter, doch der Wind stahl ihm die restlichen Worte.

Die alte Col taumelte, drehte sich dann um und deutete mit dem Finger.

Ondine blickte sich um und sah einen Tornado, der alles auf seinem Weg verschlang – Gebäude, Pflanzen und Erde. Er hielt geradewegs auf sie zu! Der Wachmann floh von seinem Posten, kurz bevor der Wirbelsturm das Torhaus aus dem Boden riss.

»Lauft!«, schrie Hamish, packte sie und raste zum rettenden Palast.

Der Wind zerrte an ihnen. Ondine schrie auf, als neben ihr etwas explodierte und Schieferziegel durch die Luft flogen.

Knall!

Der Wirbelsturm riss die Türen von den Stallungen und ein halbes Dutzend zu Tode erschrockener Pferde stürmte hinaus. Im nächsten Augenblick hatte Col Ondine an der anderen Hand gepackt. Die drei rannten auf den Portikus des Palastes zu.

Genau in dem Moment, als ihnen jemand die gewaltigen Türen vor der Nase zuschlug.

KAPITEL VIER

»Lasst uns rein!«, hämmerte Ondine mit den Fäusten gegen die Holztür.

»Tretet zurück«, befahl die alte Col. Sie hob die Hände zum Himmel und stieß sie dann in Richtung des Türgriffs.

Nichts geschah.

Ich frage mich, ob die alte Col noch so magisch ist wie frühe-

Die Tür sprang auf und gab den Blick auf ein halbes Dutzend verängstigter Bediensteter frei, die sich an die Wand drängten.

Der Wind heulte. Ondine drehte sich um, um zu sehen, ob der Wirbelsturm ihnen nach drinnen folgte. Zu ihrer großen Erleichterung änderte er in letzter Sekunde seinen Kurs und schlängelte sich im Zickzack den Hügel hinunter zum See.

»Puh, das war knapp.«

Der Tornado sog weiterhin alles auf seinem Weg auf und wurde zu einer Wasserhose, als er den See überquerte. Dann, genauso schnell, wie er entstanden war, verlor er seine Kraft und verschwand in den dunklen Wolken.

Alles war still.

»War das dein Werk, Col?«, fragte Hamish, seine Stimme brannte vor Wut.

»Ganz sicher nicht. Aber wenn du das Wortspiel entschuldigst, hat es mir einen gehörigen Schrecken eingejagt. So etwas habe ich noch nie gesehen.«

Die nervösen Bediensteten lösten ihre Gruppe auf. Einer von ihnen trat vor und streckte Col die Hand entgegen.

»Pyotr Nillinskovic, zu Ihren Diensten. Ich bin der Seneschall.« [1]

»Colette Romano. Auf Wunsch des Herzogs hier.«

Pyotr ging zur Tür und warf einen Blick nach draußen auf den Schaden. »Das Dach der Schule ist weg und die Ställe sind ein einziges Chaos.« Schnell erteilte er dem Rest der Belegschaft Befehle. »Findet die Pferde – und findet neue Unterkünfte für sie, dann verlegt die Schule an einen Ort mit einem Dach.«

Ohne einen Takt auszusetzen oder auch nur zu prüfen, ob sie sich von dem Schock erholt hatten, sagte die alte Col: »Das ist Hamish McPhee, er ist ebenfalls auf Einladung des Herzogs hier. Und das ist Ondine, meine Großnichte.«

Der Boden unter Ondines Füßen gab ein wenig nach. Nicht wörtlich, denn das wäre ein Erdbeben gewesen, und Brugel liegt nicht in einer Erdbebenzone. Der Boden gab bildlich nach, sodass sie sich innerlich ein wenig wackelig

---

1. »Seneschall« ist eine hochtrabende Bezeichnung für »Hausverwalter«, was ein sehr wichtiger Posten ist. Der Seneschall ist dem Herzog direkt unterstellt und übt daher einen enormen Einfluss auf das übrige Personal aus. Wer sich mit dem Seneschall anlegt, sollte sich besser nach einem neuen Job umsehen.

fühlte. Sie schüttelte Pyotrs Hand und sagte mit zittriger Stimme: »Freut mich, Sie kennenzulernen.«

»Ganz meinerseits«, sagte Pyotr mit einem einladenden Lächeln, bei dem sich Ondine allmählich wohler fühlte.

Pyotr wandte sich Hamish zu und begrüßte ihn ruhig mit einem Händedruck. Ondine ahnte, dass sie diesen Mann mögen würde, als die Farbe in sein faltiges Gesicht zurückkehrte. Er hatte die offensichtlichste Scheitelfrisur, die sie je gesehen hatte. Der breite Scheitel begann knapp über seinem Ohr und zog sein glattes braunes Haar bis zum anderen Ohr hinüber. Sie musste sich gedanklich ohrfeigen, um nicht darauf zu starren.

»Wie alt bist du, Ondine?«, fragte Pyotr.

»Fünfzehn, mein Herr.«

»Verstehe. Dann kannst du nachmittags arbeiten und vormittags die Palechia-Schule besuchen. Sobald wir ein neues Zuhause für die Schule gefunden haben, natürlich. Bitte komm mit mir.«

Sie konnte nicht fassen, wie schnell Pyotr seine Fassung wiedererlangt hatte.

In dem Moment, als Pyotr sich abwandte, drückte Hamish Ondines Hand. Nicht, um seine Zuneigung zu zeigen – es ging nur darum, ernst zu bleiben, während sie auf diesen erstaunlichen Haarschopf starrten. Oder Nicht-Haarschopf. So sehr sie es auch liebte, Hamish anzusehen, sie musste sich mit aller Kraft zwingen, ihn jetzt nicht anzusehen, denn sonst wäre sie in einen Kicheranfall ausgebrochen.

Mit auf dem Mosaikboden klackernden Füßen folgten die drei Pyotr ins Innere. Köstliche Düfte von gebratenem Fleisch und Gemüse zogen durch die Luft. Sie mussten irgendwo in der Nähe der Küchen sein.

»Hast du schon Arbeitserfahrung?«, fragte Pyotr Ondine.

»Meine Eltern führen eine Kneipe und ich helfe ziemlich viel mit«, sagte sie.

»Du kennst dich also in einer Küche aus?«

»Natürlich.«

Hamish drückte erneut ihre Hand. Sie unterdrückte ihr Kichern, während sie weitere von Pyotrs Fragen beantwortete, ihm dabei höflich in die Augen sah und sich sehr bemühte, nicht auf seine Haare zu blicken. Seltsam, dass der Seneschall der alten Col oder Hamish keine Fragen stellte. Dann fiel bei ihr der Groschen – Hamish und Col hatten bereits eine Anstellung. Sie hingegen war unbeschäftigt und der freundliche Mann versuchte, ihr etwas zu tun zu geben.

»Wenn Sie drei mir bitte hier entlang folgen würden, bringe ich Sie zu Ihren Unterkünften. Dann werde ich den Herzog über Ihre Anwesenheit informieren.«

»Er ist schon hier?«, fragte Ondine.

»Ja. Eine kurzfristige Planänderung«, sagte Pyotr.

Die Brauen von Tante Col schossen überrascht in die Höhe. »Ein Glück, dass wir direkt hierhergekommen sind, sonst hätten wir uns in Venzelemma die Hacken abgelaufen.«

Ondine konnte sich des Gedankens nicht erwehren, dass ihre Großtante viel mehr wusste, als sie zugab. Pyotrs umstandslose Akzeptanz ließ Ondine vermuten, dass etwas im Gange war. Ondine mochte zwar wenig von dem haben, was man »Lebenserfahrung« nennen könnte, aber sie vertraute ihren Instinkten, und diese sagten ihr, dass sie sehr vorsichtig sein sollte. Das bedeutete, kein Keuchen bei den unbezahlbaren Gemälden, kein »Oooh« und »Aaah« bei den aufwendigen Verzierungen und den luxuriösen Möbeln, als sie an offenen Salons vorbeigingen. Sie hielt ihren Blick fest auf die Mitte von Pyotrs Rücken gerichtet – nicht nach unten schauend, falls er sich umdrehte und dachte, sie würde schmollen. Sie wagte nicht, wegen dieser verlockend schlechten Frisur aufzusehen.

»Das wird dein Zimmer sein, Ondine«, sagte Pyotr, als sie vor Tür 404 stehen blieben.

Es war kleiner als ihr Schlafzimmer zu Hause. Darin standen zwei schmale, einzelne Betten. Das eine war bereits gemacht; auf dem Kissen saß ein heißgeliebter Teddybär und obendrauf lag eine gehäkelte Decke. Das andere Bett – welches Ondines werden würde – hatte schlichte weiße Laken und eine beigefarbene Steppdecke. Zu jedem Bett gehörten ein passender weißer Nachttisch und eine kleine weiße Kommode am Fußende. Das Fenster blickte auf einen schmalen, kopfsteingepflasterten Innenhof, wo Wäsche auf den Wäscheleinen flatterte und schlug.

Fantastisch öde!

Pyotr fuhr fort: »Ihre Taschen müssen erst noch ankommen. Wir werden zur Wäscherei gehen, wo ich Sie Miss Matice vorstellen werde. Sie ist die Meisterin des Hausdienstes, was eine der wichtigsten Aufgaben ist, die wir hier haben.«

Nett von ihm, dass er versuchte, die Stellenbeschreibung schönzureden, aber Ondine ließ sich nicht täuschen. Als sie sich von den Küchen entfernten und in Richtung Wäscherei gingen, verflogen die lieblichen Kochdüfte und wurden durch den starken Geruch von Bleichmittel, blumigem Waschmittel und etwas, das fast als grüne Äpfel durchgehen könnte, ersetzt.

»Ich übernehme sehr gerne die Wäsche«, sagte Ondine, denn sie wollte nicht undankbar erscheinen. Okay, Wäschewaschen war eine Plackerei, aber Pyotr hätte ihr weitaus Schlimmeres auftragen können, wie Böden oder Toiletten zu schrubben. »Aber, wenn Sie gestatten, dass ich frage, warum wollten Sie von meinen Erfahrungen in der Küche wissen?«

»Weil Sie, wenn Sie in einer Küche gearbeitet haben, alles über Wein- und Essensflecken wissen und wie man sie wieder herausbekommt.« Pyotr grinste sie breit an.

Die alte Col kicherte in ihre Hand.

Hamish sah niedergeschlagen und leicht besorgt aus. »Das wird schon.« Er beugte sich vor und gab ihr einen Kuss auf die Wange, was den vorübergehenden Effekt hatte, dass sie all ihre bevorstehende, niedere Arbeit vergaß. Die Schufterei würde es wert sein, wenn sie und Hamish zusammen sein könnten.

»Junge Liebe. Wie süß«, sagte eine unbekannte Stimme. Ondine spürte, wie ihr die Hitze ins Gesicht stieg, während sie sich umdrehte. Pyotr stellte sie vor. »Miss Matice, das ist Ondine, sie wird heute hier anfangen. Wären Sie so freundlich, sie unter Ihre Fittiche zu nehmen?«

Miss Matices Haar war zu einem straffen, blonden Pferdeschwanz zusammengebunden, der ihren Kopf beunruhigend dünn aussehen ließ, wie der Rest ihres schilfdünnen Körpers, der fast verschwand, wenn sie sich zur Seite drehte.

»Entzückt«, sagte Miss Matice und streckte Ondine ihre

knochige Hand entgegen. »Bitte, nenn mich Draguta, wir sind jetzt Freunde, ja?«

»J-ja.« Mit einem inneren Schluckauf schüttelte Ondine ihre Hand und versuchte, ernst zu bleiben. Mal ehrlich, was für Eltern bürdeten ihrem Kind einen so schrecklichen Namen auf? Ein liebloser Gedanke kam ihr in den Sinn – vielleicht war sie ein wirklich hässliches Baby gewesen.

»Tschüss dann«, sagte Hamish und schenkte Ondine ein schiefes Lächeln.

Sie wollte ihm um den Hals fallen und ihn wie verrückt küssen, aber das würde bei ihrer neuen Arbeitgeberin nicht so gut ankommen. Und sie musste wirklich einen guten Eindruck machen, damit sie sehen würden, wie nützlich sie war, und ihr erlauben würden zu bleiben.

Mit einem kleinen Winken verabschiedete sie sich von ihm und machte sich bereit, sich ihrer neuen Arbeit zu stellen. [2]

Pyotr, die alte Col und Hamish drehten sich um und gingen weg.

---

2. Was ihrem alten Job bemerkenswert ähnlich war. Ihr habt vielleicht bemerkt, dass es ein Sonntagnachmittag war und trotzdem Leute arbeiteten. Genau wie in Hotels sind die Wochenenden in den Palechia die geschäftigsten Zeiten, also nehmen sich die Wäschereiarbeiter dienstags und mittwochs frei.

Ondines Stundenplan sah wie folgt aus:
Montag Schule & Wäscherei
Dienstag Schule
Mittwoch Schule
Donnerstag Schule & Wäscherei
Freitag Schule & Wäscherei
Samstag Wäscherei
Sonntag Wäscherei

»Fang mit Körben an. Es fängt gleich an zu regnen, hol Wäsche von Leine«, sagte Draguta in ihrer seltsam abgehackten Sprechweise. Ondine fragte sich, ob Brugelisch vielleicht ihre Zweitsprache war.

Durch die offene Tür blickte Ondine auf den Innenhof und sah ein kleines Team von Arbeitern, die Wäsche von der Leine nahmen. Sie ging hinaus und griff nach der ersten Klammer.

Etwas Nasses und Stinkendes klatschte auf ihre Hand. Igitt! Es war ein Fisch! Eine Frau neben Ondine schrie auf und rannte hinein, wobei sie ihren Wäschekorb fallen ließ. »Es regnet Fische!«

Plumps! Flatsch! Platsch!

Wie in einem bizarren Traum fielen Fische rings um Ondine herum und landeten mit nassen Klatschern auf ihrem Kopf, ihren Schultern und dem Boden. Einige von ihnen zappelten und zuckten weiter. Und oh, dieser faulige Gestank!

Argh! Entsetzt, aber dennoch gezwungen, bei der Sache zu bleiben, riss Ondine die Wäsche von der Leine und warf sie in den Korb. Nasse Geschosse hämmerten weiter auf sie ein. Uff, ihr Kopf. Autsch, ihre Schulter. Bumm, ihr Gesicht.

Überall schrien und weinten die Leute und drängten sich unter die Vordächer, um dem scheußlichen Regen zu entkommen.

Ondine hob ihren Wäschekorb auf und stürmte hinein.

»Wo ist Wäsche?«, verlangte Draguta zu wissen.

Ondine blickte nach unten und schnappte nach Luft. Ihr Korb war voller Fische. »Sie muss darunter sein!«

»Ist verrückt! Verrückt!« Draguta warf frustriert die

Hände in die Luft. »Muss alles noch mal gewaschen werden!«

»Oder, wenn man es positiv sieht, habe ich uns das Abendessen gefangen«, sagte Ondine.

»Ha! Ich mag dich!« Draguta klopfte ihr auf den Rücken. »Jetzt werd die Fische los und hol die Wäsche. Hier, nimm den Korb und sortier nach Farben.«

Im nächsten Atemzug zog Draguta die Aufmerksamkeit einer anderen Wäschereiarbeiterin auf sich und wies sie an, alle Fische in die Küchen zu bringen.

Verwirrt von der seltsamen Wendung der Ereignisse, konnte Ondine nur mit den Schultern zucken und sich an die Arbeit machen, die Kleidung zu sortieren. Draguta kümmerte sich um eine Maschine von industrieller Größe, die gerade mit dem Schleudern fertig war. Nicht zum ersten Mal fragte sich Ondine, ob sie sich jemals daran gewöhnen würde, Draguta bei diesem harten Namen zu nennen. Starke Adern traten auf Dragutas sehnigen Armen hervor, als sie nasse Badelaken und Frotteemäntel aus der Maschine zog. Gleichzeitig bewegte sich eine andere Wäscherin auf eine kleine Tür in der Wand zu. Schmutzige Wäsche fiel auf den Boden.

»Ein Wäscheabwurfschacht! Das ist cool«, sagte Ondine.

»Nicht annähernd«, sagte Draguta. »Sie sein Lords und Ladys, aber leben wie Ferkel. Sie werfen da an einem Tag runter, was normale Leute in einer Woche verbrauchen. Gewöhn dich dran.«

»Draguta, hast du einen zweiten Vornamen?«, fragte Ondine, während sie die schmutzige Kleidung in die entsprechenden Haufen sortierte.

Das Gesicht der Wäschereimeisterin wurde zu einer finsteren Miene. »Elena. Benannt nach Großmutter, möge sie in der Hölle schmoren!« Draguta drehte sich nach rechts und spuckte auf den Boden.

Ein eisiger Schauer lief Ondine über den Rücken und sie nahm sich innerlich vor, den Namen Elena nie wieder auch nur zu erwähnen.

Sollte sie es anders versuchen? Warum nicht. »Haben Sie einen Spitznamen?«

»Nein.«

Ondine schluckte. »Also … die meisten Leute nennen mich kurz Ondi, also können Sie mich ruhig so nennen, das macht mir nichts aus.«

»Mein Name ist Draguta. Ist starker Name.« Draguta wuchtete einen Korb mit nasser Wäsche dorthin, wo ihre Hüften wären, wenn sie auch nur ein Gramm Fett auf den Rippen hätte. Ein starker Name für eine starke Frau.

Es brauchte zwei Arbeiter, um jeden der restlichen Wäschekörbe in den Innenhof zu wuchten, wo der Regen genauso schnell aufgehört hatte, wie er begonnen hatte. Draguta schaffte einen ganzen Korb allein. Ondine blieb drinnen und sortierte die restliche Schmutzwäsche.

»Du musst die Taschen durchsuchen«, wies Draguta sie an, als sie in die Wäscherei zurückkam. »Die sind schmutzig, lassen Taschentücher drin. Habe schon oft dunkle Hosen neu waschen müssen wegen zerfetzter Taschentücher. Sei nicht schüchtern, steck Hand da rein. Wühl darin herum.«

Frettchen?

Panik stieg in Ondine auf. Sie hatte Hamish völlig vergessen und was passieren könnte, wenn sie getrennt würden. »Jupitermonde! Frettchen!«

KAPITEL FÜNF

Wie weit war Hamish schon gekommen? Was, wenn er sich vor dem Seneschall in ein Frettchen verwandelte?

»Ich muss los!« Ondine sprang auf und warf dabei einen Stapel Seidenblusen um. Sie stürmte den Gang hinunter und schrie: »Hamish, warte!«

Sie rannte weiter, in der Hoffnung, nicht zu spät zu kommen. Die ganze Zeit im Zug hatten sie nicht einen einzigen Augenblick darüber gesprochen, wie sie mit Hamishs ... *Problem* umgehen wollten. Sie waren den ganzen Sommer über so viel zusammen gewesen, dass sie sich daran gewöhnt hatte, dass er immer ein Mensch war, wenn sie in der Nähe war. Was, wenn er die Fähigkeit verloren hatte, seine Verwandlungen zu kontrollieren?

Ein vertrautes Schmerzensstöhnen und ein schmutziger keltischer Fluch drangen den Gang herauf. Ondines Blick verschwamm, als ihr die Tränen in die Augen stiegen. Als sie um die Ecke huschte, sah sie Shambles, das Frettchen, auf dem Boden liegen. Überall lagen Kleider. Die alte Col warf Ondine einen finsteren Blick zu, als wäre das alles ihre Schuld. Pyotr zog nur eine Augenbraue hoch, schluckte und wartete auf eine Erklärung. Ondine selbst rang um eine Erklärung.

Einen Moment lang öffnete und schloss sie den Mund, aber es kam kein Wort heraus. Pyotr war gerade Zeuge eines furchterregenden Wetterereignisses geworden und jetzt verwandelte sich auch noch ein Mann in ein Frettchen. Sie fragte sich, ob sie ihm vom Fischregen erzählen sollte. Das wäre eine Menge auf einmal. Grauen kroch in ihr hoch. Sie musste keine Hellseherin sein, um zu wissen, dass sie in ernsthaften Schwierigkeiten steckten, wenn ihr nicht schnell etwas einfiel.

Das, was ihr einfiel, war: »Haben Sie noch nie gesehen, wie sich ein Mann in ein Frettchen verwandelt?«

»Kann ich nicht behaupten.« Pyotr kratzte sich an der Schläfe.

»Jetzt schon«, fuhr Ondine unbeirrt fort. »Sie sehen doch, was für eine große Bereicherung er für den Herzog sein wird. Immerhin ist Shambles derjenige, der das Attentat auf ihn vereitelt hat. Ohne ihn wäre der Herzog gar nicht mehr hier. Deshalb hat er ihm einen Job angeboten, weil er ihm das Leben gerettet hat. Und wenn Herzog Pavla untergeht, würde Lord Vincent die Herrschaft übernehmen, und wer will das schon?«

»Danke, ja.« Pyotr nickte langsam und schloss dabei die Augen, was andeutete, dass er genug gehört – und möglicherweise auch gesehen – hatte.

»Wenn ihr euch alle kurz umdrehen könntet, ich muss mich kurz zurechtrücken«, sagte Shambles und zuckte zusammen, als er sich in eine sitzende Position zwängte, um wieder zum menschlichen Hamish zu werden. Ondine spürte einen neuen Stich der Sehnsucht nach ihm. Er sah aus, als hätte er große Schmerzen.

Sie drehten ihm den Rücken zu, um ihm seine Privatsphäre zu lassen.

»Ich habe in meinen Jahren vieles gesehen …«, begann Pyotr.

Ondine wartete darauf, dass er seinen Satz beendete, aber nach ein paar atemlosen Pausen, in denen nichts kam, wurde ihr klar, dass er es nicht tun würde.

»Großtante Col hat ihm das angetan, hier im Ballsaal des Palechias. Vor Jahren, bei ihrem Debüt.« Ondine drehte sich um, um zu sehen, wie der Seneschall es aufnahm. Ein Zucken auf Pyotrs Gesicht, eine hochgezogene Augenbraue, dann waren seine Gesichtszüge wieder an ihrem Platz, als würden sie über nichts weiter als das Wetter reden.

Nun, natürlich nicht das Wetter, das sie gerade gehabt hatten, sondern gewöhnliches Wetter.

Mit einem kleinen Husten sagte die alte Col: »Ihr seid der Inbegriff der Diskretion, Sir, und wir stehen in Eurer Schuld.«

Als er seine Hose richtig herum anhatte, stand Hamish auf. Er setzte sich sofort wieder hin und sah ein wenig benommen aus.

Ondine kniete sich neben ihn und legte ihm die Hand auf die Schulter. »Du hast Schmerzen.«

»Ach was, Mädel, das wird schon wieder.«

Sie kaufte es ihm nicht ab und gab ihm einen zärtlichen Kuss auf die Stirn, um den Schmerz zu lindern.

Pyotr ergriff das Wort. »Ich denke, es wäre das Beste, wenn er in seine Tiergestalt zurückkehrt.«

»Aber –«, begann Ondine.

Pyotr sagte: »So sehr es ihn auch zu schmerzen scheint, glaube ich, dass der Herzog es vorziehen würde, wenn er ein Frettchen bliebe.«

»Mach dir keine Sorgen, es wird nur für eine kurze Weile sein«, sagte Hamish.

Ondine begann, sich Sorgen zu machen. Sie waren im Palechia des Herzogs, weil sie zusammen sein wollten. Aber der Herzog wollte nur die Frettchen-Seite von Hamish, Shambles. Es tat weh zu wissen, dass die einzige Möglichkeit, zusammen zu sein, darin bestand, getrennt zu sein.

Ondine schlang ihre Arme um Hamishs Hals und umarmte ihn fest. »Wir werden uns schon etwas einfallen lassen«, sagte sie und küsste ihn noch einmal.

Schmerz durchzuckte Ondine, als sie zusah, wie er in seine Tiergestalt zurückkehrte, aber es war nichts im Vergleich zu dem körperlichen Schmerz, den er fühlen musste.

Pyotr sagte: »Übrigens, was ist das für ein Geruch?«

»Das sind Forellen«, sagte Ondine. »Viele von ihnen sind vom Himmel gefallen, als wir die Wäsche reingeholt haben.«

Pyotr blieb stehen und starrte Ondine an. »Wollen Sie damit sagen, es hat Fische geregnet?«

»Ja, Sir. Aber wir haben das meiste schon aufgeräumt.«

»Einen Moment«, sagte er, als zwei Männer den Gang auf sie zukamen. Pyotr bat sie, alle verirrten Fische von den Rasenflächen, Bäumen und Dächern zu entfernen. »Und sehen Sie zu, dass Sie allen Schutt beseitigen, der durch das Schuldach gefallen sein könnte.« Sie sahen erschrocken aus.

»Ich habe gemeint, was ich gesagt habe«, fügte Pyotr

hinzu und entließ die Arbeiter. Er wandte seinen Blick wieder Col, Shambles und Ondine zu, sein Gesicht zeigte kein Anzeichen dafür, dass er die Arbeiter gebeten hatte, etwas Außergewöhnliches zu tun. »Hier entlang. Der Herzog lässt nicht gerne auf sich warten.«

KAPITEL SECHS

»Ich freue mich sehr, Sie zu sehen!«, sagte Herzog Pavla, als er Old Cols Hand in seine nahm. Sie standen in seinem glänzenden Arbeitszimmer. Die Ledersessel sahen so poliert aus, dass Ondine dachte, sie würde direkt von ihnen herunterrutschen. Nicht, dass sie schon die Erlaubnis gehabt hätte, sich zu setzen. Der Herzog – und auch die Herzogin Kerala war hier – hatte sie nicht dazu eingeladen. Der Herzog sah aus wie immer – gekleidet in einen teuren, dunklen Anzug, das Haar von seinem Witwenspitz zurückgekämmt. Sein aufwendig gepflegter, geteilter Schnurrbart sah so ordentlich aus, als hätte man ihn mit einer Schablone aufgemalt. »Ich wage zu behaupten, Sie kommen gerade recht. Jemand hat versucht, mich mit Meeresfrüchten zu vergiften«, sagte er.

»Mein Herr Herzog, Sie haben keinen Grund zur Sorge. Fallende Fische sind ein natürliches Phänomen, verursacht durch den Tornado, der sich über dem See in eine Wasserhose verwandelt hat«, sagte Old Col. Dann fügte sie hinzu: »Er hat die Fische und das Wasser in die Wolken gesaugt. Ein völlig natürliches, wenn auch erschreckendes Ereignis.«

Einige spürbare Sekunden lang starrte Herzog Pavla sie

an, als hätte sie etwas wirklich Seltsames gesagt. Nun, das hatte sie ja auch.

»Fallende Fische?«

»Als Folge des Tornados, Euer Gnaden.«

Er brauchte einen Moment, um sich wieder zu fassen. »Ich bezog mich auf die früheren Ereignisse auf den Fischmärkten«, sagte er.

Jetzt war Ondine wirklich verwirrt.

Mit einer Handbewegung lud der Herzog sie ein, sich zu setzen. Er entließ auch Pyotr, sodass nur noch sie fünf im Raum waren. Ondine gab ihr Bestes, nicht herumzuzappeln. Zu ihrer Bestürzung kletterte Shambles auf Cols Schulter, nicht auf ihre.

Der Herzog setzte sich hinter seinen Schreibtisch. Die Herzogin blieb hinter ihm stehen. Sie sah makellos aus, wie es nur die wirklich Reichen können. Perfekt aufgetragenes Make-up, glänzendes mahagonifarbenes Haar, ein maßgeschneiderter Anzug, der ihrer Sanduhrfigur schmeichelte, und weiche, zierliche Hände. Sie trug einen herrischen Gesichtsausdruck, eine Mischung aus Abscheu und Besorgnis. Offensichtlich keine Liebhaberin von Kleintieren.

Es war schwer zu erklären, warum, aber Ondine hatte das Gefühl, die Herzogin gehörte zu den Leuten, die ihre Tiere ohne Puls und mit Sauce béarnaise übergossen bevorzugten.

Herzog Pavla sagte: »Das ist ein zu großer Zufall. Haben Sie gehört, was gestern auf den Fischmärkten passiert ist?«

Old Col räusperte sich leise. »Nein, Euer Gnaden.«

Der Herzog sah verdutzt aus. Ondine fühlte sich

unglaublich unwohl. Sicherlich würde das alles irgendwann einen Sinn ergeben. Oder nicht?

Die Herzogin legte Pavla eine tröstende Hand auf die Schulter.

»Ich sollte die neue Sushi-Bar eröffnen«, sagte Pavla. »Sie hätten mich das Zeug auch essen lassen. Zum Glück habe ich meinen Zeitplan geändert. Ich habe meine liebe Frau an meiner Stelle zu den Märkten geschickt. Es gab einen Listerienausbruch, aber dem Himmel sei Dank ist sie unversehrt geblieben. Wenn dir irgendetwas zugestoßen wäre, meine Liebe ...« Seine Stimme erstarb, als sich ihre Blicke trafen.

Ein Stich durchfuhr Ondine. Sie sahen so sehr verliebt aus. Würden sie und Hamish das jemals haben? Unmöglich, solange er ein Shambles-Frettchen blieb.

»Mir geht es gut. Ich habe eine eiserne Konstitution«, sagte die Herzogin.

»Ich kann mich des Gedankens nicht erwehren, dass mich jemand verflucht hat. Gestern schlechtes Essen. Heute ein Tornado, und jetzt sagen Sie, es hat Fische geregnet? Wenn das das Ergebnis dunkler Magie ist, bin ich froh, Sie als Verbündete zu haben, Miss Romano«, sagte der Herzog. Er wandte sich an Shambles, der immer noch auf Old Cols Schulter saß. »Und du, Shambles, ich sehe schon, du wirst eine wertvolle Hilfe sein.«

»Aye. Bereit, willig und fähig. Wo soll ich denn anfangen?«, sagte Shambles.

»Ich denke, du solltest mit dem Offensichtlichsten beginnen. Den Küchen«, sagte der Herzog. »Beobachte sie die nächste Woche genau und berichte mir direkt über alles Ungewöhnliche.«

»Oder mir. Falls der Herzog nicht verfügbar ist«, fügte Kerala hinzu.

»Ja, gute Idee, meine Liebe.« Der Herzog hatte Ondine immer noch nicht angesprochen, was ihr das Gefühl gab, unbedeutend zu sein. Andererseits, vielleicht könnte sie unbemerkt durchrutschen, wenn er sie ignorierte? Wenn er sie nicht direkt nach Hause schickte, bedeutete das, dass sie bleiben durfte? [1]

Unerwartet zwinkerte der Herzog Shambles zu, was nicht gerade liebenswert war. Wenn überhaupt, fühlte sich Ondine nur noch unbehaglicher. Der Herzog ging zu einem Stapel Briefe, nahm einen goldenen Brieföffner und begann, die Umschläge aufzuschlitzen. Er redete die ganze Zeit, las eine Sache, während er eine andere besprach. Währenddessen ging die Herzogin zu einem Beistelltisch und goss sich ein Glas Wein ein.

Der Herzog öffnete den nächsten Umschlag. Braunes Pulver fiel aus den Papieren, die er enthielt.

Gift?

»Zurück!«, brüllte Shambles. »Atmet das nicht ein!«

Der Herzog hustete und taumelte erschrocken zurück.

Instinktiv schnappte sich Ondine eine Rosenschale vom Beistelltisch, kippte die Blumen auf den Boden und stülpte

---

1. Diese Denkweise begann nach der Sowjetzeit, in der Zeit der neuen Freiheiten und der Transparenz, als »alles, was nicht ausdrücklich verboten ist, erlaubt ist«. Eine deutliche Veränderung gegenüber den zermürbenden Tagen, in denen galt: »Alles, was nicht ausdrücklich erlaubt ist, ist verboten«.

die umgedrehte Schale dann über den Umschlag und das Pulver.

Der Herzogin klappte der Mund auf, während sie stumm vor Schreck dastand. Ihre Augenbrauen schossen in die Höhe und blieben dort. In der Schale tropfte Wasser auf das Pulver und verwandelte es in eine dunkelbraune Flüssigkeit, die über den Schreibtisch sickerte.

»Was ist das?«, sagte der Herzog.

Die Verwirrung machte Ondine schwindelig. »Sieht aus wie Kaffee«, schlug sie vor.

»Das können wir nicht mit Sicherheit wissen«, sagte Col.

»Ich fühle mich so schrecklich dumm«, sagte der Herzog und wischte sich die Stirn. Vielleicht hatten sie alle überreagiert.

Was für ein Chaos Ondine im Arbeitszimmer des Herzogs angerichtet hatte. Die braune Flüssigkeit hörte auf zu sickern und begann, in den Tisch einzudringen und sich direkt durch das Furnier zu fressen.

»Doch nicht so dumm«, sagte Col. »Das ist eine Art Säure.«

»Wer hat ihn geschickt?«, fragte Shambles.

»Auf dem Umschlag steht kein Absender«, sagte Col und hob ihn auf. »Euer Gnaden, ruft die Polizei, das muss untersucht werden.«

»Wartet«, sagte die Herzogin und trat näher an den Tisch. »Lasst mich mal sehen.«

Großtante Col reichte der Herzogin den Umschlag, die ihn gegen das Licht hielt, als ob sie etwas erkennen könnte, das die anderen übersehen hatten.

»Die Briefmarke ist nicht gestempelt, wir wissen also

nicht, von welchem Postamt er kommt. Vielleicht, wenn ich das hier versuche …« Sie holte eine Schachtel Streichhölzer aus ihrer Handtasche, zündete eines an und hielt es unter den Umschlag. »Hab ich mal in einem Film gesehen, da war eine Geheimbotschaft geschrieben mit – autsch!« Der Umschlag fing Feuer und sie ließ ihn hastig fallen.

»Ist alles in Ordnung, meine Liebe?« Pavla eilte an die Seite seiner Frau und untersuchte ihre Hand. »Du brauchst eine kalte Kompresse.«

Als der brennende Umschlag zu Boden flatterte, raste Shambles von Cols Schulter herunter und trampelte mit seinen Pfoten auf dem glühenden Papier, um es auszutreten. »Tja, das war's dann wohl«, sagte er.

»Ich wollte doch nur helfen«, sagte Kerala.

Der Herzog wurde aschfahl. Er holte kurz Luft und richtete dann seine Krawatte. »Colette, Sie und Shambles – und Ondine, wie es scheint – sind gerade rechtzeitig gekommen. Ich möchte, dass Sie meine Augen und Ohren hier im Palechia sind. Von nun an werden Sie meine gesamte Korrespondenz öffnen. Wenn es keinen Absender gibt, verbrennen Sie sie sofort.«

In Ondine schlug das Unbehagen in Bestürzung um. Als sie mit Hamish aufgebrochen war, hatte sie sich ausgemalt, mit ihm zusammen zu sein und eine großartige Zeit zu haben. Keinen Augenblick hatte sie gedacht, dass sie so hart würden arbeiten müssen. Nicht härter als schon in der Kneipe ihrer Eltern in Venzelemma. Jetzt fühlte es sich an, als wären sie für das schiere Überleben des Herzogs verantwortlich. Und sie hatte keine Ahnung, wie sie das anstellen sollten.

»Man würde es nicht für möglich halten, aber ich dachte früher, ich wäre paranoid«, sagte Pavla. »Inzwischen habe ich aber akzeptiert, dass mir tatsächlich jemand an den Kragen will. So sehr Vincent auch weiß, dass er eines Tages mein Nachfolger sein wird, er ist bei Weitem noch nicht so weit. Wie sagt man so schön: ›Das Schicksal wählt unsere Verwandten, wir wählen unsere Freunde‹.« [2]

Die Erwähnung von Vincents Namen jagte Ondine einen neuen Schauer der Sorge über den Rücken. Lord Vincent war der jugendliche Sohn und Erbe des Herzogs, aber er war auch ein totaler Dummkopf und hatte versucht, die Herzprobleme seines Vaters zu verschlimmern, um vorzeitig an den Titel zu gelangen. Wenigstens war er jetzt in einer Militärakademie fünfzig Kilometer entfernt und konnte nichts direkt anstellen. Aber was, wenn er Spione im Palast hatte?

»Eure Sicherheit und Euer fortwährendes Wohlbefinden sind mein oberstes Anliegen«, sagte die alte Col zum Herzog.

»Ondine.« Herzog Pavla richtete seine volle Aufmerksamkeit auf sie. Vor Sorge schnürte sich ihr der Magen zu. »Ich weiß Euer schnelles Handeln zu schätzen, aber Ihr seid so jung. Ihr solltet bei Euren Eltern sein.«

»Ich –« Ondine setzte an, konnte den Satz aber nicht beenden.

»Sie hat die Gabe des Sehens, Euer Gnaden«, sagte Col. »Sie wird sich als sehr nützlich erweisen.«

»Tatsächlich?« Pavlas Augen weiteten sich.

Nicht wirklich, wollte sie sagen, aber Col hatte sie da

---

2. Jacques Delille, 1738–1813. Er hatte jede Menge Freunde in hohen Positionen, aber sein eigener Vater weigerte sich, ihn anzuerkennen.

reingeritten und der Herzog war interessiert. Wenn der Herzog daran glauben wollte, warum nicht? Was manche Leute als übernatürliche Kräfte bezeichneten, nannten andere »kaltes Lesen« oder »besonders aufmerksam sein«. [3] Wenn er dachte, sie könnte nützlich sein, dann würde sie bleiben dürfen.

»Oh ja, sie ist brillant darin«, fügte Shambles hinzu und kletterte zurück auf Cols Schulter.

Die Herzogin trat neben ihren Mann und legte ihm die Hand auf den Arm. Ihre Knöchel wurden rosig-weiß, als sie ihn ein kleines bisschen zu fest drückte. Ondine dachte, Kerala wolle etwas sagen, aber sie schwieg.

»Wie äußerst nützlich«, sagte Pavla. Im nächsten Atemzug rief er Pyotr zurück in sein Arbeitszimmer, um ihm die Sauerei zu zeigen. Pyotr nickte und geleitete sie ins Vorzimmer, während er aufräumte.

»Bist du dir da sicher?«, murmelte die Herzogin Pavla ins Ohr.

Trotz ihrer leisen Stimme hörte Ondine alles, was sie sagte: »Sie tauchen in einem Sturm auf, dann regnet es Fische und jetzt hast du einen giftigen Brief. Das ist ein zu großer Zufall.«

Die alte Col hustete in ihre vorgehaltene Hand. »Bitte verzeiht meine Unhöflichkeit, Euer Gnaden, aber das sollte wirklich eine Angelegenheit –«

»Für die Polizei sein? Natürlich ist es das. Ich werde Brugels Beste auf den Fall ansetzen. Sie setzen die Ermitt-

3. Oder jede Folge von *Lie to Me* zu sehen und es auf Ihr echtes Leben anzuwenden.

lungen zum Attentat auf mich am Bahnhof fort. Aber allen Berichten zufolge nehmen die verhafteten Schurken die Schuld auf sich und weigern sich, irgendjemanden weiter zu belasten. Das werden sie schon noch. Mit der richtigen Motivation reden alle.«

Ein beunruhigender Ausdruck huschte über sein Gesicht. Er senkte seine Stimme. »Hier, unter Familie, Freunden und Personal, brauche ich etwas ... Unauffälligeres. Männer und Frauen in Uniform werden keine Zungen lösen. Im Gegenteil, das würde die Intriganten dazu bringen, sich tadellos zu verhalten und allen anderen das Leben zur Hölle zu machen. Ich muss demjenigen, der es auf mich abgesehen hat, das Gefühl geben, die Aufmerksamkeit der Behörden sei ... anderweitig abgelenkt. Sind wir uns da einig? Gut. Ihr drei werdet Informationen über jeden im Palechia sammeln und mir alles berichten, was ihr seht, hört oder vermutet.«

»Wir fangen sofort damit an, das werden wir«, sagte Shambles.

Mit einem Anflug von Sehnsucht blickte Ondine zu Shambles. Als Frettchen konnte er in Zimmer schlüpfen und Gesprächen lauschen, ohne dass es jemand merkte. Er wäre der perfekte Spion.

»Habt Ihr eine Liste mit Verdächtigen?«, fragte die alte Col.

»Gib mir das Telefonbuch«, sagte Shambles.

Ondine unterdrückte ein Grinsen. Dies war nicht die Zeit für Witze.

Man muss dem Herzog und der Herzogin zugutehalten, dass sie die Stichelei ignorierten. Pavla sagte: »Da fallen mir ein paar ein. Lord Vincent ist nur allzu begierig darauf, die

Zügel der Macht zu übernehmen. Oder sollte es Regentschaft heißen?«

In Ondines Kopf zirpten die Grillen, denn das Wortspiel des Herzogs funktionierte nur in Schriftform.

Pyotr ging mit einem Rollwagen voller Kisten und klumpiger Plastiktüten an ihnen vorbei. Beweismittel, schätzte Ondine, als Pyotr ihnen zunickte, dass seine Arbeit erledigt war.

»Ganz gleich«, sagte der Herzog, als er sie zurück in sein Arbeitszimmer geleitete. »Mein Sohn und Erbe hat seine Lektion gelernt. Seine Anhänger hingegen könnten sehr wohl meinen Untergang planen. Eine weitere, die ich verdächtige, ist meine älteste Schwester, Anathea.«

»Die Infantin?«, fragte die alte Col.

Die Herzogin hustete, während sie an ihrem Wein nippte.

Ondine sah sich im Arbeitszimmer um und konnte keine Spur ihres jüngsten Dramas erkennen. Nur ein Notizbuch lag auf dem Tisch, um den Brandfleck im Holz zu verbergen. Sie schauderte innerlich. Dieser Kaffee, oder was auch immer es war, hätte den Herzog durchätzen können.

Herzog Pavla fuhr fort: »All dies wäre ihr zugefallen, müsst Ihr wissen. Aber das Schicksal griff ein und ich wurde geboren. Sie neidet mir das Recht, das mir von Geburt an zusteht. Worte sind das Gift ihrer Wahl. Sie stiftet Unheil. Die meisten recht denkenden Leute nehmen alles, was sie sagt, mit einer Scheibe Zitrone.« [4]

---

4. Mit einer Scheibe Zitrone trinken Brugler traditionell ihren Tee. In manchen Kulturen lautet der Ausdruck »mit einer Prise Salz«. Das ergibt überhaupt keinen Sinn, denn Tee mit Salz schmeckt furchtbar!

Die Herzogin verzog bei der Erwähnung ihrer Schwägerin den Mund zu einer Mousse und rümpfte die Nase.

»Miss Romano, Ihr und Shambles werdet heute Abend am Essen teilnehmen, vorgeblich als meine Gäste, aber insgeheim möchte ich, dass Ihr auf Anzeichen von Unzufriedenheit achtet. Ondine, Ihr werdet in der Wäscherei gebraucht.«

Oh, danke, ich werde zur Arbeit geschickt und Col bekommt ein kostenloses Essen.

»Ja, Euer Gnaden«, sagte Col.

»Die ganze Familie ist anwesend. Das sollte reichlich Gelegenheit bieten, die verschiedenen Persönlichkeiten im Spiel zu beobachten.«

Nachdem sie hinausgeführt worden waren, vergewisserte sich Ondine, dass niemand sie belauschen konnte, bevor sie sprach. »Ich kann nicht glauben, dass er uns drei für seine Sicherheit verantwortlich macht! Er sollte die Experten holen.«

»Danke für dein Vertrauen«, sagte die alte Col.

»So habe ich das nicht gemeint.«

»Natürlich nicht. Was du wirklich meinst, ist, dass du erst fünfzehn bist und die Last einer Nation auf deinen Schultern trägst.«

Eine unsichtbare Last senkte sich auf Ondine, als sie die Wahrheit von Cols Aussage auf sich wirken ließ. »Wie viel erwartet er wirklich von uns? Wir sind keine ausgebildeten Detektive.« *Was wir sind, ist ein verängstigtes Mädchen, ein Frettchen und eine alte Hexe.*

»Ah, meine Liebe, deshalb werden wir so effektiv sein. Ich bin die schrullige alte Dame mit einem Haustier auf der

Schulter, und du bist ein unschuldiges Mädchen. Niemand wird etwas ahnen.«

»Stimmt.« Ondine dachte darüber nach. »Du bist so still, Shambles.«

»Aye, ich habe über Pyotr nachgedacht. Nichts scheint ihn aus der Fassung zu bringen.«

»Hmmmm«, machte Ondine.

Col schenkte ihr ein höchst entwaffnendes Lächeln. »Ihr denkt ja schon wie Detektive. Niemand sollte über jeden Verdacht erhaben sein.«

»In dem Fall steht Vincent immer noch ganz oben auf meiner Liste«, sagte Ondine. »Bei Merkurs Flügeln, mir ist gerade etwas klar geworden. Pavla hat gesagt, Vincent *hatte* seine Lektion gelernt, Vergangenheitsform. Heißt das, er ist nicht mehr auf der Akademie?«

»Oh je«, sagte Hamish.

»Oh, doppeltes Je«, sagte Col. »Er wird auch nicht begeistert sein, dass wir hier sind. Wir müssen unser Bestes geben, ihn nicht gegen uns aufzubringen. So, Ondine, du solltest zurück in die Wäscherei. Shambles, wir müssen uns fürs Abendessen anziehen.«

Shambles beugte sich vor und drückte Ondine einen barthaarigen, feuchten Schmatzer auf die Wange, aber das tröstete sie gar nicht. Wenn überhaupt, fragte sie sich, wann sie ihn wieder als richtigen Hamish sehen würde.

KAPITEL SIEBEN

Hamish wollte die ganze Zeit über ein Mensch sein, aber er wusste, der einzige Weg, bei ihrer Jagd nach Verdächtigen voranzukommen, war, ein Frettchen zu bleiben und es den Leuten zu gestatten, ihn Shambles zu nennen. Viel lieber wäre er bei Ondine in der Wäscherei gewesen, aber das kam nicht infrage. Er hätte auch gern mehr geredet, aber er übte äußerste Beherrschung und blieb stumm, als Pyotr die Ankunft der alten Col beim Abendessen verkündete.

»Eure Gnaden, verehrte Gäste, meine Damen und Herren, ich stelle Ihnen Fräulein Colette Romano vor.«

Auf Cols Schulter hockend und die Tränen wegblinzelnd, die ihr starkes Parfüm ihm in die Augen trieb, konnte Shambles den Raum aus Augenhöhe eines Menschen mustern. Etwas abseits bemerkte er zwei kleine Jungen. Sie waren für ihr Alter gut gekleidet und trugen zurechtgeschnittene Anzüge wie Mini-Gentlemen.

Die Jungen tauschten listige Blicke aus und Shambles wusste instinktiv, dass sie nichts Gutes im Schilde führten.

Eine Kellnerin bot einigen Erwachsenen in ihrer Nähe Getränke an. Einer der Jungen stellte ihr ein Bein und brachte sie zu Fall. Sie schrie überrascht auf, ihr Gesicht war entsetzt. Dann geschah etwas äußerst Bizarres. Pyotr, der in der Nähe stand, drehte sich genau im richtigen Moment um, streckte die Hände aus und fing das fallende Tablett auf. Etwas von den Getränken schwappte über, aber die Gläser fielen nicht herunter.

Alle um sie herum sahen für einen Moment fassungslos aus. Pyotr bewahrte die Haltung und reichte das Tablett der dankbaren Kellnerin zurück. Sie bediente dann die Gäste weiter, als wäre nichts geschehen, aber Shambles konnte an ihren schnellen Atemzügen erkennen, dass sie sich noch nicht ganz erholt hatte.

Keine Spur vom Herzog, was seltsam war – er hatte sie eingeladen, also sollte er doch sicher schon hier sein? Die Herzogin, die ein Glas Rotwein in der Hand hielt, näherte sich Col. Plötzlich sackte die Welt unter Shambles weg, und er krallte sich um sein Leben fest.

Was zum ...?

Die alte Col machte einen Knicks! Nach ihrer anmutigen Verneigung war alles wieder im Lot und er war wieder auf Augenhöhe.

»Meine Dame, die Herzogin, es ist mir eine Ehre«, sagte Col.

Die Herzogin sprach ihre Worte viel zu sorgfältig aus, als sie sagte: »Sie. Sind. Zu. Gütig.«

Herzogin Kerala trug ihr dunkles Haar in einer akkuraten Helmform. Das Licht spiegelte sich darin, so glänzend war es. Die Hand, die das Weinglas hielt, sah weich und fleischig aus, als hätte sie nie in ihrem Leben eine körperliche Arbeit verrichtet.

Die Kellnerin erschien und fragte die Herzogin: »Eure Gnaden, darf ich Eurem Gast einen Aperitif anbieten?«[1]

»Danke, aber Sodawasser ist in Ordnung«, sagte die alte Col.

Überraschung durchzuckte Shambles. Er war sich sicher gewesen, Col würde sich das Beste von allem gönnen, was angeboten wurde. Da fiel bei ihm der Groschen – Col wollte einen klaren Kopf bewahren.

Die beiden Jungen, die die Kellnerin zu Fall gebracht hatten, beäugten Shambles nun mit unverhohlener Freude. Gott sei Dank war er außer ihrer Reichweite. Oh großartig! Die alte Col beschloss, auf sie zuzugehen. In der Zeit, die der Gedanke „Hier oben bin ich noch sicher" brauchte, um von einer Seite seines Frettchengehirns zur anderen zu wandern, hatte sich Col auf die Höhe der Jungen hinuntergebeugt.

»Hallo, ihr Lieben«, sagte Col, »das ist mein Haustier, das Frettchen Shambles. Er ist sehr freundlich. Möchtet ihr ihn streicheln?«

In so vielerlei Hinsicht falsch, aber wenn er ein Wort zu ihnen sagen würde, würde seine Tarnung auffliegen. Er drehte den Kopf zu Cols Ohr und murmelte: »Wenn sie mir am Schwanz ziehen, bin ich hier weg.«

»Er sieht komisch aus«, sagte einer der Jungen.

Einer der kleinen Bengel zog an seinem Schwanz, während der andere ihm mit einem kräftigen Klaps auf den Kopf schlug. Der Aufprall war so stark, dass seine Zähne aufeinander krachten.

---

1. Erfunden von den Gourmets, den Franzosen. Ein Aperitif ist ein alkoholisches Getränk vor dem Abendessen, das den Appetit anregen soll.

Vom anderen Ende des Raumes sagte Herzogin Kerala: »Jungs, seid sanft.« Sie machte keinen Schritt, um einzugreifen; stattdessen trat eine andere Frau hinzu und führte die Jungen ruhig weg. Shambles grübelte: Hatte die Herzogin gelallt? Als sie wiedersprach, war er sich sicher.

»Danke, Nanny. Die Jungsch können jetzt ihr Abendesschen haben«, sagte die Herzogin. Als Shambles die Jungen ansah, konnte er sehen, wie sie zu kleinen Lord Vincents heranwuchsen, mit samt der Attitüde. Er machte sich eine gedankliche Notiz, sich von jedem der Sprösslinge des Herzogs fernzuhalten, selbst wenn er ein zahmes »Haustier« sein sollte. Nervös musterte er den Raum, sah aber keine Spur von Vincent. Er wusste nicht, ob das gut war oder nicht. Wenn er hier wäre, könnte er ihn im Auge behalten, aber Vincent wusste auch, dass er ein Frettchen war, das sich in einen Mann verwandeln konnte, und könnte seine Tarnung auffliegen lassen.

Am anderen Ende des Raumes öffnete sich die Flügeltür. Eine Frau, die eine gestärkte weiße Schürze über einer schwarzen Hose und einem schwarzen Hemd trug, nickte der Herzogin zu. Die Herzogin reichte ihr leeres Weinglas dem nächstbesten Bediensteten und verkündete in den Raum: »Das Essen ist scherviert.«

Shambles leckte sich die Lippen. Wunderbare Düfte von karamellisierten Zwiebeln, Braten und knusprigen Kartoffeln zogen herein.

Das Esszimmer wirkte ausgesprochen blau. Blaue Wände und in der Mitte des Raumes ein langer Tisch mit einer blauweißen Tischdecke. Ein flinkes Team von Kellnern, alle in Schwarz mit gestärkten weißen Schürzen gekleidet, stellte mehrere Schüsseln mit Salat in Abständen auf dem Tisch ab. Die Schüsseln waren nur mit grünen Blättern, dünnen Scheiben von Frühlingszwiebeln, gehobeltem Parmesan und weißen Bohnen gefüllt. [2]

Shambles sah, dass der Tisch für achtzehn Personen gedeckt war. Ein schnelles Durchzählen verriet ihm, dass es ein paar freie Plätze gab. Hoffnung keimte in ihm auf, als er sich fragte, ob er vielleicht etwas zu essen bekommen würde. Er würde besonders nett zu Col sein. Sie würde ihm sicher etwas von ihrem Essen abgeben. Vielleicht könnte er sogar einige der Gäste dazu becircen, ihm ebenfalls etwas zukommen zu lassen. Bei so vielen Leuten und solch großen silbernen Hauben über all den Tellern würde es doch sicher jede Menge Reste geben?

Herzog Pavla trat durch eine andere Tür ein. Alle neigten ihre Köpfe, als er hereinkam. Er trat auf Kerala zu und küsste sie zärtlich auf die Wange. Shambles bekam einen Kloß im Hals. Sie gaben so ein reizendes Paar ab. Er hoffte, dass er und Ondine in diesem Alter immer noch so zärtlich zueinander sein würden.

Sie standen und warteten darauf, dass der Herzog Platz nahm. Zu Shambles' Überraschung setzte sich der Herzog nicht an das Kopfende des Tisches. Stattdessen wählte er die Mitte einer der Längsseiten, gegenüber der Herzogin. Der Platz neben der Herzogin war leer, und Shambles fragte sich, wer dort sitzen würde, wenn nicht der Herzog?

---

2. Studien auf der ganzen Welt zeigen, dass Rot und Gelb den Appetit steigern, während Blau und Grün dem Unterbewusstsein helfen können, weniger zu essen. Aber übertreiben Sie es nicht und streichen Sie Ihre Küche nicht grün und blau, sonst wird den Leuten übel.

»Guten Abend«, sagte Pavla. »Ab sofort wird kein Fisch mehr auf der Speisekarte stehen. Nehmen Sie bitte Platz.«

Sobald der Herzog sich gesetzt hatte, folgten alle anderen. Die Kellner hoben die Hauben von den Tellern und enthüllten das Festmahl darunter.

Shambles' Magen machte Augen. Was für winzige Portionen!

Selbst für einen Mann von der Größe eines Frettchens war es eine kümmerliche Portion. Ein halbes gekochtes Ei in Scheiben geschnitten. Zwei Streifen Brathähnchen, so dünn, dass man durch sie hindurchsehen konnte. Ein winziger Haufen Röstzwiebeln. Sautierte Zucchini und noch mehr von diesen weißen Bohnen. [3] Ach ja, und drei dünne Kartoffelplättchen. Alles in der Mitte eines großen weißen Tellers mit einem breiten blauen Rand angerichtet.

»Das ist hoffentlich nur die Vorspeise«, murmelte er Col zu, während sein Magen knurrte.

Die alte Col hustete, hob ihn dann von ihrer Schulter und setzte ihn auf ihren Schoß. So war er außer Sichtweite und konnte unbemerkt unter den Tisch schlüpfen, um später von allem zu berichten, was er aufschnappte. Trotz der kleinen Portionen ließ die alte Col ihn nicht im Stich und ließ ein Stück Ei von ihrer Gabel fallen. Mit einem Sprung fing er das Essen mitten in der Luft auf und schluckte es hinunter, bevor er landete.

Etwas gestärkt machte er sich an die Arbeit, die Ohren gespitzt. Das Ausweichen vor den Füßen der Leute wurde zu seiner obersten Priorität. Über dem Tisch sahen die Gäste

---

3. Westlich von Italien nennt man Zucchini Courgettes.

ruhig und gelassen aus, aber darunter wurde ziemlich viel gezappelt und herumgefummelt.[4]

Shambles machte sich auf den Weg zum Ende des Tisches und sah ein Paar Beine, die an den Knöcheln nervös hin und her wippten. Er spitzte die Ohren bis zum Zerreißen.

»murmel, murmel, Essen, murmel, richtig, murmel, murmel, Tennis.«

Das half nicht viel, also beschloss Shambles, hinter die zuckenden Füße zu gehen und sich direkt unter den Stuhl des Sprechers zu setzen.

»murmel, murmel, das Essen ausschließen, murmel«, sagte eine männliche Stimme. »murmel, davon gibt es nie genug.«

Eine Person, die neben ihm saß, kicherte leise. »murmel, murmel, Infanta.«

Das klang vielversprechend. Shambles horchte weiter und hörte jemanden tuscheln: »uns läuft die Zeit davon« und »müssen bald handeln«, aber nichts, was ein zusammenhängendes Ganzes ergab. Ein Stakkato-Marsch kündigte die Rückkehr der Kellner an, die die leeren Teller abräumten. Er strengte sich an, um mehr von der Unterhaltung mitzubekommen, aber das Geräusch der Schritte übertönte alles.

Er bewegte sich unter dem Tisch umher, suchte und lauschte nach interessanteren Gesprächen. Jemand kam zu spät und nahm den verbliebenen leeren Platz ein. Er

---

4. Auf die Gefahr hin, dies zu einem Handbuch über Brugels ungewöhnliche Grammatik verkommen zu lassen: »fenudging« ist ein gebräuchliches Adverb, das die fahrigen, zappeligen Bewegungen von Leuten beschreibt, die eigentlich still sitzen sollten.

erkannte die schleimige Stimme, die sagte: »Guten Abend, Mutter«, und hörte, wie er sie auf die Wange küsste.

Vincent! Shambles huschte über das Parkett zurück, um Vincents schweren Stiefeln zu entkommen. Das Letzte, was er gebrauchen konnte, war, ihm zu nahe zu kommen. Trotzdem blieben seine Ohren auf Hochalarm, als er hörte, wie die Herzogin ihrem Sohn zumurmelte: »Eines Tages wird all dies dir gehören.«

Tatsächlich? Das war interessant!

Ohne Vorwarnung durchzuckte ein Schmerz Shambles' Inneres. Panik schoss durch ihn. Stumm schrie er nach Ondine, sie möge ihm seine Qualen nehmen. In Gedanken rief er sich ihr süßes Gesicht vor Augen, um sich zu konzentrieren. Wie konnte das so schnell über ihn gekommen sein? Seine schwarzen, pelzigen Arme knickten ein, bleichten aus und wurden zu Haut. Seine Beine wuchsen und wuchsen. Gerade noch rechtzeitig zog er sich von dem zuckenden Fuß von jemandem weg. Jeden Moment konnte Vincent eine Gabel oder eine Serviette fallen lassen, hinuntergreifen, um sie aufzuheben, und ihn auf dem Boden liegen sehen, nackt wie Gott ihn schuf.

Er dachte unentwegt an Ondine. Als er den Kopf so neigte, dass er durch den Wald aus Beinen hindurchsehen konnte, dachte er, er sei gestorben und in den Himmel gekommen. Da war sie, seine wunderschöne Ondine, die mit einem Tablett voll dampfend heißer Handtücher an der Tür stand. Ihre Nähe musste der Grund sein, warum er sich verwandelt hatte. Er schlug sich – lautlos! – an die Stirn und fühlte sich wie ein dummer kleiner Trottel! Er konnte ein Frettchen sein, wann immer er wollte, aber wenn sie in seine

Nähe kam, wurde er zum Menschen. Oder, wenn er bereits ein Mensch war und sie sich entfernte, verwandelte er sich zurück in ein Frettchen. Wenn er nicht bald anfing, das zu kontrollieren, würde er in ernsthaften Schwierigkeiten stecken!

Ondine erhaschte einen Blick auf ihn, und für einen Moment spiegelte sich Bestürzung auf ihren lieblichen Zügen wider. Genauso schnell wurde ihr Gesicht wieder ausdruckslos, als hätte sie überhaupt nichts gesehen. Hamish spürte eine neue Welle des Stolzes darauf, wie gut sie mit der Situation umging, wenn man die verrückten Umstände bedachte.

»Euer Gnaden«, sagte Ondine und ging auf den Herzog zu. Rasende Schmerzen hämmerten von innen auf Hamish ein, doch nun war seine größte Sorge die Angst vor der Entdeckung. Er musste sich zurückverwandeln, sonst würde er enttarnt werden. Die ganze Zeit über gab er keinen Mucks von sich, kein einziges Stöhnen oder auch nur ein lautes Keuchen. [5] Zuzusehen, wie ihre Füße sich um den Tisch bewegten und bei jeder Person anhielten, war eine weitere Form der Folter. Aber die Motivation, unentdeckt zu bleiben, überwog alles andere. Er rief sich den Schmerz erneut ins Gedächtnis und zwang seinen Körper mit reiner Willenskraft zurück in die Frettchengestalt.

Durch verschwommene Sicht sah er, wie Ondines Füße sich der Herzogin und Vincent näherten und sie beinahe

5. Ehrlich gesagt hätte er eine Medaille verdient. Versuch doch das nächste Mal, wenn du dir nur leicht wehtust, zum Beispiel den Zeh stößt oder dich am Papier schneidest, vollkommen still zu bleiben.

einen Schritt verfehlte. Oh nein, das war kaum der leise, heimliche Anfang, den sie sich alle erhofft hatten. Vincent wusste nun, dass Ondine hier war, also mussten sie besonders vorsichtig sein.

Taumelnd kam Shambles auf seine vier Pfoten, wackelte und humpelte zurück in die Sicherheit von Old Col. Herrliche, fleischige Düfte bestürmten seine Sinne. Als er aufblickte, fand er ein winziges Lammkotelett, das von ihren Fingern baumelte.

»Ja, du bist ’ne gute Frau.« Er hielt seine Stimme leise, sodass nur Col ihn hören konnte.

Er vergrub sein Gesicht im Fleisch, biss Stücke ab und schluckte sie unzerkaut hinunter. Er hörte mehr, als er sah, wie Ondine durch die Dienertür verschwand. Ein Stich fuhr ihm bei ihrem Weggang ins Herz, aber er wusste, dass sie so weit wie möglich von Vincent wegwollte.

Sicher zurück in seiner Frettchengestalt und sich besser fühlend, nachdem er gegessen hatte, dachte Shambles weiter darüber nach, wie er seine Magie kontrollieren könnte. Mit einem weiteren Stich wurde ihm etwas Schreckliches klar: Um seine Arbeit richtig und unentdeckt zu erledigen, müsste er seine jetzige Gestalt beibehalten.

Und das bedeutete, sich von Ondine fernzuhalten.

Ein wütendes Bellen kam vom Eingang der Gäste. Zwei der Kellner öffneten die Flügeltüren. Herein trat die Infantin Anathea, die einen weißen Wattebausch unter dem Arm hielt. Er bellte und kläffte wie ein Wahnsinniger. (Der Hund, nicht die Infantin.) Mit dem erstarrten Gesichtsausdruck einer Frau, die in einen starken Wind geraten war, blickte die aschblonde Infantin in die Runde zu allen, die am Tisch saßen. Eine Weile lang versuchte Shambles herauszufinden, was mit ihrem Gesicht nicht stimmte. Jeder wusste, dass die Infantin mindestens ein Jahrzehnt älter war als der Herzog, aber ihre Augenbrauen saßen fast an ihrem Haaransatz und ihre Stirn sah bügelbrettflach aus.

Mit diesem hochmütigen Blick, vielleicht weil sie zu keinem anderen Gesichtsausdruck fähig war, wandte sich Infantin Anathea an den Herzog und knurrte: »Du hast ohne mich mit dem Abendessen angefangen?«

Alle hörten auf zu reden. Der Raum hallte von Klirren und Klappern wider, als sie ihr Besteck ablegten. Ein silberner Blitz fiel Shambles ins Auge – er drehte sich um und sah, wie jemand ein kleines Fischmesser in eine Clutch fallen ließ und den Verschluss zuklipsen ließ. Shambles schlich zu der Lackledertasche hinüber. Sie war so glänzend, dass er sein pelziges Spiegelbild darin sehen konnte.

Der Herzog erhob sich von seinem Stuhl. »Liebe Schwester. Das Abendessen findet pünktlich um sieben statt. So wie immer. Dein Platz wartet auf dich.«

»Du bist so unhöflich«, sagte die Infantin.

Shambles nutzte die Ablenkung zu seinem Vorteil, da die Stimme der Infantin das leise »Klick« übertönte, als er die Clutch öffnete. Er packte das gestohlene Messer mit den Zähnen und brachte es an eine leere Stelle unter dem Tisch, weit weg von den Füßen aller Anwesenden.

In diesem Moment entdeckte der kleine Hund der Infantin Shambles unter dem Tisch. Der Hund zuckte und wand sich, als hätte man ihm einen Elektroschocker verpasst.

»Nein, Biscuit«, sagte die Infantin. [6]

Biscuit schenkte der Infantin keine Beachtung. Mit einem blutgerinnenden »Rururufunction« katapultierte sich das weiße, haarige Ding in die Luft. Es landete auf dem Boden und stürmte auf Shambles los.

»Biscuit! Fuß!«, befahl die Infantin, aber Biscuit hatte einen anderen Meister – die Blutgier!

Für eine erschreckende Viertelsekunde erwog Shambles, sich in einen Menschen zu verwandeln, um seine Haut zu retten. Aber das konnte er nur, wenn Ondine noch da wäre, und sie war gegangen.

Panik durchflutete seinen pelzigen Körper, als er aufblickte und Old Cols besorgtes Gesicht sah.

Mit einem Satz schoss er am Stuhlbein hoch, aber seine Krallen verfingen sich im Saum von Cols Rock.

»Rururururu«, bellte Biscuit. [7]

Blitzschnell packten Old Cols Hände Shambles um die Mitte, um ihn in Sicherheit zu ziehen. Biscuit warf sich in die Luft, sein Maul offen, weiße Zähne und rotes Zahnfleisch entblößt.

Der hübsche weiße Hund schlug seine Reißzähne in Shambles' Frettchenhals und biss kräftig zu.

Drei Leute schrien gleichzeitig, Shambles war sich nicht sicher, wer.

Old Col begann etwas zu murmeln.

---

6. Biscuits richtiger Titel lautet Cardrona König Iwanowitsch, fünfmaliger Rassensieger, zweimaliger Best in Show, Herzogliche Hundeschau Venzelemma.

7. Er knurrte auch, aber die brugelische Schreibweise für Hundeknurren ist zu kompliziert, um sie hier abzudrucken.

Zweiundvierzig Zähne *klitterten* auf den Boden. [8]
Shambles' Welt verschwamm und er wurde ohnmächtig.

8. Da dies das erste Mal war, dass jemand Zähne auf den Boden fallen hörte, musste dafür ein neues Wort erfunden werden.

KAPITEL ACHT

Da Ondine weder eine Hexe noch eine Frau mit übernatürlichen Kräften war, die in Räume blicken konnte, ohne sich darin zu befinden, ahnte sie nichts von Shambles' misslicher Lage. Man musste ihr zugutehalten, dass sie erkannt hatte, dass ihre Anwesenheit im Speisesaal des Herzogs während des Abendessens ein gewaltiger Fehler gewesen war. Sie wusste, dass Hamish und die alte Col beim Abendessen sein würden, aber sie hatte Dragutas Bitte, die heißen Handtücher hineinzubringen, nicht ablehnen können. Schuldgefühle durchströmten sie bei dem Gedanken an den gewaltigen Schmerz, den es Hamish bereitet haben musste, als sie so plötzlich aufgetaucht war und ihn zur Verwandlung gezwungen hatte. Dass Vincent auch noch da gewesen war, machte die Sache nicht besser. Zum Glück hatte er ihr nur einen schmierigen Blick zugeworfen und den Mund gehalten. Sobald sie ihre Aufgabe erledigt hatte, nickte Ondine dem Herzog und der Herzogin zu und machte sich schleunigst aus dem Staub. Sie ging davon aus, dass Hamish sich wieder in ein Frettchen zurückverwandeln und in Sicherheit sein würde, unentdeckt und nur ein wenig grün um die Nase.

Ohne zu wissen, dass Hamish nach Biscuits Angriff am Hals blutete, folgte Ondine Draguta in den Aufenthaltsraum des Personals und aß eine Schüssel Gemüsesuppe und ein Mehrkornbrötchen. Nichtsahnend, dass die Infantin die alte Col lauthals anschrie, dass »dieses widerliche Ding« ihrem Champion womöglich Tollwut verpasst hatte, nahm Ondine eine zweite Schüssel Suppe an.[1]

Sie bekam auch von der nächsten Entwicklung nichts mit, bei der die alte Col eine Beschwörung an die Mächte der Erde, der Sterne und des Mondes richtete, woraufhin Biscuit die Zähne ausfielen.

Aber die schrillen Schreie der Infantin, die eine Blechdose hätten öffnen können? Ja, die hörte Ondine laut und deutlich. So gut wie jeder im Palechia hörte sie. Sie rissen durch die Gänge und die dünnen Gipsmauern wie Dolche aus übler Laune. Der durchdringende Lärm erreichte den Aufenthaltsraum, wo Ondines zweites Brötchen lockte, aber letztendlich unberührt blieb.

Im Bruchteil einer Sekunde ergriff Ondine die Flucht und

---

1. Tollwut ist ein besonders bösartiges Virus, das durch den Speichel bei Bissen von infizierten Tieren übertragen wird. Das Virus greift das zentrale Nervensystem des Opfers an und lässt es völlig verrückt werden. In späteren Stadien der Infektion schäumt das Opfer vor dem Mund, da sein Körper reichlich Speichel produziert. Wenn es nicht schnell behandelt wird, ist es fast immer tödlich.

In dem Versuch, nervöse Touristen zu beruhigen, erklärte sich Brugel im Jahr 2005 für tollwutfrei. Die benachbarten Länder Slaegal und Craviç erheben jedoch keine solchen Ansprüche. Wie jeder weiß, können wilde Hunde und Fledermäuse (die Hauptüberträger) kein Brugelisch lesen und laufen oder fliegen häufig direkt an den Schildern vorbei, die sie anweisen, draußen zu bleiben.

rannte auf die schrecklichen Geräusche von Chaos und Entsetzen zu.

Nur um sich ihrem schlimmsten Albtraum gegenüberzusehen. Okay, ihrem zweitschlimmsten Albtraum. Ihr allerschlimmster Albtraum war, von Hamish getrennt zu sein. Aber ihr zweitschlimmster Albtraum war Lord Vincent.

Er stand direkt vor ihr. Seine Augen blitzten zornig, als er sich die blonden Strähnen aus der Stirn strich. Ein Schimmer von Genugtuung durchfuhr sie, als sie die Überreste eines blauen Flecks auf seiner Hand sah, der von der Nacht übrig geblieben war, als sie ihn beim Ausrauben des Familienhotels erwischt hatten. Wäscht er sich nicht oder war es die schiere Schuld, die den Fleck dort hielt? Nicht zum ersten Mal fragte sich Ondine, was sie jemals an ihm gefunden hatte. Er wäre vielleicht gutaussehend gewesen, wenn er innerlich nicht so hässlich wäre.

»Was machst du hier?«, fragte sie.

»Was machst du hier?«, fragte er sofort zurück. »Und steh nicht da wie ein Idiot. Verbeuge dich vor deinesgleichen.«

Nur weil du einen Titel hast, heißt das nicht, dass du besser bist als ich. Die Erinnerung an die Nacht, in der er ihr eine harte Ohrfeige gegeben hatte, kam wieder hoch. [2] Trotzdem hielt sie ihren Rücken kerzengerade. »Solltest du nicht in Fort Kluff sein?«

»Hat nicht geklappt.« Er untersuchte einen Fingernagel und sagte: »Warum bist du hier?«

»Ich arbeite.«

---

2. Wetten, du wünschst dir jetzt, du hättest das erste Buch gelesen, was?

Vincent äffte sie nach: »Ich arbeite.« Er machte keine Anstalten, zur Seite zu treten, um sie vorbeizulassen.

Frustration wallte in Ondine auf. »Darf ich vorbei?«

Schweigend trat er zur Seite und machte Platz.

Ondine machte einen Schritt, aber etwas traf sie hart am Schienbein. Ein rüttelndes, fallendes Gefühl dauerte nur eine halbe Sekunde, bevor sie mit einem dumpfen Aufprall auf dem Boden landete. Sie blickte auf und sah ein Grinsen auf seinem Gesicht.

»Nicht ganz eine Verbeugung, aber es wird reichen.«

Ondine rappelte sich auf und rieb sich den Schmerz von den Handflächen. »Du bist ein –«

»– Tststs! Wenn ich Herzog bin, wirst du mir mehr Respekt zeigen.«

»Wenn du Herzog bist, wandere ich nach Slaegal aus!«[3] Ondine stampfte davon, so gut sie konnte, mit erhobenem Kopf, leicht hinkend, aber dennoch den Sieg genießend, das letzte Wort gehabt zu haben.

Gerade als sie um die Ecke bog, rief Vincent: »Hexe!«

Sein Tonfall war so giftig, dass sie sicher war, dass er es abfällig meinte. Empörung im Namen ihrer Großtante durchströmte sie. Eine Erwiderung sprang ihr auf die Lippen, als gerade die alte Col ankam und einen regungslosen Shambles in den Armen trug. Um seinen Hals hatte sie eine weiße Leinenserviette gewickelt.

---

3. Die Hauptstadt von Slaegal heißt Norange. Es ist das einzige bekannte Wort, das sich auf Orange reimt. Manche Leute bestreiten das und sagen, »strange« sei nah genug dran, und in der Tat ist es ein seltsamer Ort.

Korrektur, einiges davon war weiß, aber größtenteils war sie von tiefen, weinroten Flecken bedeckt.

»Shambles!«, rief Ondine.

Ein Ruck. Ihr Magen machte diesen schrecklichen, angstvollen Absacker, als sie ihn ansah. Dann noch ein Ruck, als sich ein weiteres nagendes, schreckliches Gefühl, dass etwas nicht stimmte, breitmachte. Sie stand direkt neben ihm, nah genug, um seinen Kopf zu berühren und zu sagen: »Oh, du armer Schatz.«

Warum hatte er sich also nicht wieder in einen Mann zurückverwandelt, jetzt, da sie sich wieder nahe waren? Wollte er nicht? Keuchen. *War er zu schwer verletzt?*

»Schnell, lass uns in mein Zimmer gehen«, sagte die alte Col. Sie rannten die Treppe hinauf, eilten den Gang entlang und schlossen dann die Tür hinter sich, um ihre Ruhe zu haben.

Ondine schnappte sich ein paar Handtücher und legte sie auf das Bett, damit sie Shambles hinlegen konnten, ohne die Bettdecke zu beflecken.

Mit einem Zittern in der Stimme fragte Ondine: »Wie ist das passiert?« Währenddessen streichelte sie sanft Shambles' weichen Frettchenkopf und küsste ihn sogar zweimal. Flatterten seine Augenlider auf? Murmelte er auch nur einen einzigen frechen Kommentar zu den Küssen? Nein. Was Ondine noch mehr Sorgen bereitete. »Bei den Monden des Jupiter, er stirbt.«

»Er stirbt nicht«, sagte die alte Col und wickelte das Tuch ab, um Shambles' verfilzten, nassen Hals zu enthüllen. Sein pelziger Körper hob und senkte sich sanft mit seiner Atmung.

»Aber da ist so viel Blut«, sagte Ondine.

»Das stimmt. Glücklicherweise stammte das meiste davon von Biscuit. Das ist übrigens der verrückte Hund der Infantin. Gott sei Dank hat der Hundebiss nichts Lebenswichtiges getroffen, sonst wäre Shambles verblutet.«

Ein frischer Schmerz durchfuhr Ondine und ihr Magen wurde flau, als würde Milch mit Zitronensaft gerinnen. Sie hatte das Gefühl, keine Luft mehr zu bekommen. Ihr kräftiger, gut aussehender Junge lag einfach da in seiner zerbrechlichen Frettchengestalt, und sie konnte nichts dagegen tun.

Die alte Col erzählte Ondine die ganze traurige Geschichte. Wie der preisgekrönte Ausstellungshund wie ein Berserker über Shambles hergefallen war und wie sie uralte Magie benutzt und dem kleinen Köter die Zähne ausgerissen hatte. Jeden einzelnen von ihnen.

Die alte Col sah beschämt aus. »In der Panik des Augenblicks wollte ich Biscuits Zähne einfach nur aus Shambles raus haben. Ich muss den Zauberspruch wohl nicht ganz richtig aufgesagt haben. Vielleicht hatte ich einen kurzen Aussetzer?«

Hoffnung keimte in Ondine auf. Wenn dieser fiese Hund keine Zähne mehr hatte, wäre Shambles vor zukünftigen Angriffen sicher. »Wird er sich wieder vollständig erholen?«, fragte sie und dachte dabei nur an Shambles, nicht an den Hund der Infantin.

»Zweifellos. Er schläft nur seinen Rausch aus. Als der Hund angriff, wollte Shambles gerade mit genug Flüchen loslegen, um die Tapete von den Wänden zu reißen. Es war keine Zeit zum Nachdenken. Ich habe einen Zauber auf ihn gelegt, damit er tot aussieht, sodass ich ihn aus dem Speisesaal schaffen konnte.«

Erleichterung überschwemmte Ondine wie eine Flutwelle. Aber es gab noch einen weiteren unbekannten Faktor in diesem traurigen Abenteuer, die ganzen unbekannten Unbekannten nicht mitgezählt.[4]

»Tante Col, warum ist er immer noch ein Frettchen?«

Col schüttelte den Kopf, schürzte tief in Gedanken die Lippen und sagte: »Wir werden abwarten müssen.«

Warten ist furchtbar. Da ist das Warten auf eine Mahlzeit, die man schon kochen riecht und bei der einem der Magen zuruft: »Beeil dich!«. Da ist das kribbelige Warten auf die Wertung der pingeligen Kampfrichter beim Turnen, die nicht sicher sind, ob sie für das Übertreten der weißen Linien einen halben oder einen ganzen Punkt abziehen sollen. Und dann gibt es da noch dieses hoffnungslose »Mir-ist-ganz-übel«-Warten, wenn ein junges Mädchen die trostlose Gestalt eines verletzten Frettchens betrachtet und sich fragt, ob es jemals wieder ein gut aussehender Mensch werden wird.

---

4. Vom ehemaligen US-Verteidigungsminister Donald Rumsfeld: »Es gibt bekannte Bekannte. Das sind Dinge, von denen wir wissen, dass wir sie wissen. Es gibt bekannte Unbekannte. Das heißt, es gibt Dinge, von denen wir wissen, dass wir sie nicht wissen. Aber es gibt auch unbekannte Unbekannte. Das sind die Dinge, von denen wir nicht wissen, dass wir sie nicht wissen.« 12. Februar 2002, Pressekonferenz des Verteidigungsministeriums. Herr Rumsfeld vergaß hinzuzufügen, dass es auch »unbekannte Bekannte« gibt. Das sind Dinge, die man zwar weiß, aber vergessen hat.

Eine Stunde zog sich dahin. Als Ondine auf die Uhr der alten Col schaute, log diese und behauptete, es seien nur acht Minuten vergangen. Fünfzehn weitere von Ondines Stunden vergingen in den nächsten zwei echten Stunden. Bei Shambles gab es keinerlei Veränderung, nur das Heben und Senken seines kleinen pelzigen Bauches, während er ein- und ausatmete. Hin und wieder zuckten seine Pfoten. Einmal zitterten seine Augenlider und schienen aufspringen zu wollen, aber es waren nur seine Augen, die zuckten. Er träumte.

»Du brauchst selbst Schlaf, du musst morgen früh in die Schule«, sagte die alte Col.

»Aber die hat doch gar kein Dach.«

»Pyotr hat mir erzählt, dass sie mit einer der Scheunen vorliebnehmen werden.«

»Muss ich hingehen?«

»Natürlich musst du. Wenn nicht, wird der Herzog dich nach Hause schicken. Übrigens sind deine Eltern stinksauer auf mich, weil ich dich hierbleiben und arbeiten lasse.«

Schluck. Hamish hatte so viel Platz in ihrem Kopf eingenommen, dass sie keinen einzigen Gedanken an ihre Eltern verschwendet hatte. »Es kam nicht so gut an?«

»Du hättest deine Mutter schreien hören sollen, als ich sie anrief und ihr erzählte, wo wir sind. Sie wollten, dass du sofort nach Hause kommst. Ich habe ihnen gesagt, dass du hier eine bessere Ausbildung bekommst. Also beweise lieber, dass ich recht habe, sonst stecken wir alle in der Klemme.

Und noch was, ruf sie ab und zu an, damit sie wissen, dass du sicher und wohlauf bist.« [5]

Ondine rieb sich die Augen, fand etwas Körniges in den Augenwinkeln und willigte ein, in ihr Zimmer zurückzukehren.

Manche Menschen haben sich schon so sehr um das Schicksal eines anderen gesorgt, dass sie die ganze Nacht vor lauter Stress wach gelegen haben. Ondine war keine solche Person. Ja, sie hatte fest vor, sich die ganze Nacht Sorgen um Shambles zu machen und darum, ob er jemals wieder Hamish sein würde. Das neue Bett fühlte sich fremd und kalt an; ein Rezept für weiteres Grübeln. Ihr Körper hatte jedoch andere Pläne, und sie schlief zwei Pikosekunden, nachdem sie die Decke hochgezogen hatte, ein.

Ondine schmeckte Staub, wurde halb wach und zwängte die Augen auf. Es war dunkel – kaum überraschend, da es mitten in der Nacht sein musste. Die wahre Überraschung war der Versuch zu schlucken. Ihre Zunge fühlte sich trocken genug an, um ihr Splitter in die Wangen zu treiben.

Ich muss mit offenem Mund eingeschlafen sein, dachte sie. Schnell gefolgt von einem weiteren wichtigen Gedanken: *Ich brauche etwas zu trinken.*

Als sich ihre Augen an das schwache Licht gewöhnten,

---

5. In Brugel besteht für alle Kinder bis zum sechzehnten Lebensjahr Schulpflicht. Man kann natürlich länger bleiben, und viele tun das auch. Es ist nicht ungewöhnlich, in der Oberstufe Schüler in ihren Zwanzigern anzutreffen. Der Anstieg an älteren Schülern wurde in den 1990er-Jahren so alarmierend, dass das Bildungsministerium eigene Campusanlagen für Zwanzigjährige einrichten musste. Dies führte auch zu der besonders kuriosen Situation, dass einige Schüler älter waren als ihre Lehrer.

sah Ondine kein erfrischendes Glas Wasser auf ihrem Nachttisch. Sie versuchte erneut zu schlucken und spürte die aschentrockenen Folgen. Ondine zuckte bei der nächtlichen Kälte zusammen, zog ihre oberste Decke über die Schultern und gab ihr Bestes, so leise wie möglich zu sein, um Draguta, die Wäschereileiterin, die im Bett neben ihr schlief, nicht zu wecken. Sie schloss die Tür mit einem leisen Klicken und machte sich auf den Weg in die Küche.

Um diese Zeit der Nacht erwartete sie, allein zu sein. Weit gefehlt. Dort in der Küche, an der zentralen Arbeitsfläche stehend, war eine Frau in einem schimmernden, seidigen Nachthemd mit einem wimmernden, flauschigen weißen Hund. Ein weißer Hund mit weichem, rotem Zahnfleisch, voller Lücken, wo früher seine Zähne gewesen waren.

Die Infantin! Ondine versuchte herauszufinden, welche Anrede die richtige war. Eure Gnaden? Mylady? Ihr Vater hätte es gewusst, aber er war nicht da, um zu helfen.

»Eure Hoheit.« Ondine machte schnell einen Knicks. Viel mehr konnte sie ohnehin nicht sagen, denn ihr Mund war so trocken wie wochenaltes Brot. Die Frau lächelte und Ondine spürte eine Welle der Erleichterung, weil sie es richtig gemacht hatte.[6]

---

6. In einigen europäischen Ländern ist es korrekt, eine Infantin mit »Eure Hoheit« anzusprechen, aber nur, wenn sie die Tochter des regierenden Königs oder der regierenden Königin ist. Da Brugel von Herzog Pavla regiert wird und die Infantin seine ältere Schwester ist, trifft dies nicht zu. Die Tradition in Brugel verlangt, dass sie mit »Mylord« angesprochen wird, obwohl sie eine Frau ist. Danach wird sie als »Ma'am« bezeichnet. Indem Ondine sie »Eure Hoheit« nannte, hatte sie die Infantin in einen Rang über den Herzog befördert, und die Infantin hatte nicht die Absicht, sie zu korrigieren.

Zuerst dachte Ondine, sie hätte die Frau überrascht, dem schockierten Ausdruck der Infantin nach zu urteilen, doch nach einer Weile wurde klar, dass die Augenbrauen der Frau permanent so hochgezogen waren.

»Warum wurdest du um diese späte Stunde in die Küchen geschickt, Kind?«

Ein Krächzen, ein Röcheln. »Niemand hat mich geschickt. Ich brauche einen Schluck Wasser, Eure Hoheit.«

Die Infantin nickte in Richtung der Wasserhähne und steckte dem Hund einen Löffel ins Maul. Für einen winzigen Augenblick tat Biscuit Ondine leid. Gleich darauf dachte sie jedoch, dass der Hund alles verdiente, was er bekam, weil er ihren geliebten Shambles angegriffen hatte.

Mit dem Glas Wasser sicher in der Hand beschloss Ondine, von dort zu verschwinden, bevor sie etwas Dummes sagte. Als sie sich umdrehte, sah sie, wie die Infantin eine schnelle Bewegung von dem großen Suppentopf weg machte, der über kleiner Flamme köchelte.

»Was?« Der Blick der Infantin bohrte sich in sie.

Ondine würde wohl kaum sagen, dass sie dachte, die Infantin hätte etwas in die Suppe getan. Ein Anflug von Ekel durchfuhr sie bei dem Gedanken, dass die Infantin den Hund mit dem Suppenlöffel fütterte. Oder war die Suppe nur für den Hund? In diesem Fall wäre es in Ordnung, wenn auch ein wenig unkonventionell. Wenn es sich jedoch um die Gemeinschaftssuppe handelte, sollte sie wahrscheinlich jeden warnen, dass Biscuits Sabber darin war. [7]

---

7. Das englische Wort »to queef« (sinngemäß: kurz aufstoßen) bedeutet, innerlich ein bisschen zu erbrechen, ohne dass etwas dabei herauskommt.

Unmittelbar nach diesem inneren Monolog kam Ondine ein anderer Gedanke, der den Ekel verdrängte und die Angst hereinließ. Vielleicht hatte die Infantin den Löffel nicht zurück in die Suppe getan. Vielleicht hatte sie etwas anderes in die Suppe getan?

»Entschuldigung, ich habe nur … meine Augen sind noch halb geschlossen. Bitte entschuldigt mich, Eure Hoheit, ich muss zurück ins Bett.«

Diese herrischen, hochgezogenen Augenbrauen machten Ondine unbehaglich. Irgendwie war Ondine sich sicher, dass die Infantin etwas in die Suppe getan hatte, und sie musste es der Alten Col erzählen, sobald sie die Gelegenheit dazu bekäme.

»Wie ist dein Name, Kind?«

»Ondine, Eure Hoheit.«

»Und was hast du gesehen, Ondine, hmm?«

»Ich …« Sie nahm einen Schluck Wasser und dachte verzweifelt über etwas Überzeugendes nach, das sie sagen konnte. Der Hund lieferte die Inspiration, als er den ihm angebotenen Löffel ableckte. »Es tut mir so leid, dass ich so starre, aber ich habe gesehen, dass Euer Hündchen keine Zähne hat. Das habe ich wirklich nicht erwartet.«

Keine Veränderung im Gesichtsausdruck der Infantin. Es war schwer zu sagen, ob dies Absicht war. »Nein. Heute Abend habe ich auch nicht damit gerechnet, dass mein Hund zerfleischt wird«, sagte sie. »Es war der neue Freund meines

---

Man kann dabei auch die Lippen fest zusammenpressen und die Wangen aufblasen wie ein Goldfisch mit Wasserkopf.

kleinen Bruders, der das getan hat. Das sollte besser in Ordnung gebracht werden, oder es wird Ärger geben.«

Noch etwas, was Ondine nicht erwartet hatte – die Infantin beachtete ihr Publikum nicht und tat den abgeleckten Hundelöffel zurück in die Suppe, was ihre frühere Vermutung über die Brühe aus Hundebakterien, die im Topf schwappte, bestätigte.

Ondines Gesicht muss ihren Ekel verraten haben, denn die Infantin sagte: »Er hat einen besseren Stammbaum als jeder andere unter diesem Dach.«

Ja, aber sein Maul wimmelt trotzdem vor Keimen, dachte Ondine. Wie unfair, dass der Herzog den Gesundheitsinspektor auf das Hotel ihrer Eltern angesetzt hatte, wo er doch die ganze Zeit über seiner eigenen Küche hätte mehr Aufmerksamkeit schenken sollen! [8]

Wieder und wieder löffelte die Infantin Suppe aus dem Topf zum Hund. Der Hund stand auf der Anrichte in der Kombüse und leckte sie auf. Ein paar Tropfen Suppe landeten auf der Anrichte, genau dort, wo das Küchenpersonal am Morgen das Essen zubereiten würde. Der Hund leckte auch das auf.

Die Infantin hörte auf zu löffeln und sah Ondine an. »Du bist neu hier, nicht wahr?«

»Ja.«

»In letzter Zeit werden viel zu viele Leute eingestellt. Ich bin nicht damit einverstanden, aber der Herzog will nicht auf

---

8. Dies geschah in Ondines vorherigem Abenteuer, und zum Glück für ihre Familie gab Hamish allen eine ausreichende Warnung, dass der Lebensmittelkontrolleur auf dem Weg war.

mich hören. Arbeite hart und halte dich aus Schwierigkeiten heraus. Viele Leute glauben, sie wüssten, was vor sich geht, aber das tun sie nicht. Du denkst vielleicht, du weißt etwas, also gehst du hin und erzählst es dem Herzog. Spar dir die Mühe. Es interessiert ihn nicht. Wenn du etwas siehst oder etwas Seltsames hörst und wissen willst, was es bedeutet, kommst du stattdessen zu mir, hast du gehört?«

Ondine schluckte und gab ein kleinlautes »Ja« von sich, während sie sich die ganze Zeit fragte, wie sie das Leben an diesem verrückten Ort überleben sollte.

KAPITEL NEUN

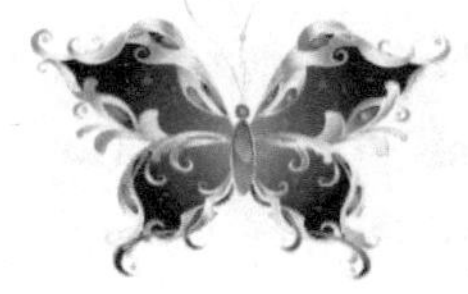

MORGEN? Ist es da nicht eigentlich hell? Fehlanzeige. Ondine wachte auf, als Draguta ihr einen sanften Stupser auf die Schulter gab und sagte: »Zeit für Aufstehen.«[1]

In der Ferne hörte Ondine, wie Leute aufstanden und sich für den neuen Tag bereitmachten. Sie hörte schlurfende Füße den Gang entlang, das Rauschen von Duschen und das Schaben von Besteck auf Geschirr im Aufenthaltsraum der Angestellten, wo die Leute frühstückten.

Hamish! Ondines Verstand schaltete auf Hochtouren. Manche jugendlichen Langschläfer kommen vor Mittag weder mit dem Kopf noch mit dem Körper in die Gänge. Ondine überraschte sich selbst und ihre Generation, indem sie sich in Rekordzeit anzog, die Zähne putzte und ihr Haar zu einem straffen Pferdeschwanz bürstete. Die ganze Zeit

---

1. In Brugel hatte man die Uhren noch nicht zurückgestellt und es galt noch die Sommerzeit. Im Frühling stellen die Brugeler ihre Uhren am ersten Sonntag im April zwei Stunden vor und haben dann Montag und Dienstag als Feiertage frei, um sich von dem Schock zu erholen. Im Herbst stellen sie die Uhren am ersten Sonntag im Oktober um eine Stunde und am ersten Sonntag im November um eine weitere Stunde zurück, damit sie zweimal ausschlafen können.

über machte sie sich Sorgen. Was, wenn er in der Nacht aufgewacht war und sie nicht da gewesen war? Würde er denken, sie hätte ihn im Stich gelassen?

Als Ondine in Tante Cols Zimmer ankam, fand sie ihre Großtante frisch und munter vor, bereit für einen neuen Tag. Als sie jedoch Hamish erblickte, war er unglücklicherweise immer noch ein Shambles-Frettchen.

»Shambles, du bist wach. Geht es dir gut?«

»Umso besser, da ich dein hübsches Gesicht sehe«, sagte Shambles, als er auf Tante Cols Schulter kletterte, um mit einer errötenden Ondine auf Augenhöhe zu sein.

»Ihr zwei, ihr seid unverbesserlich«, sagte Tante Col.

»Dann hör auf, uns dazu anzustiften«, sagte er.

Ondine kicherte. Obwohl sie ein Frettchen ansah, konnte sie in ihrer Vorstellung Hamishs spitzbübisches Grinsen sehen und stellte sich seine funkelnden grünen Augen voller Schalk vor.

Alte Col machte ein spöttisches Geräusch und sagte dann: »Ich bin froh, dass du hier bist. Wir müssen uns besprechen.«

»Du hast herausgefunden, wer versucht, den Herzog zu töten?«[2]

»Ich bin gut, meine Liebe, aber nicht ganz so gut. Shambles hat jedoch entdeckt, dass Leute lange Finger machen und sich am Tafelsilber und wahrscheinlich an allem, was in eine Hand passt, bedienen. Sei also bitte vorsichtig, wenn du

---

2. 2 Dinge schnell zu besprechen, damit jeder weiß, was bei den anderen los ist. Aber nicht so lange zu reden, dass die Leute sich langweilen und zappelig werden.

die Wäsche machst, und schau in die Taschen der Leute, um alles Wertvolle herauszunehmen.«

»Natürlich werde ich das tun«, sagte Ondine, blickte sehnsüchtig auf das Frettchen-das-ihr-Schatz-sein-sollte und wünschte sich, er würde wieder ein Mensch werden. »Und du bist sicher, dass es dir gut geht?«

»Ach ja, alles paletti. Hab seit Ewigkeiten nicht mehr so gut geschlafen.«

Er klang auf jeden Fall zuversichtlich. »Aber du bist immer noch ein Frettchen, obwohl ich genau hier bin.«

»Ja, du bist ein schlaues Mädchen. Ist sie nicht pfiffig, Col?«

Tante Col verdrehte die Augen. »Allerdings.«

Shambles setzte das breiteste Grinsen auf, das im Arsenal eines Frettchens zu finden war, und zwinkerte Ondine zu. »Reine Willenskraft. Davon hab ich *mehr* als genug. Hab's mir ausgedacht, als ich unterm Tisch war und ihr beim Abendessen reingekommen seid. Musste schnell improvisieren. Und es fühlt sich besser an, so zu bleiben, anstatt die ganze Zeit hin und her zu wechseln. Natürlich braucht der Herzog mich so, damit ich meine Arbeit machen kann, Mädchen.«

Nagende Sorgen begannen, an Ondine zu nagen und sie zu beunruhigen. »Aber ... du magst es, ein Mensch zu sein, oder?«

»Ach, ich *liebe* es, ein Mensch zu sein.« Er zwinkerte erneut. »Aber du weißt ja, ich hab jetzt so viele Verpflichtungen und kann schlecht herumschleichen, wenn mich jeder sehen kann. So sehr ich dein lachendes Gesicht auch liebe, es ist jetzt nach sieben, Mädchen. Der Unterricht beginnt um Viertel nach. Du solltest besser die Beine in die Hand nehmen.«

Schwindelerregende Hoffnung und Verwirrung wirbelten in Ondines Herz durcheinander, was angesichts des Stresses vom Vortag, der frühen Stunde und ihres bizarren Gesprächs mit der Infantin in der Nacht nicht schwerfiel. Was sie daran erinnerte.

»Trinkt nicht die Suppe.« Kurz und bündig erklärte sie ihre Begegnung mit der Infantin, dem Löffel, dem Hund und dem Suppentopf.

Alte Col sagte mit einem Schaudern: »Ich werde den Herzog informieren. Nun sieh aber zu, dass du zur Schule kommst. Ich werde heute Nachmittag gegen drei Uhr einen Spaziergang in der Nähe des Bogens aus Kreppmyrtenbäumen auf der westlichen Wiese machen. Triff mich dort.«

»Okay. Wir sehen uns dann.« Ondine gab ihrer Großtante einen Kuss auf die Wange und Shambles einen Kuss auf den Kopf. Sie gingen in verschiedene Richtungen – Alte Col und Shambles zum Frühstück in den Wintergarten, Ondine zu ihrem neuen Unterricht. Weitere nagende Sorgen folgten Ondine den ganzen Weg zur Schuls-Scheune. Sorgen, die in etwa so lauteten: *Ich weiß, dass Shambles die meiste Zeit ein Frettchen sein muss, aber wenn niemand sonst da ist, sollte er wirklich mein Hamish sein.*

Die Scheune zeigte alle Anzeichen eines eilig zum Klassenzimmer umgebauten Raumes. An der Wand hing ein Porträt des Herzogs, die Fenster waren staubig, die Dielenbretter knarrten, und es gab Tische und Stühle. Genug für eine Lehrerin und ein Dutzend Schüler im Alter zwischen elf und fünfzehn. Ein großes, tragbares Whiteboard stand vorne im Raum.

Eine Frau, die ungefähr so alt aussah wie Ondines älteste Schwester Marguerite, kam auf sie zu. »Guten Morgen, Sie müssen Ondine sein. Der Seneschall hat mir alles über Sie erzählt. Ich bin Ms Kyryl. Sie können sich gern neben Hetty setzen. Fangen wir an.«

Ms Kyryl hatte dunkles Haar, das am Hinterkopf festgesteckt war. Sie trug eine konservative blaue Bundfaltenhose, flache schwarze Schuhe und ein zugeknöpftes weißes Hemd unter einem Pullover mit V-Ausschnitt, der zu ihrer Hose passte. Um ihre Hüften trug sie einen kunstvoll geflochtenen Ledergürtel mit Quasten an den Enden und winzigen Messingglöckchen, die beim Gehen musikalisch bimmelten.

Ondine setzte sich neben die lächelnde Hetty. Hetty hatte stockgerades schwarzes Haar, das zu zwei Zöpfen an jeder Seite ihres Kopfes gebunden war, was sie wie etwa zehn aussehen ließ, obwohl sie eindeutig in Ondines Alter war. Hetty hatte eine winzig kleine Stupsnase. Wenn sie lächelte, wurden ihre Wangen zu runden Kissen und ihre sichelförmigen Augen schlossen sich fast.[3]

»Ich sollte mich nicht über den Sturm freuen, aber ich tue es«, sagte Hetty. »Die Sache ist die, ich wollte schon immer ein Pony haben und jetzt habe ich eins. Ich passe natürlich nur darauf auf, bis sie die Ställe wieder aufgebaut haben. Aber endlich habe ich ein Pony!«

---

3. Ein Krummsäbel ist ein schickes und furchtbar gefährliches, gebogenes Schwert aus dem mystischen Osten.

»Ein Pferd macht viel zusätzliche Arbeit«, sagte Ondine. »Wo hältst du es denn?«

»In unserem Wohnzimmer. Wir haben alle Möbel rausgeräumt und Stroh ausgelegt und es ist so wunderbar.«

Ondine klappte die Kinnlade fast auf den Tisch.

»Ha ha, reingefallen! Wir halten es vorläufig in unserer Scheune. Entschuldige, dass ich dich auf den Arm genommen habe! Ich bin so froh, endlich eine Freundin in meinem Alter zu haben.« Dann feuerte Hetty eine Reihe von Fragen ab: »Bist du mit deinen Eltern hergezogen? Was arbeiten sie? Bleibt ihr für immer oder ist es nur ein Saisonvertrag?«

»Ich bin bei meiner Großtante hier …«, begann Ondine. Beinahe hätte sie hinzugefügt, dass sie auch mit Hamish gekommen war, aber sie war sich nicht sicher, wie sie ihn nennen sollte. Sie dachte, »mein Freund, der sich in den unpassendsten Momenten in ein Frettchen verwandelt«, wäre ein ziemlicher Zungenbrecher. Und schwer zu erklären. Sie wusste nicht, wie sie die restlichen Fragen beantworten sollte, denn sie wollte weder die Berufsbezeichnung der Alten Col verraten, noch wie lange sie bleiben würden. Hoffentlich nicht allzu lange, denn sie wollte mit Hamish nach Hause gehen und ihr normales Leben wieder aufnehmen. Hetty sah so flehentlich aus, dass Ondine ihre Hoffnungen nicht zunichtemachen wollte, indem sie sagte, dass sie nicht lange hier sein würden.

»Guten Morgen, Klasse«, sagte Frau Kyryl.

»Guten Morgen, Frau Lehrerin«, sagten die Schüler wie aus einem Munde.

»Ich bin hier geboren, und die ganze Zeit über gab es nur

zwei andere Kinder in meinem Alter.« Hetty verdrehte die Augen, als sie hinzufügte: »Und das waren beides Jungs, die kamen und gingen. Ich bin schon immer hier zur Schule gegangen. Also, nicht hier in der Scheune, sondern drüben im richtigen Schulhaus. Meine Eltern betreiben die Hühnerfarmen. Sie beliefern die Palechia und den größten Teil von Bellreeve mit Geflügel. Meine Geschwister sind auch alle hier geboren. Ich habe zwei ältere Brüder und eine ältere Schwester. Meine Schwester macht die Buchhaltung für eine Spielzeugfabrik in Norange und meine Brüder sind an der Universität von Venzelemma.«

Frau Kyryl unterbrach sie. »Hetty, ich weiß, dass du aufgeregt bist, aber jetzt ist Unterricht. Alle bitte zur Nationalhymne aufstehen.«

Das Scharren von Stühlen hallte durch den Raum, als alle aufstanden und die Hand aufs Herz legten, während die Lehrerin einen Knopf am tragbaren CD-Player drückte. Die ersten Takte von *Oh Brugel, mein Herz* erklangen. [4]

Alle sangen, sogar Frau Kyryl (die ziemlich schief klang). Trotz der mitreißenden Worte und des überbordenden Patriotismus eines Volkes, dessen Geist sich nach Freiheit sehnte, dachte Ondine bei den Worten »mein Herz« eher an

---

4. Im Laufe der Jahrhunderte hatte Brugel mehrere Nationalhymnen. Während der sowjetischen Besatzung sang man (zähneknirschend) *Singt dem Mutterland, Heimat der Freien*. Heutzutage singen die Leute *Oh, Brugel, mein Herz* mit Inbrunst und Stolz. Außer bei den Olympischen Spielen, denn sie haben noch in keiner Disziplin eine Goldmedaille gewonnen. Sie hätten allerdings eine Chance, sollte Liftsprung jemals zu einer anerkannten Sportart werden. Beim Liftsprung pfercht man Leute in einen Aufzug. Alle springen genau in dem Moment, in dem sich der Aufzug nach oben oder unten bewegt. Wer als Letztes noch steht, gewinnt.

Hamish als an ihr Land. Als sie von den »Jungen und Starken« sang, dachte sie ebenfalls an Hamish. Als sie von »geheiligten Feldern« und »Wohlstand für Mühsal« sang, hatte sie keine Ahnung, was das bedeuten sollte, also dachte sie sicherheitshalber auch an Hamish.[5]

Nachdem die Hymne verklungen war, sprachen sie das Gelöbnis von Brugel. Ondine murmelte die Worte in einem leichten Singsang vor sich hin: »Ich liebe Gott und Brugel. Ich ehre die Flagge. Ich diene dem Herzog. Ich gehorche freudig meinen Eltern, Lehrern und dem Gesetz.«

Frau Kyryl sagte: »Danke, Kinder. Sobald das Dach repariert ist, ziehen wir wieder in unsere alten Räume um, aber für den Moment muss das hier reichen. Dies ist immer eine schöne Zeit im Jahr, denn wir haben das Erntefest, auf das wir uns freuen können. Wieder einmal hat uns der Herzog gebeten, im Ballsaal ein Festspiel aufzuführen, um die besuchenden Würdenträger zu unterhalten. Die Großen und Guten von Brugel werden alle da sein, also weiß ich, dass ihr an diesem Abend euer Bestes geben werdet.«

Frau Kyryl verteilte Blätter mit einer Liste von Charakteren, darunter Bauer Eins, Bauer Zwei, Kohlkopf, Rübe, Apfel, Untergehende Sonne und Erntemond.

Frau Kyryl fuhr fort: »Traditionell folgt das Fest dem Vollmond, der in diesem Jahr am Donnerstag, dem neunundzwanzigsten Oktober, beginnt. Der Ernteball und das Fest-

5. Sehr viele Nationalhymnen enthalten verwirrend „poetische" Phrasen, die für den modernen Bürger kaum Sinn ergeben. Da Brugel beinahe ein Binnenstaat ist, ist ihm zumindest der lächerliche Text „umgürtet vom Meer" erspart geblieben.

spiel finden am Samstag statt. Nun, Kinder, wer möchte die Rolle des Erntemondes spielen?«

Ondine rechnete die Daten nach. Der Samstag würde auf den einunddreißigsten Oktober fallen, Halloween.[6]

Mehrere Hände schossen in die Höhe. Frau Kyryls Blick fiel auf Hetty, und sie gab ihr die Rolle. Hetty sah hocherfreut aus und strahlte vor Stolz. Ondine fühlte sich ein wenig albern, weil sie ihre Hand nicht schnell genug gehoben hatte.

Frau Kyryl besetzte weitere Sprechrollen. Jedes Mal schnellte Ondines Hand nach oben, nur um leer auszugehen. Bis sie zum Kohlkopf kamen. Niemand wollte der Kohlkopf sein.[7]

Ondine seufzte, hob die Hand und spürte den Stachel der Niederlage. »Ich kann den Kohlkopf spielen, wenn Sie möchten«, sagte sie.

Die Jungen, die ihnen gegenübersaßen, kicherten.

---

6. Die Art und Weise, wie in Brugel Halloween gefeiert wird, unterscheidet sich vom Rest der Welt. Es gibt kein „Süßes oder Saures, gib mir Süßigkeiten“-Palaver und es gibt keine Kürbisse – denn das brugelische Halloween ist mehrere hundert Jahre älter als die Ankunft der Kürbisse aus Amerika.

Die Brugeler hängen Weizenkränze in ihre Fenster und legen Äpfel auf die Fensterbänke, um Glück zu haben. Sie essen Unmengen von Rüben und Kohl (gebraten, in Suppen, geröstet usw.), wagen sich dann bei Vollmond nach draußen und versammeln sich auf dem Dorfplatz zur Freudenfeuersnacht. Die Brugeler schreiben ihre schlechten Angewohnheiten oder ihr Bedauern auf Zettel und werfen sie ins Feuer, um sich von der Vergangenheit zu verabschieden und ihre Zukunft zu reinigen.

Es gilt als ungeheures Pech, in der Freudenfeuersnacht drinnen zu bleiben. Wegen des Berges an verzehrten Rüben und Kohl und den daraus resultierenden Unterleibsexplosionen ist es nicht nur Tradition, draußen zu bleiben, sondern auch für die Gesundheit unerlässlich.

7. Das brugelische Wort für Kohl ist ein umgangssprachlicher Ausdruck für „Furz“.

»Ruhe, Klasse«, sagte Frau Kyryl. »Danke, Ondine, das ist sehr zuvorkommend von Ihnen.«

Sie lasen das Stück durch. Jedes Mal, wenn Ondine an der Reihe war, ihren Text zu sprechen, machten die Jungen auf der anderen Seite des Klassenzimmers schmatzende Geräusche, indem sie ihre Hände in die Achselhöhlen pressten.

Hetty murmelte: »Lass dich von denen nicht ärgern. Das sind doch nur rotzige Jungs.«

»Danke.« Ondine kannte Hetty noch nicht lange, aber sie hatte bereits das Gefühl, in diesem seltsamen Palast eine Verbündete gefunden zu haben.

Frau Kyryl sagte: »Sehr gut, alle zusammen. Okay, legt eure Skripte weg, wir machen jetzt eine Geschichtsstunde.«

Ondine und Hetty holten ihre Notizbücher hervor.

Ms Kyryl lächelte in die Klasse. »Nun, Kinder, wer kann mir sagen, wann Brugel gegründet wurde?«

Die Hände aller schossen in die Höhe. Um nicht übersehen zu werden, riss auch Ondine ihren Arm in die Luft, denn sie kannte die Antwort.

Der Blick der Lehrerin fiel auf Ondine und sie antwortete zufrieden: »Brugel wurde im Jahre zwölfhundertvierundsechzig zu einem unabhängigen Staat erklärt.«[8]

Kichern ging durch das Klassenzimmer. Was? Wie konnte die Antwort falsch sein?

---

8. Ondine liegt an sich nicht falsch, aber das allgemeine Gebiet, das Brugel auf der Europakarte einnimmt, gibt es in irgendeiner Form schon seit Jahrhunderten. Das genaue Datum, auf das sich Ondine bezieht, ist die Unterzeichnung des Vertrags von Venzelemma, dem Standort der brugelischen Hauptstadt.

»Keine Sorge«, sagte Ms Kyryl. »Wer kann uns die richtige Antwort sagen?«

Frisch und munter meldete sich Hetty: »Brugel war das erste Land, das nach der Flut gefunden wurde.«

»Richtig.«

WAS! Ondine hatte das Gefühl, ihre Augenbrauen würden ihr gleich von der Stirn schießen. Mit leiser Stimme murmelte sie Hetty zu: »Es gab eine Flut? Wann?«[9]

»Wer hat Brugel gegründet?«, fragte Ms Kyryl.

Normalerweise kannte Ondine die Antwort, aber diesmal ließ sie ihre Hand unten.

Ein anderer Schüler sagte: »Die vier Bergstämme haben sich zusammengeschlossen, um die Barbaren zu besiegen.«

Ms Kyryl sagte: »Das ist richtig. Und der Anführer der Stämme?«

Diesmal ein anderes Kind: »Wurde der erste Großherzog.«

»Sehr gut. Und wie viele Großherzöge und Herzöge hatten wir?«

»Zweihundertsieben«, sagte ein anderes Kind.

»Und hatten wir jemals eine Herzogin, die Brugel regiert hat?« Diesmal ließen die Schüler ihre Hände unten, aber nach kurzem Nachdenken hob Hetty ihre Hand und antwortete: »Elmaree die Erste wurde siebzehnhundertvierzig Großherzogin.«

---

9. So gut wie jede Kultur hat eine Hintergrundgeschichte, in der eine Flut vorkommt. Fluten sind praktische Mittel. Man kann sich so ziemlich jede Geschichte über das Leben „vor der Flut“ ausdenken, denn es gibt kaum Beweise, die das Gegenteil belegen. Geologen, Paläontologen und Archäologen würden da widersprechen, aber das ist ja auch ihr Job.

»Sehr gut«, sagte Ms Kyryl. »Und während ihrer Herrschaft annektierte das Russische Reich das Großherzogtum Brugel. Was geschah nach Elmaree? Jemand?«

Keine Hände gingen hoch, also lieferte die Lehrerin die Information: »Ihr Sohn Leopold führte eine Rebellion an, um die Autonomie für Brugel zu sichern. Danach verlor Brugel seinen Status und wurde ein Herzogtum anstelle eines Großherzogtums, erlangte aber seine Unabhängigkeit zurück. Hatten wir noch weitere Herzoginnen?«

Einige der Kinder schüttelten unsicher den Kopf.

Die Lehrerin lieferte die Antwort. »Neunzehnhundertachtzehn hatten wir Herzogin Yalene. Kann mir jemand sagen, was während ihrer Herrschaft geschah?«

Ondines Hand schoss in die Luft, denn sie hatte eine ziemlich genaue Vorstellung von der Antwort. Nicht wegen des Namens der Herrscherin, sondern wegen des Datums. Es war in der brugelischen DNA verankert.

»Ja, Ondine?«

»Brugel wurde Teil der Sowjetunion.«

»Sehr gut!«

Eine Welle der Erleichterung überrollte Ondine, weil sie endlich etwas richtig gemacht hatte.

»Wir hatten vor Kurzem beinahe eine weitere Herzogin, kann mir das jemand sagen?«

Alle Hände schnellten in die Höhe. »Die Infantin Anathea«, sagte Hetty.

»Richtig. Sie war die vermutliche Thronfolgerin und wäre Herzogin geworden … bis was geschah? Kann mir das jemand sagen?«

Fast jedes Kind sagte auf: »Lord Pavla wurde geboren und Brugel jubelte.«

»Das ist richtig. Lord Pavla der Vierte ist der Herzog von Brugel.«

»Und wir haben unsere Unabhängigkeit«, sagte ein Junge vom anderen Ende des Raumes. »Und deshalb ist Brugel mit einem Herzog immer besser dran.«

Ondine platzte heraus: »Das ist doch kaum fair.«

Ms Kyryls Augenbrauen schossen überrascht in die Höhe. »Eine recht kühne Aussage. Andreas?« Sie sah den Jungen an, der gerade gesprochen hatte. »Möchten Sie das näher ausführen?«

Andreas sah selbstgefällig und arrogant aus. Er musste mindestens zwei Jahre jünger sein als Ondine, aber dieser frühreife Ausdruck auf seinem blassen, schmalen Gesicht verriet der Welt, dass er alles wusste.

»Die Fakten sprechen für sich. In den Zeiten, in denen Brugel eine Herzogin hatte, haben wir unsere Autonomie verloren.«

»Aber ...« Zornige Hitze stieg in Ondine auf. »Sie waren zufällig nur während wirklich schwieriger Zeiten Herzoginnen.«

Andreas warf ihr einen Blick vollkommener Überlegenheit zu und kratzte sich an der Seite seiner Nase. Ondine hätte schwören können, dass er verstohlen seinen Daumen ins Nasenloch schob, um darin zu bohren. »Wir hatten auch Großherzöge und Herzöge in sehr schwierigen Zeiten, aber die haben ihr Land nicht verloren.«[10]

---

10. Man könnte einwenden, dass eine Stichprobe von zwei Frauen gegen-

Seine Selbstgefälligkeit erinnerte Ondine so sehr an Lord Vincent, dass sie sich unwillkürlich fragte, ob sie vielleicht verwandt waren. Kaum war ihr dieser Gedanke durch den Kopf geschossen, als sie ihn auch schon wieder verdrängte. Sie würde sich von Vincent nicht aus der Fassung bringen lassen, sie hatte all das hinter sich gelassen.

»Eine interessante Debatte«, sagte Ms Kyryl, »aber es gab auch Zeiten, in denen Herzoginnen, obwohl sie nicht aus eigenem Recht regierten, als Regentinnen für ihre Söhne fungierten, die Großherzöge wurden. Damals hat Brugel seine Autonomie nicht verloren.«

»Ändert nichts an den Tatsachen«, sagte Andreas mit der Selbstzufriedenheit von jemandem, der zu jung war, um irgendetwas zu wissen, aber bereits alles zu wissen glaubte.

Ondine dachte an ihre Begegnung mit der Infantin am vergangenen Abend. Vielleicht dachten manche Leute, dass es Brugel mit dem Herzog an der Spitze besser ginge, aber sie wusste, dass Anathea das nicht so sah und ihren rechtmäßigen Platz auf dem Thron wollte.

Aber wie weit würde sie gehen, um ihr Geburtsrecht zurückzufordern?

über zweihundert Männern kaum ein Vergleich ist und eine sehr große Fehlerquote zulässt. Der derzeitige Herzog von Brugel würde argumentieren, dass diese Interpretation der Geschichte absolut stichhaltig ist und dass eine Herzogin an der Spitze für Brugel nachweislich Pech bringt.

KAPITEL ZEHN

An diesem Nachmittag klangen Ondine die Ohren von den Vorwürfen, als sie eine weitere Münze in den Münzfernsprecher warf, um das Gespräch am Laufen zu halten.

»Du kommst mit dem ersten Zug zurück, junge Dame.« Die Stimme ihrer Mutter schnitt ihr ins Fleisch.

Die Warnleuchte für die Münzen an dem Telefon aus der Sowjetzeit flackerte erneut. Es wollte mehr Geld, sonst würde die Verbindung unterbrochen. Wie unfair, dass sie dafür bezahlen musste, sich von Ma anschreien zu lassen.

»Es ist wirklich alles in Ordnung. Und ich habe eine wichtige Aufgabe und Col kümmert sich sehr gut um uns.«

»Das ist mir egal. Du kommst auf der Stelle hierher zurück!«

»Tut mir leid, aber das kann ich nicht.« Wer wollte schon nach Hause, wenn ein solcher schreiender Empfang auf einen wartete? Außerdem musste sie bei Hamish sein. »Entschuldige, Ma, das Licht blinkt schon wieder und ich habe kein Geld mehr. Kannst du mir was schicken?«

»Ich werde deine Eskapaden nicht finanzieren!«

»Na ja, dann muss ich eben weiterarbeiten, damit ich

genug zusammensparen kann, um das Zugticket für die Rückfahrt zu kaufen. Entschuldige, Ma, aber das Telefon –«

Die Leitung war tot. Benommen vor Erleichterung legte Ondine den Hörer auf und machte sich auf den Weg zur Wäscherei. Sie arbeitete hart mit Draguta, wusch und hängte dann Kleidung und Laken auf die Leinen. Der Fischgeruch war fast aus dem Innenhof verschwunden, was ein klares Plus war. Die Sonne spendete etwas Wärme, aber der Wind hatte einen kühlen Biss. Als es um drei Uhr Zeit für ihre Teepause war, eilte sie zu den Kreppmyrten, wobei ihre Röcke gegen ihre Beine peitschten. Die papierartigen Blüten standen in ihrer letzten Blüte. Ihre rosa, weißen und roten Blütenblätter sahen vor den grünen Blättern und dem marmorgrauen der Stämme so wunderschön aus. Getrocknete Blütenblätter waren wie Konfetti auf dem Boden verstreut. Die Bäume waren so alt und gut gepflegt, dass sie einen blühenden Tunnel bildeten, unter dem man hindurchgehen konnte. Wichtiger noch, sie boten einen abgeschiedenen Treffpunkt.

Als sie unter den Bäumen hindurchging, blieb Ondine das Herz in der Kehle stecken. Da stand Hamish, wie ein Bräutigam am Altar.

Nicht das Frettchen, sondern der richtige Hamish, der eine frisch gebügelte schwarze Hose und ein weißes Hemd trug. Sonnenlicht durchflutete sie, als sie auf ihn zustürzte und ihm die Arme um den Hals warf.

»Ich bin so froh, dich zu sehen«, flüsterte sie ihm ins Ohr.

»Und es ist immer schön, dich zu sehen, meine Kleine«,

sagte er, als sie sich zurückzog, um einen guten Blick auf sein umwerfendes Gesicht zu werfen. Er strich ihr mit der Daumenkuppe über die Wange. »Obwohl ich dein Gesicht jedes Mal sehe, wenn ich meine Augen schließe.«

Ondine spürte, wie sie bei dem Kompliment über das ganze Gesicht strahlte. Für einen Moment wusste sie nicht, was sie sagen sollte. Alles, was sie tun wollte, war, eine Weile bewundernd in seine funkelnden grünen Augen zu blicken. Also tat sie es. Dann berührte sie die zarte Haut an seinem Hals, wo sie letzte Nacht nur verfilztes Fell und getrocknetes Blut gesehen hatte. Zu ihrer Überraschung sah seine Haut unversehrt aus.

»Du hast nicht einen Kratzer!«

»Aye.«

»Ist es verheilt, als du dich verwandelt hast?«

»Muss wohl.« Hamish zuckte mit den Schultern. »Es muss ja auch eine gute Seite an der ganzen Sache geben.«

Ondine küsste die Stelle trotzdem. »Jetzt geht es dir wieder gut.«

Sie spürte, wie sich seine Muskeln unter ihren Lippen anspannten, und er stöhnte leise auf. »Sei dir da nicht so sicher. Wenn du das noch mal machst, falle ich noch auseinander.«

Sie kicherte und küsste ihn wieder an derselben Stelle.

»Na gut, ihr zwei, das reicht jetzt.« Plötzlich gab Tante Col ihre Anwesenheit zu erkennen und ihre Worte übergossen Ondine gedanklich mit kaltem Wasser. In der kühlen Herbstluft sah Tante Col blass aus, ihr Haar war etwas mehr Salz als Pfeffer, und bildete sich da ein Doppelkinn an ihrem

Hals? Ein Stich der Traurigkeit ergriff Ondine. Jedes Mal, wenn ihre Großtante Hamish ansah, erinnerte er sie an ihre verlorene Jugend. Würde Ondine das Gleiche passieren? Würde Hamish jung bleiben, während sie alt wurde?

Col räusperte sich. »Wir müssen unsere Notizen von letzter Nacht vergleichen. Vincent ist nicht glücklich, dass wir hier sind, also sollten wir unser Bestes tun, ihn nicht zu verärgern.«

Ondine rieb sich bei der Erinnerung ihr Schienbein.

Hamishs Hand schob sich hinter ihrem Rücken in ihre. Die Berührung machte es ihr schwer, klar zu denken.

»Also, lasst uns berichten«, sagte Tante Col.

»Ähm.« Ondine dachte nach. »Abgesehen von dem Suppenvorfall mit der Infantin bisher nichts. Alle hier scheinen eine Menge Arbeit zu haben. Ich glaube, sie sind zu beschäftigt, um den Sturz des Herzogs zu planen.«

»Ja.« Col kaute auf ihrer Unterlippe und ihre Stirn schien mehr Falten zu bekommen. »Trotzdem können verärgerte Bedienstete einen Groll hegen.« Col gähnte. »Oh, du meine Güte. Ich brauche mehr Kaffee. Nun, was habe ich gesagt?«

Hinter Ondines Rücken verschränkte Hamish seine Finger mit ihren und sie spürte, wie ihr Gehirn benebelt wurde.

»Es ist noch früh, aber haltet Augen und Ohren offen«, sagte Col. »Ich würde wetten, dass zwischen Herzogin Kerala und Anathea keine große Zuneigung herrscht. Du warst zu der Zeit unter dem Tisch, Hamish, aber ich habe gesehen, wie sie sich beim Abendessen Dolche angesehen haben.«

»Aye, ich war damit beschäftigt, Silberbesteck aus der

Handtasche von jemandem zu befreien. Wer saß übrigens unten bei der Küchentür?«

»Das müssten Anathea's Töchter sein.« Die alte Col rieb sich frustriert die Schläfe. »Was ein weiterer schwarzer Fleck für die Infantin ist.«

»Ich werde in der Wäscherei besonders wachsam sein und auch nach gestohlenen Sachen Ausschau halten«, sagte Ondine. Währenddessen spielte Hamish weiter mit ihrer Hand und sie wurde ganz albern.

Die alte Col schnaubte frustriert. »Hört auf, ihr zwei. Wir kommen noch nicht sehr weit, aber ich denke, es ist wichtig, so oft wie möglich Notizen zu vergleichen. Ondine, du solltest wieder an die Arbeit gehen, bevor du vermisst wirst. Hamish, wir müssen die Post des Herzogs überprüfen.«

»Ja, Col.« Ondine wollte sich abwenden, aber Hamish zog sanft an ihrer Hand und holte sie zu sich zurück. Und das, obwohl ihre Großtante zusah. Ondine küsste Hamish fest auf die Lippen. Die Berührung jagte ihr Stromstöße durch den Körper.

»Hab dich lieb. Bis bald, Mädel.« Hamish zwinkerte ihr zu.

Ondines Bauch kribbelte und sie kicherte. Dann holte die Realität sie ein. »Warte. Ihr öffnet Post?«

»Ja, und die Nachmittagspost ist gerade angekommen«, sagte eine gebieterische Stimme.

Die drei blickten auf und sahen Herzog Pavla persönlich näher kommen, Arm in Arm mit Herzogin Kerala. Sie machten gemeinsam einen Nachmittagsspaziergang durch die Gärten. Als sie stehen blieben, neigte Kerala ihren Kopf und legte ihn auf Pavlas Schulter.

Gerade noch rechtzeitig fiel Ondine ein, einen schnellen Knicks zu machen.

»Mein Herr Herzog, edle Herzogin«, sagte Col.

Da Ondine wusste, dass sie nicht sprechen sollte, wenn sie nicht angesprochen wurde, schwieg sie und überließ der alten Col das Reden. Trotzdem jagte ihr die Angst eiskalt den Rücken hinunter. Sie hatte am Vortag keine Gelegenheit gehabt, darüber nachzudenken, aber sicherlich sollten Profis in einer sicheren Einrichtung die Post überprüfen, nicht ihre Großtante und der Mann, den sie anbetete. Aber sie wusste auch, dass der Herzog wollte, dass alles vollkommen normal erschien, damit derjenige, der es auf ihn abgesehen hatte, nicht merkte, dass man ihm auf der Spur war. Oder ihr.

Oh, je. Eine weitere Sorge bohrte sich in ihr Gehirn. Als sie sich das letzte Mal begegnet waren, war Hamish sein Shambles-Frettchen-Ich gewesen. Jetzt war er ein Mann. Erkannte Kerala ihn überhaupt?

Es war total verrückt.

Der Herzog sah die drei an und sagte: »Was gibt es Neues, Miss Romano?«

»Wir setzen die Ermittlungen fort, Euer Gnaden«, sagte Col.

Die Herzogin fragte: »Haben Sie etwas gefunden?« Ihr Blick war nicht ganz so konzentriert, wie er sein sollte. Ondine fragte sich, ob sie beim Mittagessen ein oder zwei Gläschen getrunken hatte.

»Noch nicht«, sagte Col.

»Shambles, du siehst gut genug aus«, sagte Pavla.

Ondine wünschte, der Herzog würde ihn Hamish

nennen, wenn er in seiner richtigen Hamish-Gestalt war. Es wirkte erniedrigend.

»Ah ja doch, viel besser, danke, Euer Gnaden.«

»Gut. Ich hatte mir für einen Moment Sorgen gemacht. Du bist nicht ... als Mensch gefangen, oder?«

Ondine beobachtete das Gesicht der Herzogin aufmerksam, doch ihre Miene verriet keinerlei Neugier. Wie seltsam.

»Ah, nee, ich kann mich zurückverwandeln, wann immer es nötig ist.«

»Dann tu das bitte. Ich möchte nicht, dass die Leute dich so sehen. Je weniger Leute von deiner Anwesenheit wissen, desto besser. Wenn du mit der Überwachung in den Küchen fertig bist, möchte ich, dass du dich auf die Gärtner und Bauern konzentrierst. Stell sicher, dass die Erzeugnisse sicher sind. Wenn in der Lebensmittelkette etwas Unvorhergesehenes passiert, muss ich es wissen.«

Der Herzog setzte seinen Spaziergang mit seiner Herzogin fort.

Col atmete erleichtert aus, sobald sie gegangen waren. »Der Urlaub ist vorbei, wir haben ernsthafte Arbeit zu erledigen.«

»Aye«, sagte Hamish.

Angst schnürte Ondines Brust zu. Ihre Atemzüge kamen in unregelmäßigen Stößen. »Bitte, sei vorsichtig.«

Hamish strich Ondine eine verirrte Haarsträhne hinter das Ohr und gab ihr den sanftesten Kuss auf die Nasenspitze. »Hätt' ich nich vorgehabt, aber weil du's sagst, pass ich besonders auf.«

»Du machst dich über mich lustig.«

Er küsste sie noch einmal, diesmal auf die Lippen, und

ihr Herz stolperte hinter ihren Rippen. »Mach dir mal keen Kopp, obwohl es mein kleines Herz erwärmt zu wissen, dass du an mich denkst.«

Als er ihre Hand losließ, fröstelte Ondine. Hamish könnte ernsthaft verletzt werden. Wenn ihm etwas zustoßen würde, würde sie sich das nie verzeihen.

KAPITEL ELF

Im Laufe der Tage spielte sich für Ondine eine Art Routine ein. Morgens Unterricht, eine halbe Stunde zum Mittagessen, dann nachmittags mit Draguta in die Wäscherei. Ein guter Teil von Ondines Arbeit bestand darin, jede Tasche nach Rotztüchern, Schnupftabakdosen und gestohlenem Tafelsilber zu durchsuchen, bevor sie die Kleidung in die riesigen Waschmaschinen steckte.

Was Hamish wohl so treibt, dachte Ondine, als sie eines Nachmittags einen kleinen Schlüssel aus der Innentasche einer Jacke zog. Kaum hatte sich dieser Gedanke in ihrem Kopf geformt, erschien der Mann höchstpersönlich. Doch ihr Herz sank, denn er war nur das Frettchen des Mannes.

»Komm her, kleiner Kerl, die Wäscherei ist kein Ort für dich.« Was sie eigentlich sagen wollte, war: »Oh, Shambles, ich bin so froh, dich zu sehen. Jedes Mal, wenn ich den Postwagen ankommen sehe, kann ich die aufsteigende Panik in mir kaum unterdrücken.«

In einem Wirbel aus dunklem Fell raste Shambles an Ondines Seite hoch und setzte sich auf ihre Schulter. Er gab ihr einen feuchten Kuss mit seinen Schnurrhaaren auf die Wange. »Aye, Mädel, ich hab dich vermisst und wollte sehen, wie's dir so geht«, sagte er mit leiser Stimme. »Der Herzog will, dass ich jetzt die Wäscherei überprüfe.«

Draguta ließ ihr Bündel fallen und starrte sie an. *Schluck*, schluckte Ondine. Hatte die Wäscherin ihn gehört? Shambles verlagerte sein Gewicht von links nach rechts. Eine schwierige Sache, wenn man bedenkt, dass er von jedem Fuß zwei hatte und Ondines Schultern kaum breit waren.[1]

Draguta fand ihre Stimme wieder: »Keine schmutzigen Tiere hier! Raus! Sofort!«

Erleichterung überkam Ondine – Draguta hatte »Tiere« gesagt, nicht »sprechende Tiere«. Sie hatte ihn nicht sprechen gehört. Ihr Geheimnis war sicher. »Er ist das Haustier meiner Tante. Er ist vollkommen harmlos. Und sauber.«

»Keine Regeln brechen. Herzogin da streng. Du bringst mich in Schwierigkeiten, wenn du Tiere hier reinbringst.« Draguta schüttelte den Kopf und hob eine riesige Ladung nasser Wäsche auf. Der Boden des Korbes bog sich unter dem Gewicht, aber Draguta stöhnte nicht einmal. Stattdessen sah sie Shambles mit festem Blick an und ihre Stimme blieb streng. »Verlier keine Haare auf der sauberen Wäsche.«

»Auf die kann man bauen«, murmelte Shambles, als Ondine sich wieder an die Arbeit machte.

Weitere Arbeiter brachten saubere Wäsche von der Leine

1. Schwimmen ist in Brugel kein wichtiger Sport, daher behalten die meisten Frauen die schmalen Schultern, mit denen sie geboren wurden. In Ländern mit »großer Schwimmkultur« wie Australien kann man die ernsthaften Schwimmer erkennen; sie sind diejenigen, die sich seitwärts drehen müssen, um durch Türen zu passen. Die Schultern einer Olympiasiegerin waren so breit, dass sie am Tag ihrer Hochzeit in einem Festzelt stecken blieb.

herein und machten sich dann an den Industriemaschinen zu schaffen, um die Falten herauszubügeln.

»Ondine, zur Suite der Herzogin bringen«, sagte Draguta.

Ondine sammelte die sauberen Stapel frisch gewaschener Laken und Handtücher ein. Sie waren so schwer, dass sie beide Hände benutzen musste. Es war kein Platz für Shambles, also musste er neben ihr herlaufen.

Mit einem frustrierten Grunzen sagte Ondine: »Wenn du wieder Hamish wärst, könntest du mir helfen, etwas davon zu tragen.«

»Gute Idee, Mädel. Gehen wir an Cols Zimmer vorbei, dann hole ich mir ein paar Kleider.«

Gott sei Dank würde sie ihren reizenden Hamish wiedersehen. Und ihre Arme würden sich nicht mehr anfühlen, als würden sie gleich abfallen.

Als er als sein gut aussehendes Selbst aus Cols Zimmer kam, machte ihr Herz einen Hüpfer. Er nahm ihr die halbe Ladung ab, aber die Wäsche bildete eine große weiße Barriere, die sie an einem richtigen Kuss hinderte. Stattdessen beugte er sich vor und küsste ihre Wange. Das musste reichen. Vorerst.

Sie gingen in Richtung des Südflügels des Palechias.

»Ich war so beschäftigt, Mädel«, sagte Hamish mit einem Grinsen im Gesicht. »Ich habe herausgefunden, dass die Bauern beim Waschen des Gemüses geschummelt haben. Allerlei Mist und Dreck war noch dran, als es in die Küchen kam. Der Herzog war sehr zufrieden mit meiner Hilfe.«

»Gut gemacht«, sagte sie. Zumindest war das Waschen von Gemüse kaum eine gefährliche Tätigkeit.

»Aye, und ich habe nachgesehen, ob sie auch wirklich nur den Dünger aus dem Bauch einer Kuh verwenden.«

»Dünger? Wie kann das gefährlich sein?«[2]

»Ach, Mädel, du bist so unschuldig.« Er schenkte ihr ein Lächeln und ein Augenzwinkern.

Einen Moment lang verblüfft, hatte Ondine das Gefühl, er behandle sie von oben herab. »Was ist mit der Post?«

»Ach ja, das hat sich sehr beruhigt, aber es ist immer noch sehr wichtig.«

Der Stolz in seinem Gesicht verriet Ondine, wie sehr er seine Arbeit liebte. Was gut war, aber es nagte auch auf eine Weise an ihr, die sie nicht genauer untersuchen wollte.

»Und jetzt spionierst du in der Wäscherei?« Bedeutete das, dass sie ihn öfter sehen würde? Vielleicht ja. Aber vielleicht bedeutete es auch, dass sie ihn nur als Frettchen sehen würde.

»*Genau* getroffen«, sagte Hamish.

Als sie in den Gemächern der Herzogin ankamen, verschlug die Opulenz Ondine den Atem.

Unglaublich, prächtig, kunstvoll, überladen und sagenhaft teuer waren die ersten Gedanken, die ihr in den Sinn kamen.

Zerbrechlich war der nächste.

Sie achteten besonders darauf, sich durch das Wohnzimmer zu manövrieren – genauer gesagt, durch den schmalen Pfad zwischen all den polierten Tischen und Schreibtischen mit ihren geschwungenen Beinen. Da sie

---

2. Komm ja nicht auf die Idee, das zu googeln, sonst steht ein SWAT-Team vor deiner Tür, schneller, als du »Ich brauche einen Anwalt« sagen kannst.

keine Holzexpertin war, wusste Ondine nicht, dass sie aus Brugeloak gefertigt waren, aber ihre Nase kribbelte bei dem überwältigenden Geruch von Möbelpolitur.[3]

Die Möbel selbst waren nicht das Problem, sondern alles, was darauf stand. Auf jedem Beistelltisch und jedem Sekretär standen hohe Vasen voller frischer Blumen, während die Schreibtische überquollen von Bilderrahmen, antiken Tintenfässern und silbernen Kästchen in allen Formen und Größen. Es gab so viele Dinge, dass Ondine nicht einmal wusste, wie sie sie nennen sollte. Alles, was sie tun konnte, war, ihren Turm aus Wäsche gut festzuhalten und sicherzustellen, dass sie nichts umstieß.

Eine Reihe vergoldeter Fotografien von Kerala und Pavla an ihrem Hochzeitstag schmückte die Wand. Die Herzogin hatte dieselbe dunkle, glänzende Helmfrisur, die sie auch jetzt trug, und einen heiteren, selbstbewussten Ausdruck im Gesicht. Das Haar des Herzogs war dunkler und sein Gesicht jünger und hoffnungsvoller. Auf den meisten Fotografien wirkte ihre Haltung königlich und steif, doch auf einer hatte der Fotograf sie in einem unbeobachteten Moment eingefangen. Ihre Körper waren einander zugewandt und sie blickten sich verliebt an.

---

3. Ein Brugeloak-Baum ist ziemlich bemerkenswert. Er wird in sechs Jahren reif und trägt große, essbare weiße Beeren, die wie eine Kreuzung aus Äpfeln und Pfirsichen schmecken. Die großen Kerne im Inneren schmecken nach Haselnüssen und können zu einer Paste zermahlen werden. Allerdings entwickeln fast neunzig Prozent der Menschen eine allergische Reaktion auf die Paste, weshalb der Absatz von Brugeloak-Butter gering ist.

Für weitere Informationen über Brugels einzigartige Flora, hol dir ein Exemplar des Bestsellers *Was hat diesen Ausschlag verursacht?* vom bekannten Botaniker Kerk von Dennegelden.

»Ganz schön nobel, was, Mädel?«, sagte Hamish.

»Bei Merkurs Flügeln, so was habe ich noch nie gesehen.« Jede Wand hatte Nischen für noch mehr Antiquitäten. Entlang der einen Wand standen mehr Bücher, als ein Mensch in seinem ganzen Leben lesen konnte. Entlang einer anderen Wand standen Weinregale, gefüllt mit mehr Flaschen, als ein Mensch in seinem ganzen Leben trinken könnte. Im Raum verstreut standen ein Dutzend schicker Stühle, die viel zu alt und teuer aussahen, um sich jemals daraufzusetzen.[4]

Jedes Fenster mit Blick auf den Südrasen hatte die dicksten Vorhänge, die von prächtigen, goldfarbenen Kordeln zurückgehalten wurden.

»Aber keine Quasten?«, zwinkerte Hamish Ondine zu. »Ich liebe Quasten, die runden den Look erst richtig ab und verleihen ihm einen kleinen Hauch von Pracht.«

»Was?«, Ondine starrte Hamish drei Pikosekunden lang an, bevor er losprustete und sie mitlachen musste. Es war so schön, einfach bei ihm zu sein, dass ihr die Plackerei bei der Arbeit fast nichts ausmachte.

»Komm schon, Mädel. Hör'n wir auf zu gaffen und machen wir die Betten.«

Das Schlafzimmer legte die Messlatte für Opulenz noch eine Stufe höher. Natürlich schlief die Herzogin in einem Himmelbett mit schweren Vorhängen. Natürlich hatte sie noch mehr Tische, vollgestellt mit gerahmten Fotos und

---

4. Das ist absolut wahr. So wie jede Generation größer wird, wird auch jede Generation schwerer. Nimm eine Hypothek auf, setz dich dann auf einen Stuhl aus Brugels Renaissance und sieh zu, wie leicht er unter deinem Gewicht zerbricht.

Antiquitäten und noch mehr dieser eleganten Vasen, die zerbrechen würden, sobald man sie nur berührte. Frische Blumen standen hoch in jeder Vase und erfüllten die Luft mit einem berauschenden Aroma, das Ondine an Nelken und Äpfel erinnerte.

Mit schmerzenden Armen vom Tragen des Lakenstapels ließ Ondine ihn auf einen Schemel fallen und ließ die Schultern kreisen. »So, welcher von diesen riesigen Kleiderschränken ist ein Wäscheschrank?«

Eine Tür, die Ondine öffnete, enthüllte fabelhafte Kleider, die auf gepolsterten Holzbügeln hingen. Alle hatten dieselbe Farbe.

»Sie scheint gern Gelb zu tragen«, sagte Hamish und kratzte sich am Kopf.

Ondine öffnete die nächste Tür. »Oder Blau. Bei Saturns Ringen, sieh dir das an.« Jede Tür, die sie öffnete, offenbarte eine neue Farbe. Als sie genauer hinsah, bemerkte sie, dass jeder Bügel ein Etikett mit einem Datum und einem Ereignis trug. Auf einem standen mehrere Daten, von denen alle bis auf das letzte durchgestrichen waren.

»Bei Jupiters Monden, sie merkt sich, wann sie etwas zuletzt und wozu getragen hat. Das ist wirklich gut organisiert.«

»Organisiert oder zwanghaft?«, sagte Hamish.

Ondine öffnete die Tür des nächsten Kleiderschranks, immer noch in der Hoffnung, einen Platz für die saubere Wäsche zu finden. Diese Tür enthüllte Regale und einen ausziehbaren Schreibtisch, komplett mit einem altmodischen Hauptbuch. Traute sie sich, einen Blick hineinzuwerfen?

Natürlich traute sie sich. Sie waren doch hier, um zu spionieren, oder? Mit zitternden Fingern schlug sie das Hauptbuch auf. Jede Seite enthielt Zeile für Zeile Informationen über das Personal. Den Tag, an dem sie angefangen hatten, und wie viel sie jeden Monat verdienten.

»Bei Saturns Ringen, sieh mal, wie wenig ich verdiene.« Wenigstens würde sie ihre Eltern nicht anlügen müssen, wenn sie sagte, sie könne sich keine Zugfahrkarte nach Hause leisten. Verdutzt setzte sie sich auf den Boden, um weiter in dem Hauptbuch zu lesen.

Ein gequältes Quietschen entkam ihrem Mund.

»Was, diesmal keine Planeten?«, kniete Hamish sich neben sie.

»Sie hat hier jeden drin. Die Köche verdienen einen Hungerlohn, aber sieh mal, wie viel Ms Kyryl bekommt. Das ist viel für eine Lehrerin.« Ondine kratzte sich am Kopf. »Bei Plutos großem Geist, hier ist eine Spalte von vor ein paar Monaten, die zeigt, wie viel jeder wiegt. Warum sollte sie das tun?«

»Sie behält gern den Überblick über alles?«

»Ja, über alles.« Sie blätterte durch die Seiten und fand einige neuere Tagebucheinträge.

Ondine de Groot. Kam mit Colette Romano und einem Frettchen an.

Ondines Kinnlade klappte herunter. »Das ist alles?«

»Du bist ja auch noch nicht lange hier«, erinnerte Hamish sie.

Beide lasen die Zeilen über Colette Romano.

Ihr Ankunftsdatum, ihre Berufsbezeichnung als »Beraterin« und ihr schwindelerregend hohes Gehalt. Neben diesen Notizen hatte die Herzogin geschrieben: *Überbezahlt und überfüttert.*

Ondine lachte, hielt dann aber inne, um auf Schritte zu lauschen. Nein, nur ihre Einbildung und ihr rasender Herzschlag gaben ihr das Gefühl, schuldig zu sein. »Wir sollten das wirklich nicht lesen.«

»Doch, sollten wir. Der Herzog will, dass wir Informationen beschaffen, und das hier sind Informationen.«

»Aber er weiß doch sicher, was hier drinsteht? Ich meine, sie ist seine Frau, sie hat das alles wahrscheinlich für ihn aufgeschrieben?«

»Vielleicht hat sie Geheimnisse vor ihm.« Hamish blätterte ein paar Seiten zurück und fand einen Eintrag über Draguta Matice. Da sie schon so viele Jahre im Palechia arbeitete, gab es mehrere Notizen. Eine davon lautete:

Langzeiturlaub steht zum zweiten Mal an. Wenn wir sie nicht bald loswerden, wird sie uns ein Vermögen kosten.

»Oh, Hamish, wie kann sie das nur sagen? Das ist so unfair. Man kann doch nicht einfach jemanden feuern, nur weil er Anspruch auf Urlaub hat.«

Hamish wurde sarkastisch. »Aber die Herzogin hat immer recht, Ondi.«

»Ich muss Draguta warnen.« Ondine stand auf, um zu gehen. Dabei stieß sie das Hauptbuch um und ein Zettel fiel von der Rückseite heraus. Die Handschrift war so klein, dass Ondine die Augen zusammenkneifen musste. Er enthielt Spalten mit Daten und Details über Bareinzahlungen, die sich zu einem stetig wachsenden Guthaben summierten.

»Du hast den Jackpot geknackt, Mädel, die Herzogin hat ein geheimes Bankkonto!«

»Aber ...« Es ergab keinen Sinn. »Wenn das ein Bankkonto ist, warum ist dann alles handgeschrieben?«

Hamish kratzte sich an der Stirn. »Vielleicht is' es keine echte Bank? Vielleicht versteckt sie es für schlechte Zeiten unter der Matratze?«

»Wir müssen es dem Herzog sagen«, sagte Ondine.

»Aber wir müssen vorsichtig sein, wie wir's anstellen. Du hast ja gesehen, wie verliebt die beiden sind. Es würde ihm das Herz brechen, wenn er herausfindet, dass sie Geheimnisse vor ihm hat.«

Ondine wurde ein wenig schwindelig. Der Kontostand war hoch genug, um das halbe Land zu kaufen. Wie nett von Hamish, dass er anfing, ihr den Rücken zu reiben. Sie fühlte sich sofort beruhigt, als er sanft ihre Schultern massierte.

Sie hörten Schritte im Flur und erstarrten, bis sie in der Ferne verklangen.

»Wir sollten das hier besser einpacken, bevor jemand hereinkommt«, sagte sie.

In einem Gewirr von Papieren steckte Ondine den Zettel

in das Hauptbuch und schob es zurück an seinen rechtmäßigen Platz. Dann rieb Hamish ihr wieder die Schultern.

»Ein Stück weiter links, tiefer ... oh, gut! Aber Hamish, woher wissen wir, ob wir alles wieder richtig zurückgelegt haben?«

»Äh ... ganz einfach. Wir stellen ein halbes Glas Wein mit dazu.«

»Und was soll das bringen?«

Hamishs Augen verengten sich mit einem schelmischen Funkeln. »Wenn sie das nächste Mal hineinsieht, wird sie denken, sie hätte es in Eile weggeräumt. Sie wird sich nicht daran erinnern, weil das Weinglas sie daran erinnern wird, dass sie zu der Zeit getrunken hat.«

»Oder sie wird wissen, dass jemand anderes hier war und ihre Sachen durchwühlt hat.«

»Die Zeit wird es zeigen.«

Während Ondine besorgt auf ihrer Unterlippe kaute, verließ Hamish das Schlafzimmer und kam sofort mit einem sauberen Glas und einer Flasche Sauvignon Blanc zurück. Er schraubte den Deckel ab. Sie brauchten nur ein wenig Wein für den Boden des Glases. Hamish schraubte den Deckel wieder zu und stellte die Flasche ebenfalls neben das Hauptbuch.

Ondine war sich nicht so sicher, ob das funktionieren würde. »Würde sie das tun?«

»Vielleicht. Vielleicht auch nicht. Vielleicht öffnet sie die Schranktür und ist so von der Flasche abgelenkt, dass es ihr egal ist.«

»Das waren viel zu viele ›Vielleichts‹.«

Sie schlossen den Kleiderschrank und Ondine ging zur Tür. Sie wollte keine Minute länger hier oben verbringen.

»Vergisst du nicht etwas? Wir müssen die Bettwäsche wechseln.«

Ondine schlug sich an die Stirn. Die Bettwäsche nicht zu wechseln, war ein todsicherer Weg, die Herzogin wütend zu machen. Außerdem würde sie wahrscheinlich Draguta die Schuld für den Fehler geben und sie entlassen.

Gemeinsam zogen sie die alte Bettwäsche ab, wobei sie darauf achteten, in ihrer Eile nicht die Antiquitäten umzustoßen, holten dann neue Laken und bezogen das Bett neu, wobei sie besonders darauf achteten, die Falten zu glätten. Hamish hob die obere Matratze an und schüttelte den Kopf. »Kein Geld hier drunter. Dachte nur, ich seh mal nach.«

Im Badezimmer – überall mehr Marmor und goldene Wasserhähne, um Himmels willen – stopfte Ondine die benutzte Wäsche zusammen und schob sie den Wäscheschacht hinunter, dann tat sie das Gleiche mit den alten Handtüchern. Wenige Minuten später hingen saubere Handtücher über den Stangen, wo sie hingehörten.

»Hier ist er«, sagte Hamish aus dem Schlafzimmer.

Ondine steckte den Kopf aus der Badezimmertür und sah Hamish neben einer Kommode stehen. Mit Marmorplatte, natürlich. Er hatte den Wäscheschrank gefunden.

»Gut gemacht.« Sie grinste. Er hatte den Rest der sauberen Wäsche bereits dort hineingestapelt.

»Ich glaube, unsere Arbeit hier ist getan«, sagte Hamish und schenkte Ondine ein Lächeln, bei dem sie sich am ganzen Körper ganz wunderbar fühlte. »Und jetzt, meine Henne, was auch immer wir in diesem Buch gesehen haben, muss unter uns bleiben. Ich meine, wir werden es Col erzählen, und sie wird ziemlich verblüfft sein, aber sonst niemand.«

»Aber ich muss Draguta warnen, sie muss wissen, dass Kerala es auf sie abgesehen hat.«

»Aber wenn wir es ihr sagen, ändert sie vielleicht ihr Verhalten und dann wird die Herzogin denken, sie wisse mehr, als sie zugibt. Sie könnte sogar denken, dass Draguta sich das geheime Bankkonto angesehen hat.«

»Was ihr einen Grund geben würde, sie zu entlassen.«

»Genau.«

»Obwohl Draguta völlig unschuldig wäre«, erklärte Ondine.

»Ja.«

»Aber wenn wir sie nicht warnen, wird die Herzogin sie sowieso entlassen. Und das hat sie nicht verdient.«

Diese ganze Spionageaktion bereitete Ondine Kopfschmerzen. Obendrein hatte das Geheimhalten von Dingen vor Leuten, die sie als Freunde betrachtete, einen unangenehmen Schmerz in ihrem Herzen ausgelöst.

KAPITEL ZWÖLF

Ein weiterer Tag. Ein weiterer Wäscheberg. Hamish war irgendwo anders unterwegs und spionierte das Personal aus. Ondines Aufgabe blieb die gleiche. Die Kleidung von Leuten nach verlorenen Gegenständen zu durchsuchen, fühlte sich für Ondine falsch an, aber der Herzog wollte, dass sie hier arbeitete und alles Verdächtige meldete. War das nicht ein Eingriff in die Privatsphäre? Andererseits musste es getan werden. Ondine steckte ihre Finger in eine Tasche und spürte etwas Kleines und Klobiges. Igitt! In ihrer Hand lag ein verkrustetes Taschentuch, in das etwas eingewickelt war. Eine Stimme in ihrem Kopf sagte: »Schau weg, schau weg!«, aber sie konnte nicht.

Zähne. Mehrere davon. Alle klein, cremefarben, einige dreieckig, andere ein wenig mehr wie Backenzähne. Genau die Sorte Zähne, die der Hund Biscuit nicht mehr im Maul hatte.

»Ich muss gleich kotzen!«, sagte Ondine und ließ das schmutzige Päckchen mit einem leisen *Flatsch* auf den Boden fallen.[1]

---

1. In den meisten Fällen werden schmutzige Gegenstände in Körbe oder

In diesem Moment kam Draguta zurück. »Sie haben den Korb der Infantin. Sie ist am schlimmsten. Man weiß nie, was man aus den Taschen zieht. Letzte Woche habe ich einen schmutzigen Löffel und einen klebrigen Deckel von einer Medizinflasche gefunden.«

Ondine hätte sich beinahe die Hand vor den Mund gehalten, um nicht zu würgen. Im letzten Moment erinnerte sie sich daran, dass ihre Hand das körnige Taschentuch berührt hatte. Der Wäschetrog, die Seife und das heiße Wasser lockten.

»Sie wird mir immer sympathischer, diese Infantin«, sagte Ondine zu Draguta. »Ich habe sie eines Nachts in der Küche getroffen. Sie hat ihrem Hund Suppe mit dem Löffel gefüttert, und ich könnte Gift darauf nehmen, dass sie den Hundelöffel immer wieder in den Topf getaucht hat.«

»Entschuldigen Sie, bitte.« Draguta schob Ondine aus dem Weg und erbrach sich prompt in den Trog. »Sie hätten mir das sagen sollen, bevor ich Suppe aß. So viele Reste. Ich habe doppelte Portionen gehabt.«

In Gedanken ergänzte Ondine Dragutas Sätze mit all den bestimmten und unbestimmten Artikeln, die die Wäscherin ausgelassen hatte.

»Es tut mir so leid, ich habe nicht nachgedacht.« Schuldgefühle durchströmten Ondine, als sie Dragutas blassgraues Gesicht sah. »Sie müssen ja einen empfindlichen Magen haben. Ich habe es kaum ausgesprochen und schon mussten

---

Mülleimer gelegt. Bei der seltenen Gelegenheit, dass man sie in Richtung des Eimers wirft und sie ihr Ziel verfehlen, machen sie bei der Landung dieses Geräusch.

Sie sich übergeben, dabei haben Sie die Suppe jeden Tag gegessen.«

»Uff.« Draguta wischte sich mit einem kalten, nassen Handtuch das Gesicht und legte sich den Lappen dann für alle Fälle in den Nacken. »Fühle mich letzten paar Tage schon mies. Dachte, ich brüte was aus. Jetzt weiß ich es. Hunde haben mehr Bakterien im Maul als es Leute in Brügel gibt. Mich überrascht, dass nicht mehr krank sind.«[2]

Dragutas Worte erwiesen sich als wahrhaft prophetisch. In den nächsten Stunden wurde sehr vielen Leuten im Palechia schlecht, die meisten davon waren Angestellte, die regelmäßig Suppe aßen, weil es nicht viel Abwechslung gab. Von denen, denen schlecht wurde, wurden die meisten völlig überrascht und waren im entscheidenden Moment nirgends in der Nähe eines Wäschetrogs oder einer Schüssel. Das wiederum führte zu einer erhöhten Anzahl schmutziger Handtücher, Laken, Kissenbezüge, Decken und Teppiche, die in der Wäscherei ankamen. Ein weiteres Problem, wenn so viele Leute krank waren? Weniger arbeitsfähiges Personal, das aufräumen konnte.

Die alte Col erschien in der Tür, ihr Gesicht war fahl und blass. »Ondine, ich brauche saubere Handtücher und Bettlaken.«

---

2. Brugel wird in den östlichen Staaten Europas oft als Maßeinheit verwendet. Zum Beispiel: »Jeden Tag wird im Amazonasgebiet eine Regenwaldfläche von der Größe Brugels gerodet.«

Es ist wahr, dass das Maul eines Hundes ein totales Bakterien-Fest ist, aber die genaue Anzahl der Bakterien kann niemand erraten. Wenn der Hund beim Tierarzt eine gute Reinigung bekommen hat, werden die Zahlen niedriger sein. Wenn der Hund eine Woche altes Aas gefressen hat, ist es Zeit, die Schutzanzüge auszupacken.

»Was ist los?«

»Nichts«, sagte Col und bemerkte, dass alle Augen in der Wäscherei auf sie gerichtet waren.

»Ist dir schlecht?«, fragte Ondine.

»Natürlich nicht. Wie kommst du denn auf die Idee?«, sagte Col, während sich Schweißperlen auf ihrer Oberlippe bildeten.

Panik durchfuhr Ondine, und sie führte ihre Großtante aus der Wäscherei in den Flur, damit sie unter vier Augen reden konnten. »Du siehst furchtbar aus.«

»Ich tue nur so, als wäre es für mich. Das habe ich versucht, dir mit Telepathie zu sagen, aber du bist geistig taub.«

Autsch! »Na, danke.« Ondine verdrehte die Augen. »Warum brauchst du dann die Wäsche? Ist Hamish krank?«

»Nicht die Krankheit, die Hoheit.«

Verwirrung zeichnete sich auf Ondines Gesicht ab. »Wovon um alles in der Welt redest du?«

Die alte Col sprach nur noch im Flüsterton: »Wir tun so, als hätte der Herzog nur seine Stimme verloren, damit niemand in Panik gerät. Er ist hier, ans Bett gefesselt. Sag es niemandem.«

Oje!

Oje, oje, o doppeltes Weh! Ondine überprüfte den Flur, um sicherzustellen, dass niemand in Hörweite war, und fragte: »Ist die Herzogin auch hier?«

»Nein. Sie ist gestern Abend in die Stadt aufgebrochen und kommt morgen zurück. Sie hat Vincent mitgenommen, er wird den Herzog in der Oper vertreten.«

»Aber das ist ja furchtbar!«

»Ich weiß. Es ist eine Drei-Stunden-Vorstellung.«[3]

»Nicht das! Ich meine, Vincent tut so, als wäre er schon der Herzog!«

»Sprich leiser. Ich bin sicher, das ist eine dieser Vierundzwanzig-Stunden-Sachen und Pavla wird wieder in Ordnung kommen. Jetzt hol mir die saubere Wäsche.«

Ondine tat, wie Col ihr geheißen hatte, und erzählte ihr dann schnell, was sie im Hauptbuch der Herzogin gesehen hatten. Als sie in die Wäscherei zurückkehrte, konnte sie nicht anders, als sich zu fragen, ob sie bei ihrer Mission bereits komplett versagt hatten. Vincent wollte die Macht übernehmen; seinen kranken Vater zu vertreten, war der erste Schritt.

Zurück bei der Arbeit in der Wäscherei, schalt sie Draguta. »Wenn Sie mehr Leuten von Hundesuppe erzählt hätten, hätten wir nicht so ein Chaos.«

Ondine fühlte sich zurechtgewiesen, auch wenn es nicht direkt ihre Schuld war. »Aber das war in der ersten Nacht, in der ich hier war. Und die Leute werden plötzlich jetzt krank? Das ergibt keinen Sinn.«

»Infantin macht jede Nacht Hundesuppe, wette ich.«

Das könnte es sein. Eine Nacht mit schlechtem Essen machte vielleicht nicht allzu viele Leute krank, aber Nacht

---

3. Ein Opernbesuch sollte ein wunderschöner Abend sein. In Brugel ist ihre Oper jedoch monumental schlecht. Die bekannte slägalesische Kritikerin Zarah Bragiç verglich sie mit dem Heulen von Katzen. In einem Zementmischer. Deshalb war es viel zu gefährlich, Herzog Pavla den Besuch zu gestatten – der Schock für sein System hätte ihn umbringen können. Es gibt einen Silberstreif am Horizont: Was den Bruglern im Gesangsfach fehlt, machen sie bei der Herstellung von Ohrstöpseln mehr als wett.

für Nacht, Woche für Woche? Andererseits hatte Hamish gesagt, die Bauern hätten das Gemüse nicht richtig geputzt, vielleicht hatte das also auch damit zu tun? Als sie schluckte, spürte sie ein Kribbeln im Hals, wie bei einer beginnenden Erkältung. Es war definitiv die richtige Jahreszeit dafür.[4]

Draguta hievte nasse Wäsche in einen Korb. »Kein Quatschen mit mir, bin nicht in Stimmung.«

Während Ondine das Erbrochene von einem weiteren Teppich spritzte, hoffte sie, dass die Sauerei und die Krankheit bald ein Ende haben würden. In Gedanken versunken, hätte sie beinahe den verschwommenen Fellfleck abgespritzt, der auf sie zugerannt kam. »Shambles, was machst du hier?«, rief sie.

Draguta funkelte Ondine böse an. »Ich habe gesagt, keine Haustiere!«

Schluck. Ondine schnappte sich Shambles und brachte ihn nach draußen, damit sie ungestört reden konnten.

»Geht es um den Herzog? Geht es ihm gut?«

»Ach, Mädel, so viel Gekotze hast du noch nie gesehen. Col tut ihr Allerbestes, um ihn durchzubringen.«

»Und Kerala ist nicht hier, während alle anderen sich die Seele aus dem Leib kotzen.«

Ein nachdenklicher Ausdruck huschte über das Gesicht des kleinen Frettchens. »Wo du es gerade sagst ...«

»Meinst du – aber nein. Sie kann es nicht sein. Meinst

4. Ein traditionelles brugelsches Hausmittel gegen Erkältung besteht aus gleichen Teilen frischer Milch, Plütz, Tomatensaft und Schießpulver. Mischen und sofort trinken. Danach ist eine laufende Nase das geringste Ihrer Probleme. Es ist auch teuer, da frische Milch manchmal schwer zu bekommen ist.

du? Ich meine, warum sollte sie ihm schaden? Sie liebt ihn. Und wenn ihm etwas zustoßen würde, würde sowieso alles an Vincent gehen. Sie steht nicht in der Erbfolge. Vielleicht ...«, dachte Ondine weiter laut nach. »Vielleicht macht Vincent den Herzog krank?«

Allein der Gedanke an Vincent drehte Ondine den Magen um. Sie war einst seinem Charme erlegen. Was, wenn Vincent seinen Charme bei jemandem hier im Palechia spielen ließ? Jemandem, der jung und naiv war, so wie Ondine es gewesen war.

»Ja, Vincent ist ein dreckiger kleiner Bast –«

»Ähem!«, räusperte sich Ondine, als sie sah, wie Wäschearbeiter mit sauberer Wäsche von der Leine kamen.

Shambles sprach mit leiser Stimme weiter. »Und noch was, die Lehrerin lässt euch morgen als Erstes einen Test schreiben. Habe sie vorgestern beim Nachmittagstee mit der Herzogin belauscht.«

»Du trinkst Nachmittagstee mit der Herzogin? Was für ein Glück du hast.« Ondine blickte auf die im Wind flatternde Wäsche und fragte sich, was aus ihren Plänen für ein großes Abenteuer mit Hamish geworden war.

»Sei mir nicht böse, Mädel. Ich hätte es dir früher gesagt, aber ich war mit all meinen Pflichten so beschäftigt.«

Ondine konnte nicht anders, als zu denken, dass Hamish es liebte, einen so interessanten Job mit all den Pflichten zu haben.

Shambles gab Ondine einen kratzigen Kuss auf die Wange. »Ich weiß, du wirst dein Bestes geben. Es ist Mathe, und da bist du ja ein Ass.«

Wenn mich doch nur der richtige Hamish küssen würde und

nicht Frettchen-Shambles, dachte Ondine mit einem Seufzer. »Gott sei Dank ist es kein Geschichtstest. Darin wäre ich eine Niete.«

»Ich dachte, du magst Geschichte?«

»Nicht mehr.« Ondine fühlte sich schuldig, eine Pause zu machen, während alle anderen so hart arbeiteten. »Tut mir leid, Shambles, ich muss wieder an die Arbeit.«

Shambles gab ihr einen weiteren flüchtigen Kuss.

»Danke für die Warnung, ich werde heute Abend büffeln«, sagte sie.

»Gern geschehen. Oh, und noch etwas hätte ich fast vergessen. So viel los, so wenig Zeit. Morgen bist du zum Nachmittagstee eingeladen.«

»Wirklich?« Ondine spürte einen Anflug von Aufregung. Endlich etwas Interessanteres als Wäsche! »Wow, was für eine Ehre, eine Einladung zu bekommen. Oh je! Ich habe nichts anzuziehen.«

»Col hat etwas für dich. Es wird dir auch gut stehen.«

KAPITEL DREIZEHN

Am nächsten Morgen kam Ondine ein paar Minuten zu früh am Scheunentor der Schule an. Hetty war schon da und lächelte, als Ondine sich näherte.

»Es ist so schön, noch ein Mädchen in meinem Alter an der Schule zu haben. Ich bin so froh, wieder eine beste Freundin zu haben. Jemanden, dem ich meine Geheimnisse anvertrauen kann. Du wirst mir doch auch all deine erzählen, oder?«, sagte sie lächelnd, ihre Wangen pausbäckig und rund.

Irgendetwas in Ondines Kopf machte klick. Geheimnisse zu teilen erinnerte sie an träge Sommernachmittage mit Melody, als sie so taten, als könnten sie aus einem Kartenspiel ihre Zukunft lesen, während sie alle möglichen Familiengeschichten ausplauderten. Bei Hetty waren die Regeln nun anders, aber sie musste so tun, als ob alles normal wäre. Sie setzte ihr bestes verschwörerisches Grinsen auf und sagte: »Klar.«

»Ich klang gerade wahrscheinlich ein bisschen verzweifelt. Tut mir leid. Dieser Ort ist so seltsam.« Hetty lächelte zögerlich. »Es gibt so viele Leute, aber manchmal ist es trotzdem einsam.«

Ondine ertappte sich dabei, wie sie der Wahrheit dieser Worte zustimmend nickte, doch dann fragte sie sich, ob Hetty irgendwelche Hintergedanken hegte. Sofort verscheuchte sie diesen Gedanken wieder. Seit sie hier war, war sie völlig aus dem Gleichgewicht. Hetty war einfach nur freundlich, auf eine ängstliche, einsame Art.

Ms Kyryl kam und öffnete den Schülern das Scheunentor. Hetty redete den ganzen Weg bis zu ihrem Pult. Sie schien sich so sehr nach Freundschaft zu sehnen. Ein bisschen naiv. Was, wenn Vincent Hetty davon überzeugt hatte, nach seiner Pfeife zu tanzen? Ondine schüttelte diesen Gedanken ab. Hetty mochte vielleicht unreif sein, aber sie war nicht dumm. Oder zumindest nicht so dumm, wie Ondine es einmal gewesen war. *Andererseits lebt sie auf einer Hühnerfarm*, dachte Ondine. Hühner waren eine prima Quelle für Salmonellen, wenn man nicht mit äußerster Sorgfalt mit ihnen umging. Vielleicht stammte die Krankheit, die in der Palechia grassierte, von den Hühnern?

Ms Kyryl sagte guten Morgen und kündigte den Mathetest an. Die Klasse stöhnte. Auch Ondine stöhnte, denn sie musste so tun, als sei sie genauso überrascht wie alle anderen. Tatsächlich war es ein überzeugendes Stöhnen, denn sie hatte bis in die Nacht gelernt und fühlte sich immer noch halb im Schlaf.

Der Test selbst brachte ihr Gehirn an seine Grenzen, aber sie war ziemlich zuversichtlich, dass sie ihn gut gemeistert hatte. Es gab ein paar Fragen, bei denen sie keine Ahnung hatte. Die mit den Parabeln. Die ließen ihr Gehirn jedes Mal zu Beton erstarren.[1]

Er war schnell genug vorbei und sie holten ihre Lehrbücher heraus, um das nächste Kapitel mit Matheaufgaben durchzuarbeiten, während Ms Kyryl die Arbeiten korrigierte.

»Ich liebe Mathe«, sagte Hetty zu Ondine. »Als meine Schwester noch zu Hause war, hat sie mir immer bei den Hausaufgaben geholfen und ich habe den Bogen langsam rausbekommen. Ich werde auf jeden Fall etwas mit Mathe machen, wenn ich älter bin. Und du?«

Als Ondine über ihre Zukunft nachdachte, wurde ihr plötzlich klar, dass sie sich darüber noch nicht viele Gedanken gemacht hatte. »Ich bin nicht sicher, was ich machen will. Ich schätze, ich …«

»Lass mich nicht so hängen. Was ist es? Du kannst es mir erzählen. Ich werde deine Geheimnisse für mich behalten.«

Da war schon wieder dieses Wort, Geheimnisse. Geheimnisse, die Ondine nicht teilen konnte, egal wie erleichtert sie sich fühlen würde, wenn sie ihr Herz ausschütten könnte. Ondine konnte das Band nicht leugnen, das sich zwischen ihnen entwickelte. Hetty war das einzige andere Mädchen in ihrem Alter in der ganzen Palechia. Sie mussten Freundinnen sein, sonst hätte sie niemanden. Und vielleicht konnte Ondine, wenn sie richtig gute Freundinnen wurden, herausfinden, ob Hetty für Vincent arbeitete.

»Okay. Die Sache ist, ich bin nicht wirklich sicher, was ich machen will. Wahrscheinlich im Hotel meiner Familie

---

1. Ein weiteres Problem mit Parabeln ist die Aussprache. Ist es PA-ra-BEL oder pa-RA-bel? Man kann gut fünf Minuten im Unterricht damit verschwenden, darüber zu streiten.

arbeiten und dann vielleicht später mein eigenes Ding machen. Ich schätze, solange ich mit Hamish zusammen bin, weiß ich, dass ich glücklich sein werde.«

Hettys Augen wurden vor Überraschung groß und sie stieß einen kleinen Quietscher aus. Genauso plötzlich senkte sich ihre Stimme. »Du hast schon einen festen Freund? Oh, mein Gott. Ihr Stadtmädchen werdet schnell erwachsen!«

Eine Gelegenheit tat sich auf. »Und was ist mit dir? Ist dir schon ein hübscher Junge ins Auge gefallen?«

Hetty wurde knallrot und senkte verlegen den Kopf. »Ich hab nicht die geringste Ahnung von Jungs.«

»Aber es muss doch einen geben, den du magst?«

Hetty schüttelte den Kopf.

In diesem Moment gab Ms Kyryl die Testergebnisse zurück. Dort, in der oberen rechten Ecke von Ondines Arbeit, stand mit grünem Stift »4+«, gefolgt von der Zahl achtundfünfzig.

Dieses niederschmetternde Gefühl des Versagens zog sie tief in ihren Stuhl hinab.

»Eine Vier plus? Aber ich –« Gerade noch rechtzeitig schluckte Ondine die Worte herunter, die drohten, aus ihr herauszuplatzen. Sie konnte nicht zugeben, dass sie gelernt hatte, denn es sollte ja ein überraschender Test sein. Aber weniger als sechzig Prozent zu bekommen? Was für eine Klatsche. All das Lernen für nichts.

»Aber du was?«, fragte Ms Kyryl.

»Aber ... ich dachte, ich hätte das meiste richtig«, sagte sie. Oh, wie peinlich, ihre Stimme klang so weinerlich.

»Sie haben sich in Anbetracht Ihrer mangelnden formalen Bildung sehr gut geschlagen. Ihre Großtante erzählte mir, dass Sie während Ihrer Sommerferien ein Hellseher-Camp besucht haben, was, wie ich verstehe, kein großer Erfolg war.«

Gekicher ging durch das Klassenzimmer. Die Schamröte schoss Ondine in den Hals und ins Gesicht. Sogar ihre Ohren glühten.

»Das war Mas Idee«, begann Ondine. Sicher, sie hatte es auch für eine große Zeitverschwendung gehalten, aber jetzt, wo die Klasse über sie lachte, fühlte sie sich seltsam beschützerisch gegenüber der Entscheidung ihrer Familie. Schließlich sind die regulären Schulzeiten Pflicht, aber was man in den Ferien macht, ist doch freie Wahl, oder? Warum nennt man sie sonst Ferien?

Ms Kyryl bat die Schüler, ihre Lehrbücher auf einer bestimmten Seite aufzuschlagen, und sie begannen mit einer neuen Reihe quadratischer Gleichungen.[2]

Hetty beugte sich zu ihr und flüsterte: »Nimm es dir nicht so zu Herzen. Wir waren über den Sommer im Mathe-Camp.«

»Oh.« Das würde erklären, warum sie alle so gut darin waren.

»Aber ich wette, du hattest mehr Spaß«, sagte Hetty.

Nach der Schule eilte Ondine zu Old Cols Zimmer in der Hoffnung, Hamish zu sehen. Zu ihrer anhaltenden Enttäuschung fand sie ihn in Shambles' Gestalt vor, wie er auf

2. Ein anderer Begriff für Parabeln.

einem kleinen Tisch saß, der mit Platten voller Essen vollgestopft war. Old Col saß neben ihm und machte sich Notizen.

»Das riecht großartig, ich verhungere.« Ondine griff nach einer Scheibe Käse.

»Nicht so schnell.« Old Cols Hand schlug ihr aufs Handgelenk. »Wir haben es noch nicht freigegeben.«

Shambles piepste: »Hallo, Mädel. Pavla lässt uns vorkosten. Bester Job der Welt. Das Lamm ist zum Sterben gut.«

»Ihr kostet jetzt sein Essen vor? Aber was, wenn es wirklich jemand auf ihn abgesehen hat und etwas hineintut!« Angst schnürte ihr den Magen zu.

»Genau das ist der Sinn der Sache, liebes Kind«, sagte Old Col. »Wenn man bedenkt, wie krank der Herzog ist, hätten wir das schon früher tun sollen. Er ist jetzt über den Berg, danke der Nachfrage. Obwohl es noch ein weiter Weg ist, bis er wieder ganz der Alte ist.«

»Ich wollte ja, aber ... ich bin froh, dass es ihm besser geht. Das ist so eine Erleichterung.«

Col sagte: »Er hat alle Meeresfrüchte verboten, seit es Fische geregnet hat, und er hat Kaffee verboten. Suppe hätte er auch beinahe verboten, aber dann hätten sie nichts mehr, um das Personal zu versorgen.«

»Es gibt Sandwiches«, sagte Ondine und wünschte, sie hätte etwas Festes zu essen. Dann wurde ihr die Realität der Situation schlagartig bewusst. »Aber was ist, wenn ihr richtig krank werdet?«

»Ja, das hab ich mir auch schon überlegt«, sagte Shambles mit seinem frettchenartigen, vollen Maul. »Dir ist doch aufgefallen, dass meine Halsverletzungen alle verheilt sind, als ich mich verwandelt habe. Wenn mit dem Essen etwas nicht stimmt, verwandle ich mich in mich selbst zurück und bin wieder kerngesund.«

»Heißt das, ihr habt keine Zeit mehr, seine Post zu öffnen?«

»Nicht im Geringsten«, sagte Col und lachte dann. »Wir sind sehr beschäftigt damit, den Herzog in seinem Krankenbett versteckt zu halten, Post zu öffnen und den ganzen Tag zu essen.« Sie nahm Messer und Gabel, schnitt ein Häppchen vom Rand des Hartkäses ab und gab es Shambles. Die beiden kauten glücklich darauf herum.

Schmatz. Ein Hungerkrampf zerrte an Ondines Magen. Das Bedürfnis nach Essen überwog ihre Angst davor, was darin sein könnte. Sie schnappte sich ein Stück Käse und verschlang es.

»Da sind Sie ja! Wo sind meine Zähne hin?«, verlangte eine Stimme aus der Tür zu wissen.

Alle drei drehten sich um und sahen Infanta Anathea mit ihrem bügelbrettglatten Gesichtsausdruck dastehen, den zahnlosen Biscuit unter einem Arm haltend.

»Dieser Zauber muss rückgängig gemacht werden«, sagte Anathea. Sie hatte einen schwer zu deutenden Gesichtsausdruck. »Und dieses Ding auf dem Tisch muss eingeschläfert werden.«

Seelenruhig sagte Col: »Haben Sie die Zähne?«

Schuldgefühle ließen Ondine schlucken. Sie hatte die Zähne gehabt. Aber sie hatte sie weggeworfen.

Die Infantin sagte: »Sehe ich aus wie die Art von Person, die ein Hundgebiss in ihrer Tasche hat?«

Ondine dachte, dass sie genau wie die Art von Person aussah, die alle möglichen verrückten Dinge in ihrer Tasche mit sich herumtrug. Und ein guter Teil davon musste emotionaler Ballast sein.

»Ohne die Zähne kann ich nicht viel tun«, sagte Col.

Provozierte sie die Infantin? Ihre Großtante würde doch sicher nicht so unhöflich sein.

»Bringen Sie das in Ordnung, und zwar sofort, oder es wird etwas unternommen, so wahr mir Gott helfe!«

»Ja, ja.« Col streckte ihre Hände aus. »Geben Sie mir den Hund.«

»Ru-ru-ru-ru«, winselte Biscuit.

Shambles spannte sich an.

Anathea hielt Biscuit fest. »Nein, er wird nicht noch einmal misshandelt.«

Mit resignierter Stimme sagte Col: »Ich werde ihn nicht misshandeln. Ich werde ihm helfen. Ich bin sicher, er hat noch mehr Zähne im Zahnfleisch, die bald durchkommen können –«

»Er ist ein Champion, kein Hai!«, protestierte Anathea und reichte den Hund hinüber.

Col sagte: »Ondine, holst du mir meine Reisetasche, da sind ein paar raffinierte Tränke drin.«

Ondine tat, was ihre Großtante ihr auftrug, und holte die Teppichtasche. Die Medizinfläschchen klirrten und klapperten, als sie sie aufhob. Sie reichte Col die Tasche, die ihr Biscuit übergab. Ondine wollte den Hund, der ihre große Liebe beinahe getötet hätte, wirklich nicht halten, also gab sie ihn an Anathea zurück.

»Ru-ru-ru-ru.«

In einem Fellblitz schoss Shambles vom Tisch, rannte zum Bett und kletterte auf das Kopfende. Dann sprang er noch höher und balancierte auf dem Lampenschirm. Ondine konnte es ihm nicht verübeln, dass er außer Reichweite sein wollte, wenn Biscuit seine Zähne zurückbekam.

»Schon gut, Shambles, er bellt nur, er beißt nicht«, sagte Ondine.

»Wie können Sie es wagen!«, sagte Anathea.

»Ups, Entschuldigung.« Ondine fand etwas Interessantes auf dem Boden zum Anschauen.

»Sehen wir uns das mal an«, sagte Col, nahm Biscuit wieder in ihre Arme und kümmerte sich nicht darum, dass er knurrte und zappelte. »Na, na. Kleine denta wachsen, kleine denta wachsen.«[3]

»Was wird da gesagt?«, verlangte Anathea zu wissen.

»Ich ermutige seine kleinen Zähne zu wachsen. Und jetzt, Ondine, ich habe alle Hände voll. Gib mir die Dose mit der Aufschrift ›Salamander‹.«

Ondine wühlte in der Tasche und fand Flaschen, Schachteln und eine Auswahl seltsamer Dinge. »Gefunden.«

Col klemmte sich den Hund unter einen Arm, klappte die Dose auf und schüttelte ein wenig Pulver in Ondines Handfläche. Sie tupfte ihre Fingerspitze in das Pulver und begann, es dem Hund auf das Zahnfleisch zu reiben.

Ein angewiderter Ausdruck huschte über Ondines Gesicht. »Das ist doch kein echter Salamander, oder?«

»Es sind ihre getrockneten Eier. So, das sollte genügen.«

3. Dies ist Alt-Brügelisch, das seinen Ursprung im Deutschen und Lateinischen hat. Die Sprache ist so frustrierend und unlogisch, dass das Studium des Alt-Brügelischen bei modernen Gelehrten die häufigste Ursache für Nervenzusammenbrüche ist.

»Sind die Zähne jetzt gerichtet?«, fragte Anathea, als sie ihren Hund zurücknahm.

»Ich bin eine Hexe, keine Zahnärztin. Sie werden abwarten müssen.«

Anathea drückte Biscuit fest an ihre Brust. »Ich lasse mich nicht zum Gespött machen! Merken Sie sich meine Worte, machen Sie sich mich zur Feindin und Sie werden keine ruhige Minute mehr haben!«

Damit stürmte sie hinaus.

Shambles sprang von der Lampe und landete auf dem Bett. »Sie wandert auf meiner Verdächtigenliste ganz nach oben.«

»Einverstanden«, sagte Col. »Ich habe mir die Thronfolge angesehen. Vincent ist zu jung, um die Nachfolge anzutreten, aber wenn dem Herzog etwas zustoßen sollte, könnte Anathea einen Griff nach der Macht wagen.«

»Ist das denn so schlimm?«, sagte Ondine. »Sicherlich ist jeder besser als Vincent, oder?«

»Da widerspreche ich nicht«, sagte Shambles, kletterte zurück auf den Tisch und bediente sich an einem Bissen Lammbraten. Er schluckte ihn in einem Happs hinunter. »Mmpf, oh, sehr gut, ja.«

»Was ist mit dem Salat?«, fragte Ondine. »Willst du den nicht probieren?«

»Ach nein, Mädel. Du weißt doch, dass wir Frettchen das nicht ausstehen können«, sagte er.

»Dann solltest du vielleicht wieder Hamish sein, dann könntest du von allem ein bisschen essen und –«

Die alte Col mischte sich ein. »Ich weiß, worauf Sie hinauswollen, Kind. Sie würden gerne mehr von Hamish sehen, weil Sie nicht über Ihre eigenen Bedürfnisse hinausdenken können. Aber wir haben das geregelt. Er isst Fett und Proteine, ich esse Obst und Gemüse, und zusammen haben wir alles abgedeckt.« Col nahm ein Salatblatt, holte dann rotes Pulver aus einer kleinen Metalldose und streute es über das Essen.

»Ist das ein magisches Gegengift?«, fragte Ondine.

»Paprika. Ich liebe es. Mmm, interessant ... Ich dachte, das wäre Spinat, aber es muss etwas anderes sein. Auf jeden Fall schmeckt es, wenn auch ein wenig bitter.«

»Könnt ihr das bitte ernster nehmen!«, Ondine wollte mit den Füßen aufstampfen. Sie aßen möglicherweise vergiftetes Essen. Wenn sie nicht aßen, öffneten sie möglicherweise explosive Post. Sie schienen nicht im Geringsten besorgt zu sein.

»Oje.« Shambles duckte sich vom Tisch weg und huschte ins Badezimmer. Wenige Augenblicke später kehrte er als Hamish zurück, gekleidet in ein Hemd und eine dunkle Hose. »Schlechte Nachrichten. Ich glaube, das Lamm ist schlecht.«

Bei dem Gedanken, dass ihr geliebter Hamish krank sein könnte, wurde Ondines Magen bleischwer. Aber es war so gut, Hamish wieder in seiner menschlichen Gestalt zu sehen. »Geht es dir gut?«

Schweißperlen traten ihm auf die Stirn, aber er lächelte trotzdem. »Umso besser, weil ich dich sehe.«

»Ich mache mir Sorgen um dich.« Sie trat vor und umarmte ihn.

»Oje, das ist verdorben«, sagte Col hinter ihnen, als sie am restlichen Lamm roch. »Hamish, ich bin überrascht, dass du das nicht riechen konntest.«

»Ja, nun, konnte ich schon, nur roch es gut, weil ich hungrig war.«

»Hamish, du musst vorsichtiger sein«, sagte Ondine.

Col schob die ungenießbaren Stücke auf einen Beilagenteller. »Nicht einmal die Infantin hat das verdient. Sieht aus, als stünde Lamm jetzt auch nicht mehr auf dem Speiseplan.«

Ondine umarmte Hamish fester. »Ich kann es nicht glauben, jemand versucht wirklich, den Herzog zu vergiften.«

»Vielleicht«, sagte Col.

Ondine wandte sich ihr zu. »Sie haben da ein bisschen ...« Sie deutete auf ihren Zahn.

»Danke.« Col entfernte das verirrte Grünzeug zwischen ihren Zähnen. »Aber ich hoffe, es ist nicht so unheilvoll. Vielleicht hat irgendein wohlmeinender Idiot in der Küche etwas aufgetischt, das er schon vor ein paar Tagen hätte wegwerfen sollen.«

Obwohl Hamishs Arme sie festhielten, lief Ondine ein kalter Schauer über den Rücken. »Dieser Ort ist mir unheimlich.«

Col faltete ihre Serviette und stand vom Tisch auf. »Dafür ist keine Zeit, Kind. Wir müssen uns alle für den Nachmittagstee mit der Herzogin fertig machen. Hamish, du weißt, was zu tun ist.«

Es brach Ondine das Herz, ihm dabei zuzusehen, wie er sich wieder in ein Frettchen verwandelte. Vielleicht würden sie, wenn der Nachmittagstee vorbei war, etwas Zeit finden, wieder sie selbst zu sein?

Da bin ich schon wieder und wünsche mir das Unmögliche.

KAPITEL DREIZEHN-A

Dieses Buch hat zwei Kapitel Dreizehn, weil es so viele schlechte Nachrichten gibt.

Ondine fühlte sich, als müsste sie eine weitere Prüfung bestehen, als sie und Hetty an diesem Nachmittag an einem der kleinen Tische im Wintergarten Platz nahmen. Sie fühlte sich wie eine Prinzessin in dem Kleid, das die alte Col für sie ausgesucht hatte. Es bestand aus wallenden, pfirsichfarbenen Stofflagen, die sich bei jedem Schritt drehten und raschelten. Ihre Großtante hatte ihr sogar die süßesten Slipper mit niedrigem Absatz gekauft, die funkelten und einfach nur entzückend waren. Es waren riemenlose Schuhe, daher war es etwas gewöhnungsbedürftig, darin zu laufen, denn bei jedem Schritt rutschten sie ihr beinahe von den Füßen.

Sonnenlicht fiel durch die Fenster des Wintergartens. Draußen spielte der Herbstwind in der Reihe der Amberbäume und ließ ihre orangefarbenen und gelben Blätter in der Luft wirbeln und tanzen, während sie von den Ästen fielen.[1]

---

1. Im Vergleich zu Ondines Schul- und Wäschearbeit haben die alte Col

Es gab hier ungefähr zwanzig kleine Tische, alle aus filigranem Schmiedeeisen gefertigt.[2] Ondine erkannte die Tischdecken aus ihrer Zeit in der Wäscherei wieder. Man musste kein Hellseher sein, um zu wissen, dass die meisten von ihnen am Ende des Tages mit Wein- und Teeflecken übersät sein würden und sie sie wieder waschen müsste.

Die alte Col und Shambles saßen an einem anderen Tisch, näher bei der Herzogin. Die Herzogin saß mit ihrem perfekt frisierten, glänzenden mahagonifarbenen Haar am Kopfende eines längeren Tisches in der Mitte des Raumes.

Niemand stellte Ondine oder Hetty offiziell vor, aber das machte Ondine nichts aus. Es reichte schon, so herausgeputzt in dieser schönen Umgebung zu sitzen, zarte Sandwiches und knusprige, süße Kekse zu essen und das Ganze mit Tee hinunterzuspülen.

»Wir sind Lückenfüller«, sagte Hetty mit leiser Stimme. »Das kommt von Zeit zu Zeit vor. Die Herzogin kann es nicht ausstehen, einen leeren Tisch zu haben, also lässt sie uns kommen, solange wir uns benehmen.«

---

und Hamish bisher den weitaus besseren Deal gemacht. Essen probieren, Post öffnen, lauschen, ein bisschen tratschen. Alles viel zu einfach. Allerdings lastet die Bürde des Wohlergehens des Herzogs auf ihren Schultern, und sie müssen herausfinden, wer seinen Sturz plant. Und damit sollten sie sich vielleicht beeilen, denn die Dinge werden bald sehr viel schlimmer werden.

2. Brugel ist berühmt für seine Spitzeneisen-Arbeiten. Spitzeneisen ist ein Verfahren, bei dem Eisen so stark erhitzt wird, bis es sich biegt. Es wird gedehnt, sodass es dünn wird, aber nicht so dünn, dass es bricht, und dann zu einer dekorativen, flachen Oberfläche verflochten. Viele unvorsichtige Kunden lassen sich von minderwertigen Imitaten täuschen, die aus einer flachen Eisenscheibe mit eingestanztem Spitzenmuster bestehen.

»Warum werden die leeren Tische und Stühle nicht einfach weggeräumt?«

»Weil sie am Boden festgeschraubt sind.«

Ondine legte ihre Hand auf die Tischkante und versuchte, ihn zu bewegen. Nicht einmal ein leises Ruckeln. Sie versuchte dasselbe mit ihrem Stuhl, mit dem gleichen Ergebnis. »Wer schraubt denn Möbel am Boden fest?«

Hetty beugte sich näher zu ihr und sprach mit gedämpfter Stimme. »Vor ein paar Jahren sind einige Tische und Stühle verschwunden. Meine Eltern haben geholfen, die Bauernhäuser und Scheunen zu durchsuchen, um sie zu finden. Sie sind nie wieder aufgetaucht. Die Herzogin befahl, die restlichen Möbel festzuschrauben. Seitdem ist das so.«

»Dann haben wir ja Glück gehabt«, sagte Ondine, als sie sich ein Käsesandwich von dem hübschen kleinen Etagere in der Mitte ihres Tisches nahm. Als Ondine einen Blick durch den Raum warf, sah sie, wie Hamish-als-Shambles auf Cols Schoß zu schlafen schien. Seine Ohren zuckten wie Radarschüsseln hin und her und lauschten auf Informationshappen.

»Wir bekommen auch nicht die feinen Sandwiches«, sagte Hetty, »nur Käse oder Marmelade für uns, aber es ist trotzdem schön, hier zu sein. Es ist ein bisschen wie Verkleiden, findest du nicht auch?«

Ondine lächelte. »Allerdings!« Sie nahm sich noch ein Käsesandwich und tat so, als wäre es mit Hühnchen und Avocado belegt. Ein weißer, flauschiger Schimmelfleck klebte an der Seite des Käses. Damals im Pub ihrer Familie hatte sie ständig schimmligen Käse gegessen – aber das war richtiger Edelschimmelkäse mit einer gesprenkelten blauen

Schicht. Das hier war harter gelber Käse und einfach nur grundfalsch.

Aus dem Augenwinkel sah sie, wie ein Gast an einem anderen Tisch eine Dessertgabel in ihre Handtasche gleiten ließ. Besteck stehlen? Ondine nahm einen der Löffel an ihrem Gedeck und drehte ihn um. Der Herstellerstempel wies auf Sterlingsilber hin. Das gute Zeug.

So höflich wie möglich versuchte Ondine, die Aufmerksamkeit ihrer Großtante zu erregen. Sie hustete leicht in ihre vorgehaltene Hand. Das brachte nichts. Also machte sie ein »Psst«-Geräusch, was ebenfalls nichts bewirkte. Schließlich warf sie alle Vorsicht über Bord und sagte: »Tante Col, darf ich deinem Frettchen etwas Käse geben?«

Das erregte ihre Aufmerksamkeit. Und die von Shambles. Ondine entschuldigte sich schnell bei Hetty und brachte Shambles die Scheibe des abgelaufenen Käses. Als sie bei ihnen ankam, murmelte sie ihm zu: »Zeig Col die schimmlige Stelle. In der blauen Tasche ist übrigens eine geklaute Gabel.«[3]

Ondine kehrte schnell zu Hetty zurück, deren Augen so rund waren wie die Untertassen unter ihren Teetassen. »Die Herzogin erlaubt normalerweise keine Haustiere hier drin. Deine Großtante muss etwas ganz Besonderes sein.«

»Du hast ja keine Ahnung«, sagte Ondine und fügte ein Kichern hinzu.

Auf der anderen Seite des Raumes verschwand Shambles

---

3. Wenn Sie jemandem eine Nachricht überbringen müssen, ohne dass es jemand mitbekommt, ist Murmeln weitaus effektiver als Flüstern. Beim Flüstern gibt es viel zu viele „s“-Laute, sodass die Leute Sie hören und wissen wollen, was der ganze Aufruhr soll.

unter den Tischen. Wenige Augenblicke später tauchte er mit einer silbernen Gabel im Maul zu Ondines Füßen wieder auf. Ondine beugte sich hinunter und hielt ihre Hand hin, als er das Besteck in ihre Handfläche legte. Er verschwand wieder und erschien wenige Augenblicke später mit einem Teelöffel. Ondine ließ ihren Blick durch den Raum schweifen und tat so, als würde sie all die Pracht bewundern. In Wirklichkeit überprüfte sie nur, ob niemand in ihre Richtung schaute, und schob dann die zusätzlichen Gegenstände neben ihren Kuchenteller.

Die Seitentüren öffneten sich, um einen Neuankömmling anzukündigen. Hetty stieß einen hohen Schrei aus, als Lord Vincent hereinkam.

Ondine zischte: »Beruhige dich.«

In ihrer Aufregung saß Hetty da und vibrierte still auf ihrem Stuhl. So sehr sie sich auch bemühte, Ondine konnte nicht verhindern, dass sie die Augen zur Decke verdrehte.

Entspannt und charmant aussehend, machte Vincent die Runde im Raum, schüttelte den Gästen die Hände und führte Smalltalk. Zwischen Hettys Keuchen konnte Ondine ein paar Worte verstehen. Etwas in der Art, dass Vincent seinen Vater vertrat, der unabkömmlich war.

Mehr Gequietsche von Hetty. »Er kommt hierher«, und: »Ohmeingottichsterbegleich.«

»Guten Tag, meine Damen«, sagte er, und sein Gesicht zeigte keinerlei Anzeichen von Verärgerung darüber, dass Ondine hier einen Platz ergattert hatte. Wenn überhaupt, schien er beinahe ... angenehm zu sein. Das musste ein Schauspiel sein, besonders wenn man bedachte, wie er sie das letzte Mal behandelt hatte.

Hetty kicherte.

Wissend, dass alle Augen auf sie gerichtet waren, spielte Ondine mit. »Guten Tag, Mylord.«

»Ich habe ein Pony!«, sprudelte es aus Hetty heraus.

Ondine schlug sich die Hand vor die Stirn.

Vincent drehte seinen Charme voll auf. »Tatsächlich? Kümmern Sie sich freundlicherweise um eines der Pferde meines Vaters?«

»Iiiiih –«, machte Hetty und nickte wie wild mit dem Kopf.

»Dann danke ich Ihnen für Ihre Mühen. Ich hoffe, wir können die Stallungen bald reparieren lassen.«

Bitte reiß dich zusammen, flehte Ondine im Stillen. Es erinnerte sie daran, wie sie damals den Kopf wegen Vincent verloren hatte, aber sie hatte sich doch sicher nicht ganz so albern angestellt wie Hetty.

Hetty grinste und stieß hinten in ihrer Kehle ein seltsames Geräusch aus.

Vincent lächelte erneut und sagte: »Es war mir eine Freude, Sie kennenzulernen«, dann ging er weiter.

Es war unmöglich, etwas Verständliches aus Hetty herauszubekommen, solange Vincent im Raum war. Nach einer gefühlten halben Stunde, die aber wahrscheinlich nur wenige Minuten dauerte, beendete er seine Runde durch den Raum, wechselte ein paar Worte mit seiner Mutter und ging.

»Ahhhhh«, sagte Hetty mit einem übertrieben lauten Seufzer. »Ist er nicht fantastisch?«

Ondine verschluckte sich an ihrem Wasser, das ihr in die Nase schoss, und griff nach ihrer Serviette. Als sie fertig war, hatte Hetty immer noch einen glasigen Blick.

»Komm schon, reiß dich zusammen«, sagte Ondine.

Als hätten ihre Worte den Zweck erfüllt, erinnerte sich Hetty plötzlich daran, wo sie war, und schlug die Hand vor den Mund. »Ich habe keine Ahnung, was ich gerade gesagt habe. Sag mir, dass ich nichts Dummes gesagt habe.«

»Er schien beeindruckt zu sein, dass du ein Pony hast.«

Hetty vergrub das Gesicht in den Händen. »Ich will sterben.« In diesem Moment kam die Infantin herein, mit Biscuit unter dem Arm. So sehr sie sich auch bemühte, Ondine konnte nicht erkennen, ob dem Hund die Zähne schon nachwuchsen.

Die Infantin trug einen himmelblauen, maßgeschneiderten Anzug, der mehrere Jahre aus der Mode war, und dazu passenden Lidschatten. Ihr Gesichtsausdruck war herrisch, nach dem Motto: ›Ihr habt ohne mich angefangen‹.

Die Herzogin stellte ihr Weinglas ab. »Anathea, du shteht nicht im Terminkalender. Washem verdanken wir dieshe unerwartete Überrashung?«[4]

Es war erst Nachmittag, aber Ondine hörte das Lallen in den Worten von Herzogin Kerala und fragte sich, wie viel sie getrunken hatte.

Die Infantin küsste eine der weiblichen Gästinnen auf den Scheitel und sagte: »Hallo, meine Liebe.«

Das muss eine ihrer Töchter sein, dachte Ondine. Zufälligerweise war es auch eine der Frauen, die Besteck stahlen.

---

4. Wenn es erwartet würde, wäre es keine Überraschung. Die Ankunft der Infantin zu den Mahlzeiten war eine dieser „bekannten Unbekannten". Man weiß, dass sie irgendwann auftauchen wird, man weiß nur nicht, wann.

Dann sah die Infantin die Herzogin an. »Seit wann brauche ich einen Termin, um meine Schwägerin zu sehen?«

Ondine hatte dasselbe gedacht. Der Nachmittagstee war eine regelmäßige Veranstaltung und sie schienen freie Tische zu haben – oder zumindest genug freie Plätze, um Schulkinder einzuladen. Warum also war kein freier Platz für Anathea da?

Außer, die gegenseitige Abneigung war so tief, dass Kerala außerordentliche Anstrengungen unternahm, um sicherzustellen, dass es keine freien Plätze gab?

Eine unangenehme Stille legte sich über den Raum. Niemand wollte etwas sagen, wahrscheinlich, weil niemand wusste, was er sagen sollte. Die Herzogin leerte ihr Weinglas und fuhr sich mit einer Hand durchs Haar, als wollte sie es richten. Eine Hinhaltetaktik – unmöglich, dass sich ihr dunkles, lackiertes Haar auch nur im Geringsten gelöst hatte. Sie wandte sich an ihre Gesellschaftssekretärin, die ihr einen ledergebundenen Terminkalender überreichte. Die Herzogin blätterte ein paar Seiten vor und zurück, schürzte die Lippen und runzelte die Stirn.

»Ich habe morgen Nachmittag um drei Uhhr Platz. Kann es bis dahin warten?«

»Nach Mittag? Was hat das für einen Sinn?«, sagte die Infantin.[5]

Der kalte Blick zwischen der Herzogin und der Infantin ließ die Temperatur im Raum um zehn Grad sinken. Biscuit

---

5. Mit anderen Worten, die Infantin hält die Herzogin für eine Säuferin. Wenn Sie mit ihr über etwas Vernünftiges sprechen wollen, tun Sie das am besten früh am Tag, bevor sie zu viel getrunken hat.

zappelte in den Armen der Infantin und stieß ein »Ru-ru-ru-ru«-Berserkergebell aus, um an Shambles heranzukommen.

Ondine fürchtete um ihren Liebling.

Shambles stellte sich auf Old Cols Schoß auf und gab seinerseits ein »Ru-ru-ru-ru« von sich. Biscuit winselte und versuchte, sich bei der Infantin zu vergraben.

Alle, einschließlich Ondine und Hetty, lachten. Die Ablenkung half, die eisige Spannung im Raum zu brechen. Die Herzogin nahm ein weiteres Glas Wein vom Kellner entgegen.

Old Col ergriff das Wort: »Habe ich erwähnt, Euer Gnaden, dass ich Teeblätter lesen kann? Ich bin sehr gut darin.«

Die Herzogin lächelte und wusste die Ablenkung als das zu schätzen, was sie war. Die Infantin hatte immer noch keinen Sitzplatz und niemand bot ihr einen an. Während die Kellner Kannen mit frisch gebrühtem Tee brachten, verabschiedeten sich Anathea und ihr verrückter Hund.

Old Col schenkte Tee ein und der Wintergarten erhielt wieder die Atmosphäre einer Gartenparty.

»Meine Nichte ist im Handlesen bewandert«, sagte Old Col. »Ondine, wärst du so freundlich, deine Gabe zu teilen?«

»Wirklich?«, sagte Hetty. »Wow, das hättest du mir sagen sollen! Ich lasse dich später aus meiner lesen.«

»So gut bin ich nicht«, sagte Ondine.

Mit klopfendem Herzen trat Ondine an die Herzogin heran. »Ich werde beide Hände brauchen, Euer Gnaden.« Innerlich zitterte sie, aber sie tat ihr Bestes, es zu unterdrücken.

Die Herzogin stellte ihr Weinglas ab und reichte Ondine

ihre Handflächen. Der Nagel ihres linken kleinen Fingers war so lang, dass er anfing, sich nach innen zu krümmen. Es ekelte Ondine leicht an, die gelben Verfärbungen darunter zu sehen. Aus dieser Nähe konnte sie die blauen Augen von Herzogin Kerala sehen, aber sie strahlten nicht. Wenn überhaupt, sahen sie kalt und berechnend aus.

»Danke. Sie sind Rechtshänderin.« Ondine hatte gesehen, wie sich die Herzogin mit der rechten Hand eine Notiz in ihrem Terminkalender gemacht hatte, also war es kein Raten. »Das bedeutet, Ihre linke Hand ist das Leben, das Ihnen gegeben wurde, und die rechte ist das, das Sie sich selbst geschaffen haben.«

Dann beging Ondine den Fehler, sich diese weichen, verwöhnten Handflächen anzusehen. Sofort bereute sie es, denn ihr gefiel nicht, was sie sah. Klare, einfache Linien auf der linken Hand, aber eine rechte Hand voller komplizierter Kritzeleien, Striche und Durchstreichungen. Als würde ihr jetziges Leben versuchen, die Vergangenheit auszukratzen. Die Worte Geheimnis, Täuschung und Gefahr kamen ihr sofort in den Sinn.

Als Ondine aufblickte, sah sie, wie Old Col ihr zufrieden zunickte.

Ondine nahm all ihre diplomatischen Fähigkeiten zusammen und begann mit dem Handlesen. »Sie sind so großzügig, Euer Gnaden, und so besorgt um das Wohl anderer, dass es Sie fast zu Tränen rührt.«

Die Herzogin lächelte und sagte: »Weiter.«

Völliger Quatsch, wie Shambles vielleicht sagen würde, aber es schien, als stießen Ondines freundliche Worte auf Zustimmung. Eigentlich wollte sie sagen: »Ich glaube, Sie sind gerissen wie eine Kanalratte«, aber das hätte ihr überhaupt nichts gebracht. Währenddessen tranken andere am Tisch ihren Tee, spülten ihre Tassen aus und stülpten sie auf den Untertassen um. Old Col suchte im Matsch nach Omen.

Aus dem Augenwinkel sah Ondine, wie einer der Gäste Shambles das letzte Stück Mortadella von ihrem Teller anbot.[6]

Ondine fühlte sich noch unwohler, als sie mit dem Handlesen fortfuhr. »Ich sehe, dass Ihre Ehe noch viele Jahre in der Zukunft glücklich weitergehen wird.«

Die Herzogin warf Ondine einen undurchschaubaren Blick zu, als hätte sie ihr etwas gesagt, was sie nicht hatte hören wollen. Ihr Tonfall blieb ausdruckslos. »Eine charmante Unterhaltung, da bin isch mir sischer.«

Ondine sank der Magen in die Kniekehlen. Old Col musste die Verzweiflung in ihrem Gesicht gelesen haben, denn sie unterbrach sie zu einem günstigen Zeitpunkt: »Etwas Tee, Euer Gnaden?«

Danke, Tante Col.

Ondine sah sich im Raum um und bemerkte, wie Hetty mehreren Frauen, die in der Nähe saßen, Tee servierte. Es schien, als wollte hier jeder seine Zukunft erfahren. Unter dem Tisch befreite Shambles eine Kuchengabel aus einer anderen Handtasche. Das würde ein langer Nachmittag werden.

---

6. Eine Art billiges verarbeitetes „Fleisch“ mit riesigen Fettanteilen. Jede Scheibe ist so voll von Fettstücken, dass sie an einen Polygonalverband erinnert.

Die frühe Abendkühle kitzelte Ondines Haut, als sie zu den Kreppmyrten eilte. Ihre Füße lockerten sich in den hübschen Schuhen, also stieß sie sie auf dem Gras ab und rannte barfuß weiter, wobei ihre Röcke wie eine entfaltete Hibiskusblüte um ihre Knie raschelten und rauschten. Der wirbelnde Wind wehte Blätter und Blüten von den Ästen, sodass sie sich fühlte, als wäre sie in einer Schneekugel.

Freude durchbrach die Düsternis in dem Moment, als sie Hamish dort stehen sah. »Oh, Liebling!«, rief sie und schlang die Arme um ihren Geliebten.

Er fühlte sich steif an, als er sie umarmte. Sorge kroch in ihr hoch. Das war nicht der herzliche Empfang, den sie erwartet hatte.

»S-schön, d-dich zu sehen.«

Sie trug ein wunderschönes Kleid, aber Hamishs schicke Kleidung fühlte sich feucht an und klebte an seiner Haut. Der Groschen fiel. »Du frierst ja!«

»Ich bin ein bisschen nass, Mädchen.«

»Du meine Güte, was ist passiert?«

»Ich hab meine Kleider fürs nächste Mal hinter den Bäumen gelassen, aber sie sind vom Tau ganz durchnässt.«

»Oh, du armer Schatz. Ich hätte dir einen Mantel oder so etwas mitbringen sollen. Oder einen Becher Suppe.«

»Aber nicht die H-Hundesuppe, hoffe ich«, sagte Hamish.

Als Ondine ihn küsste, fühlten sich seine Lippen so kalt

an, dass es sie erschreckte. Sie überzog seine kalten Wangen mit Küssen und tat ihr Bestes, um ihn aufzuwärmen.

Old Col unterbrach sie. »Wir sollten uns kurzhalten, der Herzog wird bald Informationen wollen. Ondine, was für Neuigkeiten hast du?«

»Ich habe darüber nachgedacht, wie schlecht es allen ging, nachdem sie die Suppe gegessen hatten. Das können nicht alles Hundekeime gewesen sein. Wenn die Infantin nachts in den Küchen ist, mischt sie vielleicht noch etwas anderes ins Essen, nicht nur den Hundelöffel.«

»Aye.« Hamish hielt Ondine fest an sich gedrückt, als wäre sie eine Wärmflasche. »Die Infantin ist bekloppt.«

Old Col nickte. »Der Herzog hat recht mit seiner Vermutung, dass sie etwas im Schilde führt. Aber wir haben noch keine Beweise. Der Nachmittagstee heute hat mehr Informationen geliefert. Die Teeblätter waren sehr aufschlussreich. Die älteste Tochter der Infantin hat seit sieben Jahren keine Einkommensteuererklärung abgegeben. Eine der Freundinnen der Herzogin und die andere Tochter der Infantin stehlen Tafelsilber und verkaufen es auf Bee-Bay.[7] Die Damen vom Wohltätigkeitsverein des Krankenhauses lügen über ihr Alter, aber das ist nur eine Kleinigkeit. Sie sind auch schreckliche Klatschweiber und erzählen all ihren Freundinnen im Kegelclub, wer wegen welcher Operation und wie oft eingeliefert wurde.«

---

7. Brugels Antwort auf E-Bay, wo die Auktionen rückwärts laufen. Der Verkäufer nennt einen hohen Anfangspreis und senkt diesen dann schrittweise. Der erste Bieter, der seine (elektronische) Hand hebt, „gewinnt“ das Gebot. Viele Brugeler Immobilienmakler versuchen dieselbe Technik, mit gemischten Ergebnissen.

Überraschung durchzuckte Ondine. »Das alles hast du aus Teeblättern gelesen?«

»Nein. Aber ich habe ein ausgezeichnetes Gehör. Lauschen ist eines meiner Hobbys«, sagte Old Col. »Nun, Ondine, was hast du wirklich in den Handflächen der Herzogin gesehen?«

Ondine schluckte. »Es hat mir überhaupt nicht gefallen. Ich meine, ich habe ihr nur erzählt, was sie hören wollte, aber gleichzeitig hatte ich das Gefühl, dass sie etwas verbirgt. Dieses schreckliche Gefühl überkam mich und mir wurde ein bisschen schlecht.«

»Das könnten die Alkoholdämpfe von ihrem Atem sein«, sagte Hamish.

Ondine lachte. Hamish kuschelte immer noch mit ihr und es fühlte sich wunderbar an.

»Die Herzogin greift gewiss gerne zur Flasche«, sagte Old Col. »Aber ich bin mir ziemlich sicher, dass der Herzog das weiß. Wir sollten sie im Auge behalten, aber mein Bauchgefühl sagt mir, dass wir dem Herzog im Moment noch nichts über sie sagen sollten. Wenn wir den Ruf der Frau, die er liebt, ohne echte Beweise in den Schmutz ziehen, sind wir schneller weg, als man niesen kann.«

»Aber das Hauptbuch, von dem ich dir erzählt habe, das ist doch sicher ein Beweis dafür, dass sie nichts Gutes im Schilde führt«, sagte Ondine.

»Ja, Mädel, aber vielleicht will er nicht, dass wir wissen, dass sie ein Sparkonto hat. Ich glaube, er will, dass wir in den Angelegenheiten anderer Leute herumschnüffeln, nicht in seinen.«

Der kühle Wind umwehte Ondine und die Wärme von

Hamish verflog. Sie drehte sich um und sah, dass er sich in Shambles verwandelt hatte, der auf einem Haufen zerknüllter Kleidung stand.

»Aber das habe ich gerade so genossen«, sagte Ondine.

»Ich auch, Mädel, aber Col hat recht. Wir brauchen mehr Beweise, und ich werde sie besorgen.«

Musste er das ausgerechnet jetzt tun? Sie war so glücklich gewesen, ihn wieder als er selbst zu sehen.

Col lächelte anerkennend. »Ausgezeichnete Idee, Shambles. Folge der Infantin und sieh nach, was sie in den Küchen so treibt.«

»Sei vorsichtig«, fügte Ondine hinzu, »Biscuits Zähne könnten wieder da sein.«

»Ja, Mädel. Ich werde mit den Schatten verschmelzen.« Er zwinkerte ihr frettchenhaft zu und sauste davon.

»Sei nicht traurig, Liebes«, sagte Col, als Ondine über den Rasen zurückging, um ihre Schuhe aufzuheben. »Er macht nur seine Arbeit.«

»Ja, aber muss es ihm dabei so viel Spaß machen?«

KAPITEL VIERZEHN

Zu diesem Zeitpunkt standen die Chancen schlecht, dass die Worte »Musterschülerin« und »Ondine de Groot« im selben Satz verwendet würden. Wenn es jedoch um die Wäsche ging, glänzte sie. Das Aufwachsen im Hotel ihrer Familie hatte sie auf lange Arbeitszeiten und wenig Freizeit bestens vorbereitet.

»Danke, Ondine, Sie machen gute Arbeit«, sagte Draguta, während sie die saubere Wäsche zu ordentlichen Bündeln zusammenlegten.

Ondine grinste. »Gern geschehen.«

»Hier. Nehmen Sie Laken und Handtücher zu Infantin und machen Sie Zimmer.«

Ondine nahm das Wäschebündel entgegen und ging die Treppe zum Flügel der Infantin hinauf.

»Sie haben aber lange gebraucht«, sagte die Infantin, als Ondine ankam.

»Ich bitte um Verzeihung, Euer Gnaden«, sagte Ondine und benutzte dieses Mal die korrekte Anrede. Sie sah sich in den Zimmern der Infantin nach einer freien Fläche um, um die Wäsche abzulegen, aber es gab keine. Es sah aus, als hätten Einbrecher den Ort geplündert, aber hätte die

Infantin dann nicht das ganze Haus zusammengeschrien und die Polizei gerufen? Dann bemerkte Ondine, dass die Infantin ihr selbst die Tür geöffnet hatte.

»Mylady, wo ist die Zofe?«

»Sie hat gekündigt. Unhöfliches Mädchen.«[1]

»Ich verstehe«, sagte Ondine und sah sich um.

In seinem Körbchen lag Biscuit auf dem Rücken, die Pfoten von sich gestreckt, und schnarchte zufrieden. Ein Stich der Eifersucht durchfuhr Ondine bei dem Gedanken, wie gerne sie mit dem Hund tauschen würde. Sie entdeckte eine kleine freie Stelle auf dem Boden und legte die Wäsche ab. Dann ging sie zum Bett und begann, es abzuziehen.

»Ihre hochnäsige Art können Sie sich sparen, Mädchen«, sagte die Infantin. »Ich weiß, was Sie denken.«

»Mylady, ich denke, dass ich heute eine Menge Arbeit zu erledigen habe.«

»Keine Widerworte.«

Bei Plutos heiligem Geist, kein Wunder, dass die letzte Zofe gekündigt hatte!

Unaufgefordert sagte die Infantin: »Sie wissen nicht, wie es ist, wenn einem das Leben entrissen wird. Wenn alle Hoffnungen und Träume zunichtegemacht werden.«

Ondine war damit beschäftigt, die Bettlaken zu wechseln. Das letzte Mal, als sie der Infantin in der Küche zuhören musste, hatte sie nirgendwohin ausweichen können.

»Ich sollte einen Prinzen heiraten, wissen Sie. Keinen

---

1. Butlerinnen sind in Brugel und auch im benachbarten Slaegal weit verbreitet, aber Craviç hält davon nichts.

dieser Slaegal-Prinzen, die gibt es wie Sand am Meer. [2]In Slaegal hebt man einen Stein hoch und findet einen Prinzen. Mein Prinz war ein echter, aus dem Hause Hollenstotder-Betansk. Die Abmachung war bereits getroffen. Das Datum war auf die Woche nach meinem sechzehnten Geburtstag festgesetzt.«

Die Infantin seufzte geräuschvoll. »Werde ich den Tee selbst einschenken müssen?«

Weit davon entfernt, mit ihrer jetzigen Aufgabe fertig zu sein, hörte Ondine auf, das Bett zu machen, und ging zum Serviertisch, wo eine Teekanne neben einigen leeren Tassen stand.

Sie hob den Deckel und stellte fest, dass die Teekanne leer war. Großartig, sie musste ganz von vorn anfangen. Auf der Anrichte fand sie den Wasserkessel, ebenfalls leer, also ging sie in die Kochnische der Infantin und füllte ihn. Als das Wasser kochte, goss sie etwas davon in die Kanne, schwenkte sie, um das Porzellan vorzuwärmen, und goss das Wasser dann aus.

Mit überraschtem Tonfall sagte die Infantin: »Sie wissen ja, was Sie tun.«

»Danke, Mylady.« Ondine gab zwei Teelöffel Blätter in die warme Kanne. In dem Moment, als der Kessel wieder kochte, goss sie das brühend heiße Wasser über die Blätter, und das Wasser färbte sich in einem befriedigenden Dunkelbraun.

»Wie mögen Sie ihn, Mylady, schwach oder stark?«

»Stark und lange gezogen.«

---

2. Brügler Münze von sehr geringem Wert.

Ondine nickte und überprüfte das Milchkännchen. Die übrig gebliebene Milch am Boden hatte einen dicken, getrockneten Schorfring an der Innenwand gebildet. Igitt!

Schrubben, schrubben, fast fertig. Nur für eine Tasse Tee!

»Um diese Tageszeit nehme ich ihn mit Zitrone. Milch mag ich nur morgens als Erstes.«

Das hätten Sie mir auch sagen können, bevor ich meine Zeit mit dem Schrubben des Kännchens verschwendet habe!

In der Obstschale fand sie drei Zitronen. Sie wählte eine aus, wusch die Schale und schnitt sie in dünne Scheiben. Dann legte sie eine Scheibe in die Teetasse, nahm das Sieb und goss der Infantin ihre Tasse Tee ein.

»Darf ich nun wieder Ihr Bett machen, Mylady?«

»Selbstverständlich. Wissen Sie, wenn die Dinge anders gelaufen wären, wäre ich im Südflügel untergebracht, anstatt hier oben an der zugigen Nordseite.«

Ondine machte sich sofort wieder an die Arbeit und wurde mit dem Bett fertig, dann trug sie die gesamte schmutzige Wäsche zum Wäscheabwurfschacht im Badezimmer. Der Stoff machte leise *Dadud*-Geräusche, als er gegen die schrägen Wände des Schachts fiel.

»Als man dachte, ich würde die regierende Herzogin werden, wurde meine Bettwäsche jeden Tag gewechselt. Jetzt kann ich von Glück reden, wenn sie einmal pro Woche gewechselt wird«, sagte die Infantin.

Mein Herz blutet, dachte Ondine, als sie die benutzten Handtücher der Infantin vom Boden aufsammelte und in den Wäscheschacht warf. Alles, was sie jetzt noch tun musste, war, die sauberen Handtücher auf die Halter zu hängen und von hier zu verschwinden. In Anathea's Nähe war sie zappelig und nervös. Wenn sie zu lange blieb, würde die Infantin sie das Badezimmer putzen lassen. Was Ondine betraf, war ihre Arbeit erledigt.

»Und noch etwas. Das ist ein hervorragender Tee, Ondine. Danke.«

»Gern geschehen, gnädige Frau.« Die spinnerte alte Kuh hatte etwas Nettes gesagt! Ondine beschloss, sich zu revanchieren, während sie zur Tür ging. »Ich hoffe, Sie haben einen schönen Tag.«

»Komm wieder her, ich bin noch nicht mit dir fertig. Hier, lass mich dir etwas Tee einschenken.«

Zu Ondines Überraschung schenkte die Infantin ihr eine Tasse ein. »Nimmst du Zucker?«

»Ja, zwei Stück, bitte.« Warum entschuldigte sie sich nicht einfach und ging? Ihre Arbeit hier war getan. Draguta brauchte sie in der Waschküche.

»Weißt du, wie es ist, sich vor jemandem verbeugen, kratzfüßeln und knicksen zu müssen, den man verabscheut, Ondine?«

Lord Vincent erschien vor ihrem geistigen Auge. »Ja, gnädige Frau.«

»Ich glaube, das tust du.« Die Infantin sah sie eine Weile an, dann breitete sich ein langsames, wissendes Lächeln auf ihrem Gesicht aus. »Du bist Vincent begegnet, nicht wahr?«

»Wow, Ihr seid gut.«

»Er ist ein ganz schönes Früchtchen, lass dir das gesagt sein. Viel zu begierig darauf, die Macht zu übernehmen. Denkt, er hat schon alles ausgetüftelt. Bei Vincent brennt das

Feuer, aber die Kuh steht noch auf der Weide.«[3]

Ein Kichern entkam Ondines Lippen. Ihr fiel nichts Vernünftiges oder Unverfängliches ein, das sie sagen konnte, also trank sie ihren Tee.

»Ich war dreizehn Jahre alt, als mir alles genommen wurde«, sagte die Infantin. »Dreizehn! Alt genug, um meine Pflichten, meine Verpflichtungen und mein Schicksal zu verstehen. Alt genug, um zu wissen, dass die Leute sich vor mir verbeugten und knicksten, weil es mein gottgegebenes Geburtsrecht war. Ich war *jemand.* Sie nannten mich ›Duchetta Anathea‹, die kleine Herzogin. Ich wäre erst die dritte regierende Herzogin in der gesamten Geschichte Brugels gewesen. Oh, ich hatte so wundervolle Pläne, um Brugel wahrhaft groß zu machen.«

Die Oberlippe der Infantin kräuselte sich verächtlich, als sie sagte: »Dann wurde er geboren. Das winselnde, rotznasige Balg. Allem Anschein nach ein kränkliches Kind. Nicht, dass sie mich ihn anfangs hätten sehen lassen. Meiner Mutter wurde monatelang Bettruhe verordnet, bevor er geboren wurde. Mir war es verboten, sie zu sehen. Ich hatte nicht einmal gewusst, dass sie schwanger war, als die Anordnung für ihre Bettruhe kam. Aber ich wusste, was vor sich ging. Sie müssen gewusst haben, dass ein Junge geboren werden würde, sonst hätte es nicht so einen Wirbel gegeben.«

Die Infantin blickte zur Decke, bevor sie fortfuhr. »Ich

---

3. Ein beliebter Ausdruck der Brügler. Er bedeutet, dass jemand glaubt, alles geregelt zu haben, aber die Grundlagen vergessen hat. Wenn man zum Beispiel Rinderbraten zubereiten will, muss man sich zuerst die Kuh besorgen.

wusste, dass es ein Junge war, an dem Morgen, als ich nicht mehr Duchetta genannt wurde. Mein Vater, der Herzog, kam, um mir die Nachricht zu überbringen. Er nannte mich ›Infantin‹. Danach wurde ich von allen Bediensteten Infantin genannt, und es gab keine Verbeugungen mehr. Nur noch Kopfneigen. Als ich endlich meinen kleinen Bruder kennenlernen durfte, wurde mir befohlen, vor *ihm* zu knicksen. Ein paar Wochen später traf die Nachricht ein, dass meine Verlobung gelöst worden war. Dreizehn Jahre alt und mein Leben war vorbei. Wie gefällt dir das?«

Es war schwer zu sagen, ob die Infantin eine rhetorische oder eine echte Frage stellte. So oder so hatte Ondine keine Antwort.

Ein resignierter Blick legte sich über das Gesicht von Infantin Anathea. »Du bist eine gute Zuhörerin und du kochst einen hervorragenden Tee. Deine Talente sind in der Waschküche verschwendet. Wie würde es dir gefallen, für mich zu arbeiten? Ich brauche einen neuen Butler.«

In Ondines Kopf schrillten die Alarmglocken. »Gnädige Frau, ich fühle mich geehrt, aber –«

»Du wirst das doppelte Geld bekommen.«

Das machte die Sache interessant! »Kann ich darüber nachdenken?«

»Was gibt es da zu überlegen? Du bist ein kluges Mädchen, obwohl du, wie ich höre, im Unterricht besser aufpassen musst. Ein gutes Wort bei Ms Kyryl wäre sicher nicht verkehrt.«

Jupitermonde! Wenn die Infantin ein »gutes Wort« bei ihrer Lehrerin einlegen konnte, konnte sie wahrscheinlich auch ein schlechtes einlegen.

»Dein Stundenplan, wie sieht der aus?«

Ondine stellte sich ihren Schul- und Wäscheplan vor und erklärte ihn dann der Herzogin.

»Ich verstehe«, sagte sie. »Von nun an holst du vor der Schule mein Frühstück, arbeitest dann von Mittwoch bis Freitag nachmittags für mich und an den Wochenenden morgens.«

»Aber das –«

» – lässt dir immer noch den Dienstagnachmittag frei. Und jetzt geh und sag dieser hauchdünnen Wäscherin, dass du für mich arbeiten wirst. Dann komm mit einem zweiten Frühstück wieder her, ich bin etwas hungrig.«

Keine Wahl also. »Ja, gnädige Frau. Möchten Sie Obst oder Kuchen?«

»Kuchen? Viel Glück bei der Suche! Es sei denn, du planst, selbst einen zu backen? Das wäre doch mal eine nützliche Fähigkeit.«

»Wir könnten ... zusammen einen Kuchen backen? Das könnte Spaß machen.«

Anathea lachte und schlug auf den Tisch. »Ich? Backen?« Sie wedelte mit den Händen vor sich her und ahmte die Bewegungen beim Kochen nach. »Ich backe nicht.«

»Vielleicht sollten Sie es mal versuchen?«

»Übertreib es nicht.«

Mit schwirrendem Kopf vor Verwirrung machte sich Ondine auf den Weg nach unten, um Draguta aufzusuchen und ihr von der Veränderung ihrer Umstände zu berichten.

»Ich wollte die Stelle nicht annehmen, aber sie hat es mir irgendwie schwer gemacht, ›nein‹ zu sagen«, sagte Ondine.

»Natürlich hat sie das. Nehmen Sie sich vor dieser Frau in

Acht, sie ist der reinste Charme und Frohsinn, und dann schlägt sie zu, und man sieht es nicht kommen. Bei dem Tempo kriegt man ja ein Schleudertrauma.«

»Ich weiß. Sie hat mir ein Kompliment gemacht, und das hat mir Angst gemacht.«

»Seien Sie vorsichtig, ja?«

»Danke, Draguta. Ich werde sehr vorsichtig sein.«

KAPITEL FÜNFZEHN

Am nächsten Morgen schreckte Ondine hoch. Ihr Magen knurrte seltsam vor Hunger. Sie hatte kaum Zeit, eine Schüssel Toots Wheat hinunterzuschlingen, bevor sie zu Anatheas Gemächern eilte, um mit dem Putzen zu beginnen.

»Ich möchte ebenfalls ein warmes Frühstück gebracht bekommen«, sagte die Infantin.

Ondine stöhnte innerlich über die zusätzliche Arbeit, obwohl sie sich die allergrößte Mühe gab, nicht mit den Augen zu rollen. Sie war es gewohnt, in der Kneipe ihrer Eltern den Gästen Teller mit Essen zu bringen, aber mit einem Tablett mit Speck und Eiern und einer Kanne Tee zwei Treppen hochzuschleppen, war schwierig und eine potenziell schmutzige Angelegenheit.[1]

Bei jedem Schritt machte der Tee schwappende Geräu-

---

1. Im Laufe der Jahrhunderte wurde die Herbst-Palechia mit vielen modernen Annehmlichkeiten ausgestattet. Eine Zentralheizung und Klimaanlagen haben das Leben für die modernen Bewohner angenehmer gemacht (allerdings nicht für das Personal, das an kalten Morgen zwei Paar fingerlose Handschuhe trägt). Aber keiner der Herzöge in der Geschichte von Brugel hatte es für nötig befunden, Aufzüge zu installieren. Oder einen Speiseaufzug.

sche und drohte, aus der Kanne zu schwappen. Ihre Arme schmerzten, ihre Waden brannten und sie keuchte laut, während sie das schwere Tablett die Treppe hinauftrug. Endlich erreichte sie die Gemächer der Infantin.

»Wurde das von Ihnen gekocht?«, fragte die Infantin, als sie die silberne Glocke vom Teller hob.

Der Geruch von gebratenem Speck durchdrang den Raum. Biscuit, der zahnlose Hund, regte sich in seinem Korb.

»Nein, Mylady, die Köche haben es zubereitet«, antwortete Ondine.

Ohne das Essen zu berühren, legte die Infantin die Glocke wieder über den Teller und sagte: »Bringen Sie es zurück.«

Was? »Aber es ist doch tadellos«, protestierte Ondine.

Die Miene der Infantin blieb unbewegt, vielleicht weil sich ihr Gesicht einfach nicht viel bewegte, aber ihre Stimme duldete keinen Widerspruch. »Keine Widerworte! Ich will, dass das weggeworfen wird. Ich will ein neues Frühstück gekocht haben. Ich will, dass keine andere Hand als Ihre mein Essen berührt. Ist das verstanden?«

Nein!, dachte Ondine, sagte aber mit leiser Stimme: »Ja.«

Ondine schleppte sich die Treppe wieder hinunter, erreichte die Küche und stellte das Tablett auf eine Anrichte neben den Mülleimern. Sie hob die Glocke an, schnappte sich die Gabel, die die Infantin nicht einmal berührt hatte, und aß alles auf dem Teller auf. Wenige Minuten später hatte sie ein neues Frühstück zubereitet und es war Zeit, wieder die Treppe hinaufzusteigen und der Infantin das Essen zu präsentieren, die über die Verzögerung ihrer Mahlzeit alles andere als erfreut aussah.

Auf ein Fingerschnipsen von Anathea hin schoss Biscuit aus seinem Korb und setzte sich auf den Schoß seiner Herrin. Die Infantin hob die Glocke vom Teller und sagte: »Sie bürgen dafür, dass dies von niemandem außer Ihnen gekocht wurde?«

»Ja, Mylady.«

»Gut.« Sie nahm die Gabel, stach in einen zitternden Haufen Rührei und aß ihn dann. Ihre stahlgrauen Augen blinzelten langsam. »Es ist gut«, sagte sie schließlich. Zu Ondines Entsetzen schaufelte sie mehr Essen mit ihrer Gabel auf und fütterte es an Biscuit. Dann steckte sie die von Biscuit vollgesabberte Gabel zurück in das Ei auf ihrem Teller und aß einen weiteren Bissen.

»Sie denken, ich bin schwierig, nicht wahr, Kind?«, fragte die Infantin.

Ich denke eine ganze Menge, dachte Ondine.

»Ich vertraue Ihnen, Ondine. Deshalb möchte ich, dass alle meine Mahlzeiten von Ihnen zubereitet werden. Dem Küchenpersonal kann man nicht trauen. Es werden Abstriche gemacht. Es werden Fehler gemacht.«

In Ondines Kopf pochte es vor Frustration. Die Infantin teilte das Essen mit ihrem Hund, aber sie machte sich Sorgen wegen Keimen vom Küchenpersonal?

Die Infantin fuhr fort: »Neulich sind alle krank geworden. Ich weiß, dass es aus der Küche kam. Sie sind faul und schlecht ausgebildet. Es ist natürlich nicht ihre Schuld. Es wurde kein richtiges Personal eingestellt. Sie wurden nicht überprüft, bevor sie hier gearbeitet haben. Studenten sind billiger als qualifizierte Leute.«

»Ja, Mylady.« Ondine strich sich eine verirrte Haarsträhne hinters Ohr und tat ihr Bestes, nicht herumzuzappeln. Sie hatte ihre eigenen Theorien darüber, wie alle krank geworden waren, und die drehten sich um den Hund ohne Zähne.

»Mein Bett wird nun gemacht und das Zimmer wird aufgeräumt«, sagte die Infantin.

»Natürlich«, erwiderte Ondine und fühlte sich, als wäre sie aus einem Bann erwacht. Sie machte sich daran, das Bett zu machen und das Zimmer aufzuräumen. Die ganze Zeit über erhaschte sie Blicke auf Infantin Anathea und ihren Hund, wie sie vom selben Teller aßen. Der Himmel möge ihr beistehen, sie schien einfach nicht wegsehen zu können.

»Mylady, wenn ich dürfte ...«, sagte Ondine, nachdem sie den Boden aufgeräumt hatte, »ich muss zum Unterricht.«

»Ja, natürlich. Gehen Sie. Wenn Sie mit der Schule fertig sind, können Sie das Mittagessen zubereiten. Ich hätte gern pochierten Fisch.«

»Aber der Herzog hat Fisch verboten«, sagte Ondine.

»Von seinem Teller, nicht von meinem. Und er wird frisch sein. Wenn Sie den Wildhüter finden können, fragen Sie, ob noch Forellen im See sind.«

Innerlich stöhnte Ondine über den immer enger werdenden Druck auf ihre Freizeit. Sie war sauer auf Hamish gewesen, weil er seinen Job ein wenig zu sehr genoss, und jetzt hatte sie selbst einen zweiten Job angenommen. Bei diesem Tempo würden sie sich kaum noch zu Gesicht bekommen.

Die Tage wurden kälter und die Schatten länger. Weniger Gäste kamen im Palechia an, was das normalerweise belebte Anwesen höhlenartig und unheimlich wirken ließ. Die einzige kurze Pause, die Ondine vom Palechia hatte, war, als sie sich den Schulkindern in der Hauptstraße von Bellreeve anschloss, um Wimpel für das bevorstehende Erntefest an Halloween aufzuhängen.

Die ganze Woche über jonglierte sie Schule und die Infantin. An den Wochenenden verbrachte sie ihre Nachmittage in der Wäscherei und durchwühlte Kleidung nach gestohlenem Krimskrams. [2] Und sie hatte Hamish, den richtigen Hamish, so lange nicht gesehen, dass sie sich fragte, ob er seinen Job vielleicht mehr mochte als sie.

Sie hatte kaum fünf Minuten Zeit, um ihre Mutter anzurufen, die am Telefon kurz angebunden klang.

»Aber es ist alles in Ordnung, Ma.«

»Das ist mir egal. Du hast das hinter unserem Rücken getan, und jetzt bist du am anderen Ende des Landes. Du gehörst nach Hause zu uns, du –« Oh, Gott sei Dank, fing das Telefon an zu piepen.

»Mir gehen die Münzen aus, ich muss auflegen.«

»Wage es ja nicht, aufzulegen! Wirf mehr Münzen ein. Deine Schwester versucht, ihre Hochzeit zu organisieren, und sie weiß nicht, wann du nach Hause kommst. Dein Vater ist stinksauer. Du kommst sofort nach Hause –«

Gnade des Himmels, die Leitung war tot. Völlig fertig von der Anspannung taumelte Ondine zurück in ihr Zimmer, nur um Hamish darin schlafend vorzufinden. Oder besser gesagt,

---

2. Kleine Nippesfigürchen, die wie Trotzki aussehen.

Hamish, der gerade mit einem Lächeln im Gesicht aufwachte.

»Du bist ein Anblick für wunde Augen«, sagte er und schenkte ihr sein charmantes, schiefes Grinsen, bei dem ihr ganz weich ums Herz wurde.

Vor lauter Erleichterung fühlte sie sich, als würde sie selbst wie die Sonne strahlen. »Es ist auch schön, dich zu sehen.« Ondine warf sich an Hamish und umarmte ihn von ganzem Herzen.

Eine Weile sagte keiner von beiden etwas; sie schwelgten in dem seltenen Moment der Zweisamkeit und waren einfach nur zufrieden damit, sich gegenseitig anzusehen. Es gibt Zeiten, in denen Dinge gesagt werden müssen, und andere Zeiten, so wie diese, in denen keine Worte nötig sind.

In ...

... einem ...

... Buch ...

... würde ...

... es ...

... vielleicht ...

... ein ...

... bisschen ...

... so ...

... aussehen.

Sie küssten sich auch. Wunderschöne Küsse, die sie mit einer so vollkommenen Zufriedenheit erfüllten, dass sie kaum glauben konnte, so glücklich sein zu können. Wie dumm von ihr gewesen war zu denken, er würde sie nicht genug lieben. Alles würde gut werden.

Irgendwann hörten die Küsse auf, und sie versuchten stattdessen, miteinander zu reden.

»Wie läuft die Schule?«, fragte Hamish.

Ondine seufzte theatralisch. »Furchtbar. Na ja, nicht die ganze Zeit furchtbar, nur die meiste Zeit.«

»Was meinst du?«

»Erinnerst du dich, als du mir vor einer Weile sagtest, dass wir einen Test haben würden? Nun, ich habe wirklich hart dafür gelernt, aber ich habe ihn nur mit Ach und Krach bestanden. Und jetzt, wo ich Doppelschichten mit Anathea und in der Wäscherei schiebe, habe ich kaum noch Zeit zum Lernen.«

»Du weißt, dass ich dir helfen werde, so viel ich kann.«

»Kannst du meine Hausaufgaben machen?«, scherzte sie.

»Ich lass mir was einfallen«, sagte er, kurz bevor er sie wieder küsste.

»Schhh«, machte Ondine und spitzte die Ohren nach Geräuschen auf dem Flur.

Hamish zog die Augenbrauen hoch, als wollte er fragen: »Was ist?«

Tiefes Ausatmen. »Entschuldigung, ich dachte, ich hätte Draguta kommen hören.« Mehr als alles andere wollte Ondine Zeit mit Hamish verbringen, aber ihre jeweilige Arbeitsbelastung im Palechia machte das fast unmöglich.

»Wie wär's, wenn ich den nächsten Test für dich mache?« Hamish zwinkerte und küsste sie erneut.

Ondine verlor beinahe den Verstand, schaffte es aber zu sagen: »Ja, bitte.«

»Ist mein Ernst. Ich könnte mich ins Lehrerzimmer schleichen und die Antworten für dich besorgen.«

»Wenn das nur so einfach wäre.« Ondine wollte, dass er still war und die Küsse genoss. Etwas in ihrem Hinterkopf nagte und bohrte. »Aber … das meinst du nicht ernst, oder?«

»Ich meine es todernst. Wenn du in der Schule versagst, schickt dich der Herzog vielleicht nach Hause.«

Nach Hause zu ihren wütenden Eltern? Nein, danke. »Aber die Vorstellung zu schummeln gefällt mir nicht.« Er küsste sie wieder, doch sie zog sich zurück. »Ich meine es ernst. Ich will nicht schummeln.«

»Ich weiß, dass du es nicht willst, Mädel, aber vielleicht musst du es.«

»Aber es ist falsch«, sagte sie, und bei dem Gedanken wurde ihr schlecht. »So solltest du wirklich nicht denken.«

Hamish berührte sanft ihre Nase mit seiner, was ihren Bauch auf die herrlichste Weise zum Flattern brachte. Ondine fragte sich, ob er ihr überhaupt zugehört hatte. Als sie ihn wieder küsste, pochte ihr Herzschlag in ihren Ohren wie harte Schuhe auf Parkett. Bei Merkurs Schwingen, da kam jemand! Der Abschiedskuss, den Hamish ihr gab, bevor er in seiner Frettchengestalt davonhuschte, war fast ihr Verderben.

Als Ondine am nächsten Morgen ihren Platz neben Hetty einnahm, rieb sie sich die Augen. So furchtbar müde! Es war schön gewesen, Hamish letzte Nacht allein zu sehen. Ein Grinsen bildete sich. Kleine Freudenfünkchen tanzten in ihrem Kopf.

»Worüber grinst du so?«, fragte Hetty.

Das Lächeln wurde breiter, aber Ondine schüttelte den Kopf und sagte: »Ach, nichts.« Sie musste sich auf die Zunge beißen und so wenig wie möglich über Hamish sagen. Besonders Hetty gegenüber, deren Zunge schneller lief als eine aufgeschreckte Gazelle. Sie hatten hier so wenig Privatsphäre. Diese wenigen gestohlenen Küsse für sich zu behalten, machte sie umso kostbarer.

»Guten Morgen, Klasse«, sagte Ms Kyryl, als die letzten paar Schüler den Raum betraten.

Ondine, Hetty und der Rest der Klasse standen auf, sangen die Nationalhymne total schief, sprachen den Treueschwur auf den Herzog und setzten sich wieder.

»Wir schreiben heute Morgen einen Naturwissenschaftstest«, sagte Frau Kyryl.

Ein Stöhnen entrang sich Ondines Kehle. »Frau Kyryl, wieso schreiben wir schon wieder einen Test?«, fragte sie.

»Weil es keinen Sinn ergibt, euch Dinge beizubringen, die ihr bereits wisst. Ich muss wissen, was ihr nicht wisst.«

Das ist so ziemlich alles.

»Zehn Minuten Lesezeit und eine halbe Stunde für den Test«, sagte Frau Kyryl.

Während Ondine die Prüfungsbögen überflog, versuchte sie, aus den Fragen schlau zu werden. Bei den Multiple-Choice-Aufgaben hatte sie eine Eins-zu-vier-Chance, richtigzuliegen, aber eben auch eine Drei-zu-vier-Chance, danebenzuliegen.

Etwas tippte gegen ihren Fuß. Als Ondine nach unten blickte, sah sie ein dunkles Frettchen, das zu ihr hoch grinste. Ein Frettchen mit einem zusammengefalteten Stück Papier im Maul.

Wieder einmal musste sie ihre natürliche Reaktion unterdrücken. Normalerweise hätte sie ein kleines bisschen gequiekt.[3]

Scharfe, aber nicht unwillkommene Krallen krallten sich an ihrem Bein fest und kletterten hoch. Shambles erreichte ihren Schoß und spuckte das Papier aus. Es war an ein paar Stellen feucht, aber was kümmerte Ondine in dieser Situation ein bisschen Frettchenschleim? Besonders, als sie auf den Zettel blickte und seine Macht verstand.

Antworten.

Gleichzeitig begeistert und entsetzt, drehte sich ihr etwas im Magen um und sie dachte, ihr würde schlecht werden. Sie hatten über das Schummeln gesprochen, aber nur im hypothetischen Sinne, und sie war von seinen Küssen so abgelenkt gewesen, dass sie keinen klaren Gedanken hatte fassen können.

Jeden Moment konnte Hetty Shambles sehen und schreien und damit seine Tarnung auffliegen lassen. Ihre Lehrerin könnte dann das zerknüllte Papier in ihrer Hand entdecken und verlangen zu wissen, warum sie schummelte – was sicher einen Schulverweis oder zumindest eine abscheuliche Form der Bestrafung zur Folge hätte.

Sie warf Hetty einen verstohlenen Blick zu. Hatte ihre Banknachbarin das Frettchen gesehen?

Ja.

Hettys Mund klappte auf und ihre Augen wurden so rund wie glänzende Murmeln. Dann schloss sie den Mund und

---

3. Kaum jemand weiß, dass der Begriff ‚squee' seinen Ursprung in Brugel hat.

blinzelte wütend. Panikstiche durchzuckten Ondine. Alles hing von Hettys Reaktion ab. Langsam – schrecklich langsam – durchlief Hettys Gesicht einige seltsame Gefühlsregungen. Als ob sie nicht wüsste, ob sie lachen oder schreien sollte. Dreist wie Oskar krabbelte Shambles auf Ondines Schulter, wo ihn jeder sehen konnte. Na schön, jetzt würden sie alle von dem Frettchen wissen. Sie wollte ihn gerade herunterheben, als er ihr ins Ohr murmelte: »Ihr müsst Eure Note verbessern, sonst schickt Euch Eure Lehrerin nach Hause.«

Ja, aber schummeln? Vielleicht könnte sie ihre Noten verbessern, wenn sie noch härter lernte? Es war nicht unmöglich. Sie müsste nur eine Weile auf Schlaf verzichten. Kalte Furcht breitete sich von ihrem Bauch aus. Daran, nach Hause geschickt zu werden, war nicht zu denken. Hetty sah sie auch immer noch seltsam an.

Ondine flüsterte: »Er ist absolut harmlos.«

Hetty schluckte ein paar Mal. »Ist das das Frettchen deiner Großtante? Das, das zum Nachmittagstee da war?«

»Das nehme ich.« Ratsch! Frau Kyryls schlanke Hände umschlossen Shambles' Bauch und rissen ihn von Ondines Schulter.

Machtlos sah Ondine zu, wie Frau Kyryl Shambles in einen Pappkarton steckte und den Deckel schloss. »Das hier ist eine Schule, kein Zoo.« Aus ihrer Handtasche nahm Frau Kyryl eine kleine Flasche Desinfektionsmittel, spritzte die Flüssigkeit in ihre Handfläche und rieb ihre Hände aneinander. Frustration und die Angst, dass Hetty mehr über Shambles herausfinden könnte, drohten Ondine zu überwältigen.

Sicherlich hatte Hetty ihn nicht sprechen gehört? »Er muss aus seinem Käfig entwischt sein«, flüsterte sie Hetty zu, die sich nun anscheinend ziemlich beruhigt hatte. Gott sei Dank.

»Zurück zu euren Tests, Kinder«, sagte Frau Kyryl.

Die Antworten lagen in Ondines Hand. Sie warf einen Blick in den Raum und vergewisserte sich, dass niemand in ihre Richtung schaute. Sollte sie der Versuchung nachgeben und schummeln? Nachdem sie einen weiteren Moment darüber nachgedacht hatte, schwor sich Ondine, es erst auf die ehrliche Weise zu versuchen und nur als letzten Ausweg zu schummeln.

Frage eins: Welches Element versorgt menschliches Blut mit Sauerstoff?

A: Kupfer

B: Gold

C: Eisen

D: Zink

Zu einfach. Sie kreiste »C« ein und ging zur nächsten Frage über. Bei dem Gedanken, dass sie vielleicht doch nicht schummeln musste, durchströmte sie Zuversicht. Die nächsten paar Fragen waren knifflig, aber sie kannte die Antworten. Als sie die nächste Seite umblätterte, geriet die Sache etwas ins Stocken. Wie viele Knochen hat der menschliche Körper? Nennen Sie die Muskelgruppe zwischen den Schultern. Dieselbe Muskelgruppe, die sich gerade anspannte, je mehr sie versuchte, die Antworten herauszufinden. Die nächsten zwei Minuten hielt sie sich davon ab, auf die Antworten zu schauen, um zu sehen, ob sie zuerst noch mehr Fragen selbst richtig beantworten konnte. Von den verbleibenden zwanzig Fragen kannte sie mindestens die Hälfte der Antworten. Aber nur die Hälfte richtig zu haben, würde nicht ausreichen. Hamish hatte sie gerade gewarnt, dass sie ihre Noten verbessern müsse. Das feuchte Papier machte kaum ein Geräusch, als sie es öffnete.[4]

Andreas auf der anderen Seite des Raumes hustete und schniefte.

Ein paar Leute blickten in seine Richtung. Das gab Ondine die Gelegenheit, auf Shambles' Zettel zu spähen, ohne dass es jemand bemerkte.

Natürlich! Das wusste ich doch eigentlich, dachte Ondine, als sie sich die Antworten ansah und den Test beendete.

Als Ms Kyryl »Stifte weg« rief, hatte Ondine das Gefühl, mindestens fünfundsiebzig Prozent geschafft zu haben, vielleicht sogar achtzig. Einige ihrer Antworten waren rein geraten, weil Hamishs Spucke den Zettel verschmiert hatte. Sie gaben die Testbögen ab und ihr entwich erleichtert die Luft aus den Lungen.

Die nächste halbe Stunde lasen sie darüber, wie weiße Blutkörperchen im Körper arbeiten, wie sie Keime erkennen und sie besiegen. Ondine zeichnete das Diagramm aus dem Lehrbuch in ihr Schulheft ab.

Hetty beugte sich zu ihr und flüsterte: »Hast du schon vom Duke gehört?«

Ein Stich der Angst durchfuhr Ondine. Woher wusste Hetty davon? Das Letzte, was sie gehört hatte, war Cols

---

4. An sich kein schlechtes kleines wissenschaftliches Experiment. Wenn man Papier leise zerreißen will, sollte man es nass machen. Das Gleiche gilt für das Öffnen von zerknülltem Papier – wenn es nass ist, macht es kaum ein Geräusch. Ist es allerdings richtig nass, kann man den Inhalt womöglich nicht mehr lesen.

Bemerkung, er sei auf dem Weg der Besserung. Konnte er immer noch krank sein?

»Er sollte am Wochenende auf den Hof meiner Eltern kommen, um das Huhn zu begnadigen, aber er hat stattdessen die Infantin geschickt. [5] Ich war da, weil, naja, ich dachte, vielleicht würde Vincent an seiner Stelle kommen. Jedenfalls ist alles schiefgegangen. Ich glaube, die Infantin mag es nicht, mit Geflügel umzugehen. Und ihr Hund ist durch die Scheunen gerannt und hat sie alle aufgescheucht. Es hätte ein Blutbad geben können, aber es stellte sich heraus, dass der Hund keine Zähne hat, also hat er sie nur ein bisschen mit dem Zahnfleisch bearbeitet und am Ende haben sie ihn gepickt und weggejagt. Das hättest du sehen sollen –«

»Mädchen. Ruhe, bitte«, sagte Ms Kyryl.

Ondine hätte bei dem Gedanken lachen sollen, wie die Hühner den Spieß gegen den Hund umdrehten, aber sie konnte nur daran denken, dass der Duke wieder krank war.

Ms Kyryl gab die Arbeiten zurück – alle außer denen von Ondine und Hetty. Die beiden saßen an ihrem Tisch und fragten sich, warum die Lehrerin ihre Tests nicht zurückgegeben hatte. Währenddessen zog Ms Kyryl den Fernsehwagen in die Mitte des Raumes und schob eine Disc in den Player.

»Ihr beide könnt in mein Büro kommen«, sagte Ms Kyryl zu Hetty und Ondine. »Der Rest der Klasse kann sich die

5. In den Wochen vor dem Erntefest begnadigt der Herzog von Brugel ein Huhn – oder mehrere Hühner, je nach Laune –, um sie davor zu bewahren, auf den Esstischen zu landen.

Aufführung des Erntedankfestes vom letzten Jahr ansehen. Bitte macht euch Notizen und nutzt dies als Gelegenheit, euren Text auswendig zu lernen. Ich erwarte dieses Jahr eine noch bessere Leistung.«

Schuldgefühle fesselten Ondine an ihren Stuhl. Hetty stand auf und gehorchte ihrer Lehrerin. Der Rest der Klasse blickte Ondine misstrauisch an. Irgendwie fand sie die Kraft, aufzustehen. Auf dem Weg zum Lehrerzimmer warf sie einen Blick auf Shambles' Pappgefängnis. Er hatte es geschafft, eine Kralle durch die dicke Wand zu bohren. Da der Fernseher lief, hörte niemand sein nagendes Entkommen.

Ms Kyryl setzte sich hinter ihren Schreibtisch und forderte die Mädchen mit einer Geste auf, sich zu setzen. Dann zeigte sie ihnen ihre Testbögen. Sie hatten beide hundert Prozent erreicht. Normalerweise hätte sich Ondine riesig gefreut, aber das tat sie nicht, weil sie es sich nicht verdient hatte.

»Ihr könnt euch jetzt erklären«, sagte Ms Kyryl.

Hetty krächzte: »Ich habe wirklich fleißig gelernt.«

»Sie haben Ondine von Ihrer Arbeit abschreiben lassen.« Ms Kyryls Tonfall troff vor Anschuldigung.

»Nein, habe ich nicht!«, sagte Hetty.

»Hetty hat mich nicht abschreiben lassen«, protestierte Ondine, »ich habe auch gelernt.«

»Ondine, Sie sind eine Schafferin. Hätten Sie achtzig Prozent erreicht, wäre ich stolz auf Sie gewesen, weil Sie sich reingehängt haben. Die volle Punktzahl hingegen macht mich misstrauisch.«

Ondine musste sich schnell etwas einfallen lassen. »Warum ist es so schwer zu glauben, dass ich gut in Naturwissenschaften sein könnte? Ich liebe Naturwissenschaften.«

»Ach kommen Sie, Ondine. Sie haben Ihren Sommer mit Traumanalyse und dem Erfinden von Horoskopen verbracht. Das ist so ziemlich das Gegenteil von Wissenschaft.«

»Genau deshalb bin ich früher gegangen. Ich mag Naturwissenschaften wirklich.«

Eine unangenehme Stille breitete sich im Raum aus. Hetty schniefte und wischte sich die Nase am Ärmel ab. Dann sah sie Ondine mit Tränen in den Augen an und fragte: »Du hast nicht von mir abgeschrieben, oder?«

»Nein, Hetty, ich verspreche dir, das habe ich nicht.« Zumindest das war keine Lüge.

Ms Kyryl verzog nachdenklich den Mund zur Seite. »Ich werde Ihnen im Zweifel für Sie entscheiden. Diesmal. Aber ich werde Sie beide auch auseinandersetzen. Von nun an, Hetty, werden Sie neben Andreas sitzen. Ondine wird allein sitzen.«

Panik breitete sich auf Hettys Gesicht aus. »Aber Andreas bohrt in der Nase und … wischt es an den Tisch!«

»Ich weiß«, sagte Ms Kyryl und reichte ihr eine kleine Flasche Desinfektionsmittel. »Das werden Sie brauchen.«

Ein Schauder des Abscheus erschütterte Ondine. »Bitte bestrafen Sie Hetty nicht, sie hat nichts falsch gemacht. Alles, was sie getan hat, war, nett zu mir zu sein. Ich setze mich neben Andreas.«

»Interessant«, sagte Ms Kyryl und verzog wieder nachdenklich den Mund.

Etwas zuckte in Ondine. Ein stilles Einverständnis entstand zwischen ihr und der Lehrerin. Die schlimmere

Strafe auf sich zu nehmen, kam einem Schuldeingeständnis gleich. Sie hatte nicht von Hetty abgeschrieben. Was sie wirklich getan hatte, war, Notizen von einem Frettchen zu lesen, aber wie sollte sie das erklären?

Hetty gab die Flasche Desinfektionsmittel an Ondine weiter.

Sie gingen zurück ins Klassenzimmer und Ondine nahm ihren Platz neben Andreas ein. Sie versuchte, sich für den Rest des Stücks zu interessieren, konnte aber nicht anders, als Shambles dabei zuzusehen, wie er sich aus der Kiste nagte. Als er frei war, huschte er, anstatt in die Freiheit zu flitzen, zurück in Ms Kyryls Büro.

Ondine flehte stumm: *Besorg mir nicht noch mehr Antworten. Von dieser ganzen Schummelei wird mir schlecht.*

KAPITEL SECHZEHN

Komisch, wie das Leben so spielt. In dem einen Moment ist man bis über beide Ohren verliebt und stürzt sich in ein Abenteuer. Im nächsten ist es ein wunderschöner Sonntagnachmittag im Herbst und man steckt bis zum Hals in schmutziger Wäsche.

»Nicht das, was du dir vorgestellt hast?« Draguta hob riesige Badelaken aus der Maschine in den bereitstehenden Korb, ohne auch nur zu stöhnen.

Ondine schüttelte den Kopf. »Bin ich so leicht zu durchschauen?«

»Ja.«

Ein theatralischer Seufzer entfuhr ihr. »Tut mir leid, Draguta. Ich bin dankbar für die Arbeit, aber irgendwie habe ich nur ...«

»Du in Tief.«

Ondine fuhr fort, rote Socken von einem Stapel weißer Wäsche zu trennen. Trotz all der Arbeit war es besser, als zu Hause im Familien-Pub zu bleiben, denn so konnte sie Hamish von Zeit zu Zeit noch sehen. »Ich glaube, das Essen war die eigentliche Überraschung. Irgendwie dachte ich, es wäre ein bisschen vornehmer.«

»Jeder denkt das. Herzogin setzt Essensbudget fest. Ihre Geldbörse eng wie Fischarsch.«

Ondine lachte und sagte: »Aber sie sind doch so reich.«

»Genau. Wollen so bleiben.«

Ondine tauchte ihre Hände in eine Hemdtasche und zog ein zerknülltes Taschentuch heraus. »Draguta, wie lange bist du schon hier?«

Draguta verdrehte die Augen und zählte im Kopf. »In vier Monaten sind es zwölf Jahre.«

»Wow. Das ist unglaublich! Ich muss drei Jahre alt gewesen sein, als du hier angefangen hast.«

»Ach! Lass mich nicht alt fühlen.«

»Entschuldigung.« Ondine sortierte weitere Kleidung auf Stapel und begann, sie in die Waschmaschinen zu laden. »Wieso bist du so lange geblieben?«

»Habe nicht geplant. Wie gesagt, habe paar Monate durchgehalten und fand, Arbeit passt zu mir. Und es gibt Belohnungen. Komme bald zu zweitem Sonderurlaub für langjährige Dienste. Werde wohlverdiente Pause haben.«[1]

Ondine wusste bereits von dem Sonderurlaub wegen der Notiz, die sie im Hauptbuch der Herzogin gesehen hatte. Sie brachte ein höfliches »Schön für dich« zustande, bevor sie das Thema auf den Ball und das Festspiel für das Erntedankfest und Halloween lenkte.

1. In Brugel sammelt ein Angestellter nach sechs Jahren ununterbrochener Beschäftigung bei demselben Arbeitgeber oder Unternehmen acht Wochen Langzeiturlaub bei voller Bezahlung (oder sechzehn Wochen bei halber Bezahlung) an. Das scheint auf den ersten Blick übermäßig großzügig, aber in Wirklichkeit melden zwei von drei Unternehmen in Brugel innerhalb des ersten Jahres Konkurs an.

Was bedeutete, dass vor der Aufführung noch jede Menge Kostüme und Vorhänge gewaschen werden mussten.

»Shambles, ich glaube nicht, dass es eine so gute Idee ist, mir weiterhin die Antworten für die Tests zu geben«, sagte Ondine an jenem Abend. Das Frettchen hatte sich in ihr Zimmer geschlichen und sie hatte ihm bereits erzählt, dass die Infantin den Platz des kranken Herzogs auf der Hühnerfarm eingenommen hatte.

»Aber es ist wichtig, dass du deine guten Noten behältst«, sagte Shambles. »Wenn du von nun an schlecht abschneidest, wird sie wissen, dass du geschummelt haben musst. Wenn du durchgehend gut bist, ist das ein Beweis für deine Verbesserung. Pass nur auf, dass du nicht wieder hundert Prozent erreichst.«

»Das wollte ich nicht! Ich muss wohl richtig geraten haben, das ist alles.«

Shambles gab ihr einen freundlichen Stups. »Vielleicht bist du ja doch hellseherisch.«

»Urgh!« Ondine verdrehte die Augen so sehr, dass ihre Nebenhöhlen schmerzten. Ihr Ohr tat auch ein bisschen weh. Vielleicht hatte sie sich bei Andreas, dem Rotzdieb, der neben ihr saß, einen Virus eingefangen?

»Wie geht es Pavla? Fühlt er sich besser?«, fragte sie.

»Nicht wirklich. Col meint, er hat sich was eingefangen. Es gehen ein paar Viren um. Schüttelfrost und so was, jetzt, wo das kalte Wetter einzieht. Wir überprüfen sein Futter, und das Fleisch ist in Ordnung. Col sagte, der Salat sei etwas seltsam, aber sie müssen wohl auf Wintergemüse umsteigen, also wird er bitter.«

Ondine konnte nicht umhin, selbst etwas von dieser Bitterkeit zu spüren. Da war sie nun, arbeitete jeden Tag härter und machte vier Jobs auf einmal – Kammerdienerin, Wäscherin, Schülerin und Spionin – und schien in keinem davon besonders gut zu sein.

Als Ondine am nächsten Morgen in der Schule ankam, fand sie Ms. Kyryl und Pyotr, den Seneschall, in ein Gespräch über einige Papiere vertieft. Für einen Moment drehte sich Ondine der Magen um. Worüber konnten sie bloß reden? Pyotr blieb im Klassenzimmer, als die Schüler ihre Plätze einnahmen und die Nationalhymne sangen. Ohne einen falschen Ton.

Wunderschön!

Sogar Ms. Kyryl, deren Gesangsstimme normalerweise wie eine rostige Säge klang, traf die hohen Töne.

Wie bizarr, dachte Ondine.

Als sie ihr Treuegelöbnis auf den Herzog sprachen, versuchten sie alle, etwas enthusiastischer zu klingen.

Ms. Kyryl sagte: »Danke, Klasse, und jetzt stellt euch bitte der Größe nach vor dem Whiteboard auf, vom Größten zum Kleinsten.«

Niemand stellte Fragen, aber Hetty schlich sich an Ondine heran und flüsterte: »Es ist Entwurmungstag. Jeder bekommt eine Dosis.«

»Wessen Idee ist das?«, fragte Ondine.

»Die der Herzogin.«

»Kein Grund zum Plaudern«, sagte Ms. Kyryl. »Je eher wir das erledigt haben, desto eher können wir mit dem Unterricht weitermachen.«

Einer nach dem anderen stellten sie sich in einer Reihe auf und traten auf die Waage.

Pyotr machte sich Notizen auf seinem Klemmbrett. Ondine konnte nicht umhin zu denken, dass ihr Gewicht seinen Weg in das Hauptbuch der Herzogin finden würde.

»Sie sind ein bisschen schwer, nehmen Sie besser zwei Dosen, um auf Nummer sicher zu gehen«, sagte Ms Kyryl, während Pyotr Ondines Gewicht notierte. Ondine hatte sich noch nie zuvor für ‚schwer' gehalten, aber im Vergleich zu den anderen Kindern sah sie tatsächlich etwas größer und kräftiger aus. Genauer gesagt sahen sie alle spindeldürr aus. Wahrscheinlich wegen ihrer mageren Kost.

Die Medizin schmeckte nach kreidigen Bananen. »Gar nicht schlecht ...«, sagte Ondine zu Hetty, als sie wieder ihren Platz in der Reihe einnahm.

Hetty schüttelte langsam den Kopf, ein Ausdruck der Niederlage auf ihrem Gesicht. »Warte vier Stunden, dann wirst du deine Meinung ändern.«

»Also gut, Kinder, holt eure Drehbücher für das Erntefest, wir werden das ganze Stück von Anfang bis Ende durchlesen. In den nächsten Tagen will ich, dass ihr eure Einsätze kennt und eure Texte wortwörtlich draufhabt.«

»Ich bin so aufgeregt«, sprudelte Hetty, als sie nach ihrem Drehbuch griff. »Meine Eltern freuen sich so, dass ich dieses Jahr der Erntemond bin.«

Ein Grauen fraß ein Loch in Ondines Magen. Alle freuten sich auf das Fest, außer ihr. Denn alle anderen hatten eine anständige Rolle. Sie würde diejenige sein, die oben auf der Bühne stand, vor allen Leuten, als Kohlkopf verkleidet.

An diesem Nachmittag schuftete Ondine in der Wäscherei. Es gab Stapel über Stapel von Wäsche, die sie durcharbeiten musste.

»Nicht schon wieder Erbrochenes?«, stöhnte Ondine, der beim Anblick der ganzen zusätzlichen Arbeit nicht besonders wohl war.

»Nein, das ist vorbeugend«, sagte Draguta und klang sichtlich genervt. »Jedes Laken, jeder Matratzenschoner, Kissenbezug, jedes Handtuch, kleines Handtuch, jeder Badvorleger und Morgenmantel wird heute gewaschen.«

»Und jede einzelne Unterhose, so wie es aussieht«, sagte Ondine und zuckte bei dem Anblick des wankenden Turms aus Unterwäsche zusammen.

»Hasse Wurmtag«, sagte Draguta. »Als ob nicht schon genug zu tun wäre!«

Plötzlich verkrampfte sich Ondines Magen vor Schmerz. »Entschuldigung. Ich muss auf die Toilette.« Sie schaffte es gerade noch rechtzeitig. Verdammte Medizin, sie fegte direkt durch sie hindurch! Es dauerte ein paar Augenblicke, bis sie wieder zu Atem kam, und ihr war ein wenig schwindelig.

»Dich hat es schlimmer erwischt als die meisten«, sagte Draguta.

»Ms Kyryl hat mir sicherheitshalber etwas mehr gegeben.«

Draguta schlug sich die Hand auf den Bauch und lachte.

»Hat sie das? Hast du auf dem Platz gezappelt und bist hin und her gerutscht?«

»Nein, habe ich nicht!«

»Mehr Hunger als sonst? In letzter Zeit habe ich Appetit wie ein Raubtier!«

»Natürlich habe ich Hunger, aber das liegt daran, dass die Mahlzeiten hier so klein sind!« Ondine hatte im Hotel ihrer Familie sehr gut gegessen. Nicht jeden Abend Drei-Gänge-Menüs (dafür war keine Zeit), aber eine gesunde Auswahl an Obst und Gemüse und viel Eiweiß.

»Jetzt siehst du den Grund für den Wurmtag. Ich verrate dir Geheimnis.« Draguta trat näher, damit keiner der anderen Wäschereiarbeiter sie hören konnte. »Herzogin ist für Catering-Budget zuständig. Denkt, wir essen zu viel. Müssen von Würmern befallen sein. Alle sechs Monate auf den Punkt genau kommt der Wurmtag und jede einzelne Person im Palechia muss Medizin nehmen.«

»Hatte denn schon mal jemand tatsächlich Würmer?«

»Die Hunde …«, ließ Draguta den Satz ausklingen, als ein Besucher die Wäscherei betrat. Auch eine Reihe anderer Leute drehte sich um, um den Neuankömmling zu mustern.

Trotz ihres rumorenden Magens breitete sich beim Anblick des prächtigen Mannes, der hereinkam, Sonnenschein in Ondines Adern aus. Es war genau die Medizin, die sie brauchte, um ihren Anfall von Unwohlsein zu heilen.

»Hallo, Hamish«, sagte sie.

Ein paar Leute sahen Ondine und dann wieder Hamish an. Sie sagten nichts, aber Ondine konnte erkennen, dass sie alle brennend daran interessiert waren, wer dieser stattliche junge Mann war. Er sah mühelos gut aus, mit einer dunklen

Haarsträhne, die ihm über die Stirn fiel. Seine Kleidung sah neu aus, nach den scharfen Bügelfalten auf der Vorderseite seiner marineblauen Hose und dem gestärkten Hemd zu urteilen.

»Col dachte, ihr könntet ein zusätzliches Paar Hände gebrauchen, da heute Wurmtag ist und so«, sagte er und lächelte Ondine an.Gute alte Col. Sie dachte daran, wie nachlässig ihre Großtante bei der ganzen Anstandsdamen-Geschichte gewesen war. Sie nahm sich vor, ihr zu danken, wenn sie das nächste Mal ein Stelldichein hatten.

»Jede Hilfe ist willkommen«, sagte Draguta, als Hamish auf sie zuging. »Hier, falten Sie Laken.«

»Ja, Ma'am«, sagte Hamish.

Pyotr, der Seneschall, kam mit seiner Tasche voller Medizin in der einen und einem Klemmbrett und Stift in der anderen Hand herein. Wie üblich war sein langes Haar über seine kahle Kopfhaut gekleistert. »Guten Tag, allerseits. Wenn ich um Ihre Aufmerksamkeit bitten dürfte«, sagte er.

Ondine hob die Hand. »Ich habe meine Dosis schon bekommen. Heute Morgen in der Schule.«

»Ah, ja, Ondine. Ich habe Sie notiert.« Dann blickte er auf und sah Hamish. Er runzelte die Stirn. »Hamish, Sie haben Ihre Dosis noch nicht bekommen. Ich trage Sie einfach hier ein.« Pyotr schrieb etwas auf sein Papier. »Gut, wenn sich nun bitte alle aufstellen könnten, dann können Sie einer nach dem anderen auf die Waage treten.«

Ondine beobachtete, wie alle ihre Arbeit unterbrachen und dem Seneschall gehorchten. Als Hamish an der Reihe war, auf die Waage zu treten, schrieb Pyotr sein Gewicht auf und gab ihm dann einen einzelnen Löffel voll Wurmmittel.

Das Gesicht, das Hamish machte, verursachte ein neues Rumoren in Ondines Bauch, und sie entschuldigte sich schnell. Als sie zurückkam, beendete Pyotr gerade die Dosierung. Sogar die benutzten Löffel kamen zurück in einen Beutel.

»Der Spaß ist vorbei, alle wieder an die Arbeit.« Draguta wischte sich die Stirn ab. »Am Wurmtag müssen alle Laken in der Sonne trocknen. Die Gärtner stellen Leinen auf. Hier, nehmt die Körbe und hängt sie auf.«[2]

Es kostete Ondine und Hamish all ihre Kraft, einen Korb aus der Tür zu wuchten. Sie gingen durch den Innenhof (der kaum Sonne abbekam, da er auf der Nordseite des Palechia lag) und die Kieswege entlang zur südlichen Rasenfläche. Am Himmel über ihnen brachen Sonnenstrahlen durch die winzigen Lücken zwischen den Wolken. Wolken, die dunkel und etwas unheilvoll aussahen. Ondine hoffte im Stillen, dass der Regen lange genug ausbleiben würde, damit die Laken trocknen konnten.

Als sie um die Ecke bogen, sahen sie ein Meer von weißen Laken, die in der Brise flatterten. Das Ganze hatte die Ästhetik einer modernen Kunstinstallation und Ondine musste lächeln. Zwischen den flatternden Laken konnten sie die Köpfe und Arme von Arbeitern sehen, die sich bewegten und noch mehr Laken aufhingen.

Weiter unten auf der Rasenfläche schlug ein Team von Arbeitern provisorische Pfähle ein und spannte Leinen zwischen ihnen. Ondine und Hamish trugen den Korb zur

---

2. Natürlich meinte Draguta nicht, dass die Körbe aufgehängt werden sollten, sondern der Inhalt der Körbe.

neuen Leine hinunter und warfen die Laken darüber. Es war harte Arbeit, und doch fühlte sich Ondine seltsam ruhig und überaus häuslich. Der Duft von frisch gemähtem Gras vermischte sich mit dem zitronigen Geruch der Wäsche. Beide griffen nach demselben Kissenbezug und Hamishs Hände schlossen sich um Ondines.

»Du siehst so hübsch aus mit der Sonne in deinem Haar.« Er wickelte eine lose Strähne um seinen Finger, und Ondine fühlte sich ganz überwältigt. Als er mit seinem Daumen über ihre Wange strich, konnte sie sich ein Grinsen nicht verkneifen.

Das Knattern und Flattern der Laken erfüllte ihre Ohren. Hamish beugte sich näher zu ihr. Ihre Augenlider flatterten zu, als er seine Lippen auf ihre presste. Ondine ließ das nasse Handtuch fallen und nahm sein Gesicht in ihre Hände. Das sanfte Kratzen seiner Wangen auf ihren Handflächen ließ sie erschrocken zurückzucken.

»Was ist los, Mädel?«

Erleichterung durchströmte sie. »Entschuldige, ich dachte für einen Moment, du würdest dich zurückverwandeln.«

Hamish rieb sich über die Wange und lächelte. »Aye. Ich muss mich rasieren.«

Eine Hitzewelle schoss Ondine den Hals hinauf. Rasieren? Das ließ Hamish in ihren Augen so viel älter erscheinen. Sie beugte sich für einen weiteren Kuss vor und spürte die Bartstoppeln an ihrem Kinn. Ein Kichern entfuhr ihr – sie würde mit Sicherheit einen Kussmund bekommen.

Ein weiterer herrlicher Kuss ließ Ondines Herz hinter ihren Rippen pochen und ihr Atem begann in kleinen Zügen und Keuchern zu zittern. Sie konnte nie genug von diesen dahinschmelzenden Küssen bekommen. Sie verloren jedes Zeitgefühl, als sie zusammen zwischen den flatternden weißen Laken standen und Hamish Küsse entlang ihres Halses und Schlüsselbeins verteilte. Es fühlte sich so wunderbar und obendrein ein kleines bisschen unanständig an.

»Oh nein!« Hamish wich zurück und griff sich an den Bauch.

»Ist alles in Ordnung mit dir?«, klagte Ondine.

Hamish wurde so blass, dass er fast blau aussah. Bestürzung und Verzweiflung erfüllten Ondine, als sie zusah, wie er zu Boden sank. Stöhnen und Ächzen folgten.

Seine Kleider fielen zu einem Haufen zusammen. Nach ein paar ausgewählten Flüchen steckte Shambles, das Frettchen, seinen Kopf heraus.

»Oh, warum ausgerechnet jetzt?« Frustration überkam sie. Ondine schrie auf und trat gegen den Wäschekorb, während Shambles mit einem elenden Gesichtsausdruck zu ihr aufsah.

KAPITEL SIEBZEHN

Abgesehen von dem reinen Ärger darüber, dass sich der Mann, den man liebt, genau in dem Moment in ein Frettchen verwandelt, in dem man es am wenigsten gebrauchen kann, hatte Ondine keine Ahnung, *warum* es passiert war. Außerdem hatte sie jetzt Hamishs Hilfe beim Aufhängen der Wäsche nicht mehr. Sie hatten kaum etwas davon geschafft, weil sie so abgelenkt gewesen waren. Und sie hatte so fest gegen den Wäschekorb getreten, dass die sauberen Laken auf den Rasen *gepurzelt* waren.

Sie hob ein weißes Bettlaken auf und warf es so gut sie konnte über die Leine. Das Abstreifen der Grashalme machte es nur noch schlimmer: Die wunderschöne, weiße Baumwolle mit einer Fadendichte von tausend hatte jetzt schmuddelige grüne Flecken. Die Laken mussten noch einmal gewaschen werden.[1]

---

1. Die meisten von uns geben sich mit Baumwolle mit einer Fadendichte von zweihundert zufrieden; das sind zweihundert Baumwollfäden pro Quadratzoll Stoff, wobei sowohl die Längs- als auch die Querfäden gezählt werden. Die meisten Weber behaupten, es sei unmöglich, Baumwolle mit einer echten Fadendichte von eintausend herzustellen, da es einfach keine Möglichkeit gibt, fünfhundert Fäden senkrecht und waagerecht in einen

Draguta würde stinksauer sein.

Auf dem Rückweg zur Waschküche tat ihr Fuß weh, ihre Arme taten vom alleinigen Tragen des Korbes weh, und ihr Herz tat weh, weil ihre Küsserei viel zu schnell zu Ende gegangen war.

»Tut mir leid, Draguta. Diese Laken sind ins Gras gefallen, ich wasche sie noch mal. Ich bleibe auch länger, wenn es sein muss.«

Draguta stemmte die Fäuste in die Hüften. »Ja, das werden Sie. Wo ist denn Helfer Hamish?«

»Ähm ... er musste los.« Ihre Sicht begann zu verschwimmen, was bedeutete, dass die Tränen nicht mehr lange auf sich warten lassen würden. Sie konnte schlecht sein Geheimnis verraten, indem sie sagte, er habe sich in ein Frettchen verwandelt.

Pyotr wählte genau diesen Moment, um erneut aufzutauchen. »Ondine, da sind Sie ja. Ihre Großtante fragt nach Ihnen. Sie hat schlecht auf die Medizin reagiert.«

»Sie sollte einen Arzt rufen, nicht mich«, sagte Ondine. Das war lieblos gesagt, aber ihr war nicht nach Nächstenliebe zumute.

»Gehen Sie. Sie werden gebraucht«, sagte Draguta.

»Aber hier gibt es so viel Arbeit.« Ondine wischte sich mit dem Ärmel übers Gesicht und schniefte.

Draguta zuckte resigniert mit den Schultern. »Das

Quadratzoll zu pressen. Diese Weber haben die unglaublichen Handwerker und Handwerkerinnen von Venzelemma noch nicht kennengelernt, die tagtäglich das Unmögliche vollbringen.

stimmt. Je eher Sie Ihre Großtante besuchen, desto eher kommen Sie zurück und helfen.«

»Als ob ich Würmer hätte!« Von ihrem Bett aus sah die alte Col wütend aus. Shambles hatte seinen eigenen Weg zurückgefunden und saß auf dem Nachttisch.

Zwei rosa Lippen, zu einem dünnen Strich zusammengepresst, beherrschten Cols blasses, faltiges Gesicht. »Diese Frau hat vielleicht Nerven, mich mit dem Rest des Personals in einen Topf zu werfen. Ich bin hier als Gast des Herzogs! So sollte eine Gastgeberin ihre Gäste nicht behandeln. Ich habe große Lust, sie in ein ... zu verwandeln.«

»Col! Nein!« Ondine musste sie unterbrechen, bevor ihre Großtante Herzogin Kerala in etwas Schreckliches und Unumkehrbares verfluchte. Das Bild des rohen, roten Zahnfleischs des zahnlosen Biscuit schoss ihr durch den Kopf.

»Entspann dich, Ondine, ich kann ihr von hier aus nichts antun. Der Herzog und die Herzogin sind im Südflügel. So viel Macht ich auch habe, ich kann Leute nicht aus der Ferne verfluchen.«

Ondine sagte: »Bitte sag mir, dass Vincent auch eine Dosis von der Medizin bekommen hat. Dann würde ich mich so viel besser fühlen.«

»Ich hoffe es«, sagte Shambles.

Ondine nahm ihre Großtante richtig in Augenschein. Sie sah so alt und gebrechlich aus. »Geht es dem Herzog besser?«

»Sein Spezialist aus Venzelemma ist hier. Wir haben alle

seine Termine abgesagt und müssen so tun, als sei er mit Papierkram beschäftigt.«

»Wird es bei ihm schlimmer?« Das alles wurde so schrecklich und ernst und glich überhaupt nicht dem Abenteuer, von dem sie geglaubt hatte, sie würde es mit Hamish erleben.

»Nicht direkt schlimmer. Aber auch nicht besser.« Die alte Col verzog das Gesicht und sog wegen des Schmerzes scharf die Luft ein. Ihre Großtante tat Ondine leid.

»Pyotr sagte, du brauchst mich?«

»Echt? Das ist seltsam, ich kann mich nicht erinnern, mit ihm gesprochen zu haben.« Sie sog die Luft ein, als ein weiterer Schmerz sie durchfuhr. »Shambles, wenn das auch nur annähernd so ist wie dein Schmerz bei der Verwandlung, dann tut es mir aufrichtig leid.«

»Danke. Du bist eine feine Frau.« Sein pelziges Gesicht verzog sich auf eine Weise, die Ondine nur als eine Mischung aus Scham und Mitgefühl deuten konnte. »Wenn du mich entschuldigen würdest.« Shambles machte sich auf den Weg ins Badezimmer. Wenige Augenblicke später tauchte er zu Ondines reiner Erleichterung wieder als sein hinreißendes menschliches Selbst auf, angekleidet und mit einem schüchternen Grinsen im Gesicht.

»Das ist viel besser«, sagte Ondine und merkte, dass sie wieder lächelte.

Hamishs Stirn legte sich in Falten wie eine Ziehharmonika. »Aye. Ich glaube, ich weiß, wie es passiert ist. Die Medizin hat mich heftig und plötzlich erwischt. Ich fühlte mich wie bei dem Schmerz, den ich habe, wenn ich mich zurückverwandle, und also tat ich es. Entschuldige das miese Timing.«

Ondine schloss die Augen und zählte bis zehn.

»Ach ja? Und was habt ihr beide, du und Ondine, in dem Moment gemacht?«, fragte die alte Col.

»Nichts. Kann ich dir etwas holen, das deinen Magen beruhigt?« Ondine wechselte so schnell sie konnte das Thema.

»Ha ha, ihr müsst etwas angestellt haben. Vielleicht hat Hamish sich schuldig gefühlt und sich deshalb zurückverwandelt?«

»Vielleicht ein Mittel gegen Sodbrennen, Tante Col?«, versuchte es Ondine erneut.

»Das würde helfen. Und eine Schüssel Toots Wheat mit Vollmilch«, sagte sie und glättete die Bettdecke. »Ich finde immer, dass das hilft, die Dinge zu binden und in Bewegung zu bringen.«

»Ich hole etwas aus der Küche. Ich wünschte, ich hätte früher daran gedacht, es hätte vielleicht geholfen«, sagte Ondine und dachte an ihre eigene Reaktion auf die Medizin zurück.

Die alte Col atmete schwer gegen den nächsten Darmkrampf an. »Das ist so nervig. Ich habe heute Nachmittag ein sehr wichtiges Treffen mit den Organisatoren der CovenCon und ich muss gesund sein. Wir haben eine Menge zu besprechen.«

»Was ist CovenCon?«, fragte Ondine.

»Das ist unsere jährliche Hexen-Convention. Ausgerechnet in Norange findet sie dieses Jahr statt, also muss ich meinen Pass erneuern lassen. Birgit Howser organisiert sie.

Das ist der größte Widerspruch in sich, den ich je gehört habe. Die könnte nicht mal einen, du weißt schon was, in einem, du weißt schon wo, organisieren. Oh, kommt schon, ihr beiden, hört auf, euch gegenseitig anzuschmachten, und holt mir Medizin!«

»Weißt du, vielleicht sollten wir alle von hier abhauen und nach Hause gehen.« Ondine stieß einen angestauten Seufzer aus. »Die haben doch alle einen an der Klatsche. Die Herzogin bunkert Geld, der Herzog meint, seine älteste Schwester gehöre eingewiesen. Ganz zu schweigen davon, wie Vincent geraten ist. Was bringt Leute dazu, sich so zu verhalten?«

»Generationenlange Inzucht«, sagte Hamish.

Ondine lachte. »Dieser Vincent ist ein rechter Gockel«, fügte er hinzu. [2]

An seinem Lächeln konnte Ondine erkennen, dass er bei dem Thema richtig in Fahrt kam.

Die alte Col schüttelte langsam den Kopf. »Ondine, unsere Familie ist alles andere als perfekt. Wer im Glashaus sitzt und so.«

»Wir haben vielleicht ein paar Streitereien, aber wenigstens lieben sich in meiner Familie alle. Ich erinnere mich an den Abend in der Kneipe, wie der Herzog Vincent ansah, als wäre er nichts weiter als eine riesige Enttäuschung. Vincent hat alles, was er sich nur wünschen kann, aber er ist eine totale Nervensäge.«

»Zu viel Geld kann das mit einem machen«, sagte die alte Col.

---

2. Gockel – jemand mit einem aufgeblasenen Ego.

Hamish klatschte in die Hände. »So, gut, genug geschnattert. Wir haben hier eine Aufgabe zu erledigen, und ich für meinen Teil habe vor, sie zu Ende zu bringen.«

»Oh, sieh dich an, wie du auf einmal das Sagen hast«, sagte Ondine neckend.

»Ich habe versucht, höflicher zu sein, als ›atspish‹ zu sagen, aber du hast mich ja dazu gezwungen.«[3]

»Ja, ja«, sagte Col, »ich weiß, wir haben nicht viel erreicht, aber das wird schon noch.«

»Ich will dich ja nicht hetzen, meine Süße, aber der Herzog steckt in Schwierigkeiten, und wir stehen hier rum und quatschen. Lass uns wieder an die Arbeit gehen.«

Ein Anflug von Bedauern huschte über Ondines Gesicht. Warum nur musste es Hamish hier so sehr gefallen?

---

3. Atspish – ein alles andere als herausragendes Ergebnis.

KAPITEL ACHTZEHN

Es war das Ende eines weiteren langen Tages voller Schule, Butlerdienste und Hausaufgaben. Ondine fühlte sich ganz warm und schläfrig, als sie sich ins Bett kuschelte. Der Schlaf umfing sie wie eine einladende Umarmung. Kratzende Geräusche auf dem Boden kündigten die Ankunft von etwas Kleinem und Pelzigem an.

»Psst«, sagte es.

»W-was?«, murmelte Ondine. Sie hatte keine Lust, die Augen zu öffnen, denn es fühlte sich so gut an, sie geschlossen zu halten. Obwohl Shambles im Zimmer war und sie sich eigentlich die Mühe machen sollte. Aber sie war so müde. Konnte er nicht später wiederkommen?

»PSST!«, sagte er, diesmal lauter.

Durch den Schleier des Halbschlafs zog Ondine die Decke über ihren Kopf. Doch dann hörte sie seine Stimme sagen:

»Ich bin wieder ich. Und du brauchst mehr Decken, denn mir ist eiskalt.«

Sie öffnete ein Auge und sah den Mann ihrer Träume, eingewickelt in zwei Decken, die er vom Fußende ihres Bettes stibitzt hatte. »Oh, Hamish, du bist es.«

»Pst, weck Draguta nicht auf«, sagte er.

»Schon gut, aber du bist doch derjenige, der den ganzen Lärm macht.«

»Du musst mit mir kommen, Mädel. Da ist was im Gange, von dem du wissen solltest.«

»Aber mir ist so schön warm.«

»Es geht um die Herzogin. Sie ist nicht glücklich.«

Die Wärme des Bettes verflog. Sie taumelte aus dem Bett und legte ihre Bettdecke um die Schultern, um sich vor der Kälte zu schützen. Ihre Füße kribbelten vor Kälte, also griff sie nach ihren Schuhen.

»Nee, Mädel, du musst leise sein.«

»Na gut.« Sie zog ihre Socken an und ihre Füße glitten über den Parkettboden.

»Ja, gut«, sagte Hamish, als sie den Flur entlangschlichen und kaum ein Geräusch machten.

»Warum gehen wir in die Waschküche?«, fragte Ondine, als sie merkte, in welche Richtung er sie führte.

»Weil die Schächte Ohren haben«, sagte Hamish und führte sie zu einer der klaffenden schwarzen Schranktüren. »Sie sind wie ein Periskop für Geräusche.« Hamish kauerte sich auf den Boden und winkte Ondine, sich neben ihn zu setzen. Sie lehnte sich in seine Umarmung und fühlte sich augenblicklich gewärmt und geborgen. Wenn sie nicht an einem so trostlosen Ort Leute belauschen müssten, könnte es fast romantisch sein.

Stimmen drangen den Schacht herab.

»Das sind die Herzogin und Ms Kyryl!«, sagte Ondine.

»Kluges Mädel.« Hamish küsste sie auf die Stirn.

Herzogin Kerala und Ms Kyryl unterhielten sich – beklagten sich eigentlich – über irgendein Problem.

»Ich sage Ihnen, es kann nichts Gutes dabei herauskommen, dass sie hier sind«, sagte die Herzogin. »Die Dinge wurden seltsam, sobald sie ankamen. So einen Sturm habe ich noch nie erlebt. Und dann fielen Fische vom Himmel. Ich meine, ist an der Sache nicht etwas faul? Und für die Gesundheit meines lieben Gatten haben sie nichts getan.«

Ondine drehte sich zu Hamish um und sah, wie sein Gesichtsausdruck verriet, dass er es wusste. Ein Blick voller Verständnis und Sorge ging zwischen ihnen hin und her – sie versuchten, dem Herzog zu helfen, aber die Herzogin schien überzeugt zu sein, dass sie an seiner schlechten Gesundheit schuld waren.

»Die alte Frau wird viel zu gut dafür bezahlt, dass sie nichts tut. Und das Mädchen – ich sage Ihnen, Kusine, da war etwas in ihren Augen, als sie mich ansah und aus meiner Hand las. Als hätte sie nur Böses mit mir im Sinn.«

»Das ist nicht wahr«, flüsterte Ondine Hamish zu. »Sie hat es auf mich abgesehen, und ich habe gar nichts getan.«

»Mich musst du nicht überzeugen«, flüsterte er zurück.

Hamish drückte sie fester an sich, während die Stimmen den Schacht heraufdrangen.

»Ich kann dafür sorgen, dass sie von der Schule fliegt, würde Ihnen das helfen?«, sagte Ms Kyryl. »Ihr eine Prüfung stellen, bei der sie durchfällt. Oder sie beim Schummeln erwischen, was ich sowieso schon vermute.«

»Das würde das Kind beseitigen, aber was ist mit der alten Frau?«, fragte Kerala.

»Wir sind erledigt!«, rief Ondine aus.

»Pst.« Hamish küsste sie erneut, um sie zu trösten. »Wenigstens wissen wir jetzt, womit wir es zu tun haben.«

Sie lauschten angespannter und was sie hörten, gefiel ihnen ganz und gar nicht.

»Die alte Dame muss weg, Dionysia. Mir gefällt ihr Einfluss nicht. Ich kann mich des Gedankens nicht erwehren, dass sie Pavlas Geist gegen mich vergiftet.«

»Wirklich?«, fragte Ms Kyryl genau die Frage, die Ondine durch den Kopf ging.

»Er hat sie ziemlich schnell zu seiner persönlichen Sekretärin befördert. Das ist mir verdächtig. Sie hat dafür gesorgt, dass er hierbleibt, während ich mit Vincent nach Venzelemma gefahren bin. Wer weiß, was sie ihm in meiner Abwesenheit ins Essen gemischt oder ins Ohr geflüstert hat.«

Ondine zog überrascht die Augenbrauen hoch. Ihre Großtante war Pavlas Sekretärin geworden? *Stark, Col!*

»Sie haben mir gesagt, er sei zu krank zum Reisen.«

»Das hat sie gesagt.«

»Verstehe. Nun, bei der alten Dame kann ich nicht viel ausrichten, aber bei dem Mädchen schon. Ihr Prüfungen stellen, bei denen sie durchfällt, es so aussehen lassen, als wäre nach Hause zu gehen die bessere Option, solche Dinge.«

Ondine schauderte. »Wir stecken in großen Schwierigkeiten. Wir müssen dem Herzog erzählen, was sie sagt.«

»Ja, aber du hast sie doch zusammen gesehen. Er ist total in sie *verknallt*. Wenn wir sagen, dass sie ein falsches Spiel treibt, dann vergiften wir ihn wirklich gegen sie.«

»Wir versuchen, ihm zu helfen. Sieht sie das denn nicht?« Angst und Furcht verknoteten sich in Ondines

Magen. »Mir ist gerade aufgefallen, dass die Herzogin nicht so lallt wie sonst.«

»Vielleicht ist sie ja auf dem Trockenen?«, sagte Hamish und umarmte sie beruhigend.[1]

»Für alles gibt es ein erstes Mal«, sagte Ondine und versuchte, die Situation aufzulockern.

Ms Kyryl sagte: »Es wird morgens kühler. Ich kann den Atem der Kinder sehen, wenn sie sprechen. Dürfte ich Sie bitten, dafür zu sorgen, dass die Renovierungsarbeiten in der Schule bald abgeschlossen werden?«

»So kalt ist es doch sicher noch nicht? Wie auch immer, wenn wir wollen, dass das Mädchen verschwindet, hat es keinen Sinn, es ihr bequem zu machen. Oh, sehen Sie nur, wie spät es ist. Ich muss meinen Schönheitsschlaf halten.«

»Ja, natürlich. Ich finde selbst hinaus.«

Als sie nach diesem vernichtenden Gespräch zusammengedrängt dastanden, kam Ondine ein Gedanke. »Mir ist gerade etwas klar geworden«, sagte sie. »Kerala hat sie ›Kusinchen‹ genannt. Ich wusste gar nicht, dass sie verwandt sind.«

»Das erklärt, warum die Lehrerin so gut dasteht. Es

---

1. Während der Pestepidemien im Mittelalter von Brugel zogen Leichenbestatter einen Wagen durch die Stadt und riefen: »Bringt eure Toten heraus.« Bewusstlose Betrunkene wurden manchmal mit Leichen verwechselt und auf die Wagen geworfen. Sie wurden schnell wieder nüchtern und gaben das Trinken auf. Daher der Ausdruck »trocken sein«.

bedeutet auch, dass du dich in der Schule von deiner besten Seite zeigen musst.«

»Was bedeutet, dass ich nicht mehr schummeln kann. Sie schöpft bei mir schon Verdacht. Sie wird mich auf jeden Fall erwischen und von der Schule werfen.«

»Aber wenn du durchfällst, schickt sie dich nach Hause. Ich brauche dich hier bei mir, Ondi, ich schaffe das nicht ohne dich.«

Sein Kuss durchströmte Ondine mit Wärme. Er wirkte auf ihr Gehirn wie ein Amnesietrank und ließ sie alles außer ihm vergessen.

Deshalb brauchten sie so lange, um zu dem Zimmer zurückzukehren, das sie sich mit Draguta teilte.

Nach einem weiteren seiner süßen Küsse zog Hamish sich zurück und sagte: »Ist die Schule so schrecklich, dass du mich verlassen wollen würdest?«

»Natürlich nicht. Hab ich dir erzählt, dass wir für den Ernteball an Halloween ein Theaterstück aufführen?« Sie mussten leise sprechen, um ihre Zimmergenossin nicht aufzuwecken. Das hatte zur Folge, dass Hamish noch hinreißender wirkte, da alles, was er sagte, wie süßes Geflüster in ihrem Ohr klang.

»Nein, hast du nicht. Du spielst in einem Theaterstück mit? Klingt nach Spaß.«

»Es dauert nur fünf Minuten, keine große Sache.«

»Was ist deine Rolle? Die Königin der Ernte?«

»Äh, nein. Versprich, dass du nicht lachst.«

»Ich schwöre feierlich.« Hamish machte ein Kreuz über seinem Herzen. Dann tat er das Süßeste überhaupt: Er beugte sich vor und rieb zärtlich seine Nase an Ondines.

Ondine seufzte leise. »Ich bin der Kohlkopf.«

Hamish lächelte, hielt aber sein ehrenhaftes Versprechen und lachte nicht. »Ist das so schlimm? Ist es eine Sprechrolle?«

»Ich habe eine Zeile.«

»Das ist stark. Ich kann es kaum erwarten, es zu sehen. Ich sag Old Col Bescheid, wir werden dich anfeuern.«

Ondine gab Hamish einen Kuss. »Danke.«

»Wofür?«

»Dass du dich nicht über mich lustig machst.«

»Das würde ich nie tun. Aber Mädchen, du siehst immer noch traurig aus.«

Noch ein dramatischer Seufzer. »Bin ich auch. Wenn ich hierbleiben will, muss ich noch mehr lernen. Ich sollte mich besser an die Bücher setzen ... und du solltest besser gehen.«

Obwohl sie diejenige gewesen war, die gesagt hatte, er müsse gehen, tat es weh, ihn weggehen zu sehen. Ihre Lehrbücher lockten.

Am nächsten Morgen in der Schule versuchte Ondine, die Lehrerin nicht anzusehen. Das ganze Belauschen gab ihr ein schlechtes Gewissen. Konnte sie Ms Kyryl in die Augen sehen, ohne zu verraten, was sie wusste?

Sie sangen die Nationalhymne. Zu Ondines Überraschung klangen sie wie ein gut geprobter Chor.

Ausnahmsweise lief es mal nach Ondines Geschmack. Andreas war krank, und Ms Kyryl erlaubte ihr, wieder neben Hetty zu sitzen.

»Hetty, deine Stimme ist heute Morgen unglaublich«, flüsterte Ondine, als sie ihre Plätze einnahmen. »Nimmst du zusätzlichen Unterricht oder so?«

Hetty errötete und ihre Wangen wurden zu kleinen Äpfeln. »Nein, das tue ich nicht, aber danke für das Kompliment.«

»Im Ernst, du solltest für ›Brugels Beste‹ vorsprechen.«[2]

Ein frecher Ausdruck huschte über Hettys Gesicht. »Meine Eltern würden sterben! Sie wollen, dass ich Finanzberaterin werde.«

»Ein was?«

»Eine Buchhalterin.«

»Oh!« Ondine tat Hetty ein wenig leid. Sie hatte so eine fröhliche, quirlige Art. Ondine konnte sie sich nicht vorstellen, wie sie den ganzen Tag hinter einem Schreibtisch saß und Zahlen wälzte.

»Mädchen, bitte«, sagte Ms Kyryl. »Zwingt mich nicht, euch schon wieder auseinanderzusetzen. Schlagt eure Geschichtsbücher bei Kapitel elf auf.«

Ms Kyryl ermahnte sie noch drei weitere Male, weil sie quatschten, bevor der Geschichtsunterricht zu Ende war. Dann war es an der Zeit, für den Erntefestzug zu proben. Es war so schön, sich wieder mit Hetty zu unterhalten, dass Ondine vergaß, ihre Rolle als Kohlkopf zu hassen, und anfing, sich zu amüsieren.

---

2. Eine TV-Talentshow, bei der viele Teilnehmer ihre erste ehrliche Kritik erhalten. Sie ist oft so emotional niederschmetternd, dass sie sie zurück in die Schule schickt, damit sie eine richtige Ausbildung bekommen und etwas tun können, worin sie vielleicht wirklich gut sind.

Nach der Schule schnappte sich Ondine ein Mortadella-Sandwich aus der Küche und eilte los, um bei den Krepp-myrten auf Hamish und die alte Col zu warten. Sie hatte ungefähr fünf Minuten, bevor Anathea sich fragen würde, wo sie steckte. Der kalte Wind biss ihr in die Ohren und wehte die letzten Blätter davon – die Bäume waren jetzt kahl, bis auf ihre knubbeligen kleinen Samenkapseln. Ondine fühlte sich kalt und ungeschützt.

»Ondine, wie schön, dich hier zu sehen«, sagte die alte Col, als sie näher kam. Sie sagte es laut genug, dass es wie eine zufällige Begegnung aussehen würde, falls jemand sie hören oder sehen sollte. Die alte Col hatte sich für diesen ersten Vorgeschmack des Winters passend gekleidet und trug eine Mütze aus Fellimitat und einen Muff.

Einen Moment lang fragte sich Ondine, wo Hamish wohl sein mochte. Zu ihrer tiefen Enttäuschung steckte Shambles, das Frettchen, seinen Kopf aus dem Muff. Der Wind peitschte ihm um den Kopf und teilte sein Fell, sodass die empfindliche Haut darunter zum Vorschein kam.

»Es ist verdammt kalt, wirklich, und mein Winterfell hab ich auch noch nicht«, sagte er.

Ein kleiner Anflug von Panik durchfuhr Ondine. »Hamish, warum bist du nicht du selbst?« Das letzte Mal, als sie sich hier getroffen hatten, war er sein bezauberndes Ich gewesen, mit schiefem Grinsen und schelmischen Augen. Jetzt sah er nur wie ein Bündel Ärger aus. Und nicht die lustige Sorte, die ihr vielleicht gefallen hätte.

»Tut mir leid, Mädel, ich muss arbeiten«, sagte Shambles mit einer frettchenhaften Grimasse.

Ein weiterer kleiner Stich fuhr Ondine durch die Brust.

Die alte Col räusperte sich und sah sich um. »Wir können nicht lange bleiben, wir werden gleich zum Nachmittagstee erwartet. Ondine, hast du irgendwelche Neuigkeiten?«

Ondine hörte auf, ihren als Frettchen gefangenen Liebsten anzustarren, und wandte sich der alten Col zu. Der kühle Wind hatte ihr etwas rosige Farbe auf die Wangen gezaubert, und sie sah viel erholter aus als nach der Wurmkur. Ondine hätte schwören können, dass ihre Großtante sich amüsierte. Dafür bezahlt zu werden, an Nachmittagstees, frühen Abendessen und späten Soireen teilzunehmen – wer würde das nicht lieben? Sie hingegen arbeitete zu hart, lernte bis spät in die Nacht und hatte allgemein das Gefühl, dass das Leben nicht fair war.

»Die Infantin hat einen Knacks wie ein heruntergefallenes Ei. Und Vincent ist eine totale Nervensäge.«

Shambles lachte. »Da hat sich also nichts geändert. Obwohl, jetzt, wo du ihn erwähnst, er hat mein Geheimnis nicht verraten, also ist er vielleicht doch nicht ganz so übel.«

»Das wär ja noch schöner«, sagte Ondine.

Das Gesicht der alten Col wurde streng. »Sprich nicht zu laut, meine Liebe. Man weiß nie, wer zuhört. Aber gut gemacht, dass du in den Rängen aufgestiegen bist, ich bin sicher, du wirst eine Menge von Anathea lernen. Hamish hat mir erzählt, dass deine Lehrerin es dir schwer macht. Da wirst du dich besonders anstrengen müssen.«

»Ja, Col. Die wenige freie Zeit, die ich habe, werde ich mit Lernen verbringen.«

Eine frische Windböe fegte durch die Bäume und Shambles grub sich wieder in den Muff. Genau jetzt brauchte Ondine Hamish als ihn selbst. Der Wind peitschte ihr dunkles Haar herum und stach ihr in die Augen. Sie schaute weg und wischte sich übers Gesicht. Es war nur der kalte Wind, der ihre Augen tränen ließ, nichts weiter.

»Ich muss los«, sagte sie traurig. »Anathea will schon wieder Forelle zum Abendessen.«

Col legte nachdenklich den Kopf schief. »Interessant, dass sie einen Geschmack dafür entwickelt hat. Ob das wohl ihre Art ist, sich dem Herzog zu widersetzen?«

»Krieg ich einen Kuss?«, Shambles steckte seinen Kopf aus dem Muff.

»Natürlich.« Ondine schniefte, als sie sich daran erinnerte, wie sehr sie es liebte, Hamish zu küssen. Heute konnte sie ihm nur einen Kuss auf seinen pelzigen Kopf geben. Sie drehte sich um und rannte zum See, bevor die Tränen der Frustration hervorbrachen.

KAPITEL NEUNZEHN

Für Ondine besserte sich die Lage nicht. Jeden Morgen stand sie extra früh auf, um das Frühstück der Infantin zuzubereiten. Welches Anathea zu ihrem anhaltenden Entsetzen mit dem Hund teilte. Dann schaffte sie es zum Unterricht und tat ihr Bestes, sich zu konzentrieren, und dann war sie wieder bei der Infantin und ihren bizarren Forderungen für den Rest des Nachmittags. Am Wochenende stand nachmittags Wäschewaschen auf dem Programm. Am Ende jedes Tages hatte sie etwa eine Stunde Zeit, um Hausaufgaben hineinzuquetschen, bevor sie ins Bett wankte und am nächsten Morgen alles von Neuem begann. Der Tag hatte einfach nicht genug Stunden, um richtig zu lernen. Obwohl sie also ihr Bestes gab, war es nicht gut genug.

In einer kalten und dunklen Nacht, nachdem alle ins Bett gegangen waren, wachte Ondine auf und fand sich schlafend an ihrem Schreibtisch wieder, ein Rinnsal Sabber verschmierte ihre Notizen.

»Psst, Mädel, morgen gibt es wieder einen Test.«

Schlaftrunken rieb sie sich die Augen und entdeckte Shambles unter ihrem Schreibtisch. Sie war so müde, dass sie nicht einmal die Energie aufbrachte, sich zu wünschen, er wäre sein wundervolles Ich anstelle des kleinen Tieres. »Es gibt jeden Morgen einen Test.«

»Ich hab die Antworten für dich, nur für den Fall, dass du sie brauchst, quasi.«

Zu kraftlos, um zu widersprechen, nahm Ondine das gefaltete Blatt Papier von Shambles entgegen und stolperte voll angezogen ins Bett.

Am nächsten Morgen, als der Unterricht zu Ende ging und sie in die Mittagspause gingen, bat Ms Kyryl Ondine, in ihr Büro zu kommen. Ondine hatte nicht gerade hellseherische Gedanken, aber sie wusste, dass es nichts Gutes bedeuten konnte, zurückbleiben zu müssen. Als sie gähnte, machte es die Sache nur noch schlimmer.

»Ondine, setzen Sie sich bitte.«

Ein enges Gefühl packte sie im Bauch. Ms Kyryl verzog nicht einmal nachdenklich den Mund – bedeutete das, dass sie sich schon entschieden hatte?

Shambles huschte unter dem Schreibtisch der Lehrerin hervor und Ms Kyryl runzelte die Stirn.

»Das tut mir so leid«, sagte Ondine. »Ha-Shambles, komm bitte her.« Sie klopfte auf ihr Knie und bemerkte, dass ihre Hand zitterte. Fragen überfluteten sie. Was machte er hier? War seine Tarnung aufgeflogen? Zu ihrer Erleichterung kletterte Shambles auf ihre Schulter und schmiegte sich kratzig an sie, direkt unter ihrem Ohr.

Schh-makkk!

Wann würde sie Hamish wieder richtig sehen, mit Küssen zum Dahinschmelzen und schmachtvollen Kuscheleinheiten?

Ms Kyryl sagte: »Ich komme gleich zur Sache. Ich bin

nicht sicher, wie Sie das anstellen, aber Ihre Noten sind phänomenal. Sie können nicht von Hetty abschreiben, denn die meiste Zeit sitzen Sie auf der anderen Seite des Klassenzimmers. Ich bezweifle, dass Andreas Ihnen eine Hilfe ist.«

Die guten Noten hätten eine willkommene Nachricht sein sollen, nur dass die Lehrerin verwirrt und unglücklich aussah. Eine unangenehme Last zog an Ondines Schultern, und das lag nicht daran, dass Shambles dort saß.

»Können Sie mir sagen, wie Sie das machen?«

Das erforderte eine Hinhaltetaktik. »Ähm, was mache?«

»So gut sein. Als Sie hierherkamen, hatten Sie Schwierigkeiten, sich einzugewöhnen, und Ihre Arbeit lag weit unter dem Klassendurchschnitt. Wenn ich Ihnen Fragen stellte, lagen Ihre Antworten im Allgemeinen daneben. Jetzt sind Ihre Testergebnisse führend. Was ist hier los?«

Schluck. »Ich lerne sehr hart. Deshalb bin ich so müde.« Das war die Wahrheit, aber nicht die ganze Wahrheit.

Ms Kyryl sah unbeeindruckt aus. »Gibt es etwas, das Sie mir sagen möchten?«

Doppeltes Schlucken. Shambles gab ihr einen Kuss. Ondine wusste nicht, was sie sagen sollte.

Ms Kyryl gab das Warten auf. »Okay, versuchen wir es anders. In all meinen Jahren als Lehrerin habe ich noch nie einen Schüler gesehen, der sich in so kurzer Zeit so sehr verbessert hat. Ich bin gut, aber so gut nun auch wieder nicht. Was mich zu einer einzigen Schlussfolgerung führt. Sie bekommen Hilfe.«

Ein sehr kleiner Lastwagen schüttete Beton in Ondines Magengrube. Sie war nicht stolz darauf, geschummelt zu haben, tatsächlich schämte sie sich zutiefst dafür, aber sie hatte es getan, weil sie Hamish so sehr liebte, dass sie alles tun würde, um bei ihm zu bleiben. Und sie hatte sich mit dem allabendlichen Lernen völlig verausgabt.

Ms Kyryl faltete und entfaltete ihre Hände. »Können Sie mir bitte sagen, wie Sie Hilfe bekommen und wer sie Ihnen gibt?«

Ondine starrte sie ausdruckslos an, denn ihr Gehirn war völlig leer geworden. Es war auch sehr still darin. Wenn Shambles versuchte, mit einem Vorschlag zu helfen, würde Ms Kyryl das Frettchen sprechen hören, und dann hätte Ondine noch eine ganze Menge mehr zu erklären.

»Na schön, ich sage es Ihnen klipp und klar.« Ms Kyryl rieb sich eine Stelle auf dem Nasenrücken. »Ich nehme Betrug sehr ernst. Ich stehe kurz davor, dem Herzog zu empfehlen, dass Sie die Palechia-Schule verlassen und zu Ihren Eltern nach Venzelemma zurückkehren. Haben Sie irgendetwas zu sagen, das mich dazu bringen könnte, meine Meinung zu ändern?«

Bei Merkurs Flügeln! Trockener Mund, check. Enge im Bauch, check. Seltsames, benebeltes, wackeliges Gefühl in ihren Gliedern. Und wie.

»Ich …« Ondines Stolz schrumpfte zusammen, während sie versuchte, sich einen Ausweg aus diesem Schlamassel zu überlegen. Alles, was ihr einfiel, war die eine Ausrede, die sie wirklich, wirklich nicht benutzen wollte. Aber es war die einzige, die irgendeine Chance auf Erfolg hatte. »Der Grund, warum ich so gut bin … ist, dass ich hellseherische Fähigkeiten habe.«

»Sie sind was?« Ms Kyryl lachte schallend. »Jetzt habe ich wirklich alles gehört.«

»Aber es ist wahr. Ich habe meine Sommerferien damit verbracht, darin besser zu werden.« Oder zumindest darin, faustdicke Lügen zu erzählen.

»Oh, wirklich?« Ms Kyryl wischte sich die Augen, als könnte die bloße Vorstellung sie vor Lachen zum Weinen bringen.

Zoing! Eine Idee schoss Ondine in den Kopf. »Ich kann es beweisen. Ich kann mit Tieren sprechen. Ich kann genau hier mit Shambles sprechen. Und ich kann Ihnen helfen, auch mit ihm zu sprechen. Geben Sie mir Ihre Hände, dann zeige ich es Ihnen.« Ein Anflug von Zuversicht überkam sie. Solange Shambles seine Rolle spielte, würden sie sich aus diesem Schlamassel herausbluffen.

»Ich nehme an, Sie werden mich jetzt in Trance versetzen?«, fragte Ms Kyryl und zog misstrauisch eine Augenbraue hoch.

»Nein, das ist nicht nötig.« Ehrlich gesagt hatte sie genau das in Erwägung gezogen. Für etwa eine Zehntelsekunde. Sie hatte es nie selbst versucht – nur Trancezustände im Sommercamp für Medialbegabte beobachtet. Die hatten auch ein bisschen unecht gewirkt. Etwas in ihrem Hinterkopf sagte Ondine, dass ihre beste Chance, Ms Kyryl von ihren übersinnlichen Fähigkeiten zu überzeugen, darin bestand, absolut ehrlich zu sein.

Shambles krabbelte auf den Tisch und stellte sich auf seine Hinterbeine. Er sah Ms Kyryl an, dann wieder zu Ondine.

Ms Kyryls Mund verzog sich zu einer Seite, was anzeigte, dass sie tief in Gedanken versunken war.

»Halten Sie meine Hand, Ms Kyryl, dann können Sie Shambles durch mich hören.«

Die kühle Hand der Lehrerin umfasste die von Ondine, und das Spiel begann. Es musste absolut überzeugend und vollkommen zutreffend sein. Ihre Zukunft an der Schule und am Palechia – und somit ihre Zeit mit Hamish – hing davon ab.

»Ms Kyryl, das ist Shambles. Er ist mein tierischer Führer in die Geisterwelt.« Oh, wie leicht ihr die falschen Worte über die Lippen kamen!

Ms Kyryl verzog den Mund auf eine Art, die ‚Na, dann unterhalten Sie mich mal' zu sagen schien. Shambles trat vor und legte seine Pfote auf Ms Kyryls Handrücken.

»Es ist reizend, Sie kennenzulernen, Dionysia«, sagte Shambles. Er sprach fast ohne eine Spur seines schottischen Akzents. Er klang so förmlich, so glaubwürdig. So klug!

Ms Kyryl blinzelte und blickte von Shambles zu Ondine. Langsam schüttelte sie den Kopf und sah das kleine Frettchen an. Ein griechischer Fluch entfuhr ihren Lippen.

»Ihnen auch Jassu!«, sagte Shambles. [1]

Ms Kyryl warf Ondine einen vernichtenden Blick zu. »Das ist irgendein Trick.«

»Nein, nichts dergleichen. Ms Kyryl, es tut mir leid, Sie aufzuregen, aber das hier ist vollkommen echt. Selbst mir fällt es manchmal schwer, das zu akzeptieren. Ich weiß, ich habe Ihnen gegenüber meine Liebe zur Wissenschaft beteu-

---

1. Yia-sou ist ein freundliches ›Hallo‹ auf Griechisch. Sag es zu so gut wie jedem und du wirst weit kommen, sei es in Athen, Griechenland, oder in Melbourne, Australien.

ert. Jetzt bitte ich Sie, an Magie zu glauben. Aber … glauben Sie nicht, dass es durchaus möglich ist, dass Wissenschaft und Magie koexistieren?«

Shambles rieb sanft mit seiner Pfote über Ms Kyryls weiß werdenden Fingerknöchel. »Das könnt Ihr den Kindern als Beispiel für Ironie erzählen. Jep, ist ein gutes.«

Panik kroch in Ondine hoch, als sie hörte, wie Shambles' Akzent durchkam.

»Ms Kyryl, was möchten Sie wissen?«, fragte Ondine, darauf bedacht, die Sache am Laufen zu halten.

Die Lehrerin holte langsam und tief Luft und schüttelte den Kopf. Ondine hatte ein wenig Mitleid mit ihr. Diese ganze Nummer mit dem sprechenden Tier war schon eine Menge, die man jemandem zumuten konnte.

Ms Kyryl atmete aus. »Sie sind doch das Medium, warum sagen Sie es mir nicht?«

»Okay.« Mit einem kleinen Hinweis wäre es leichter gewesen, einfach nur, um zu wissen, wo sie anfangen sollte. Da sie Händchen hielten, dachte Ondine, sie könnte genauso gut damit anfangen. Sie drehte die Handflächen ihrer Lehrerin um, um sich die Linien anzusehen.

»Sie sind Linkshänderin, was ich bereits weiß, weil ich Sie schon mit einem Stift in der Hand gesehen habe«, sagte Ondine. Eine kleine innere Stimme ermahnte sie, so geradlinig wie möglich zu bleiben. »In Ihrem Fall ist die rechte Hand das Leben, mit dem Sie geboren wurden, und die linke Hand ist das Leben, das Sie sich selbst geschaffen haben. Wenn wir uns nun die … das ist wirklich interessant.«

Die Linien auf der rechten Hand waren geschwungen und kringelig, die Linien auf der linken waren eckig und gerade. Auf beiden Handflächen war die Lebenslinie tief und deutlich eingeschnitten, aber auf der linken Hand hörte die Schicksalslinie abrupt auf und begann dann wieder, leicht versetzt zur ersten Linie.

»Ms Kyryl, Sie wurden als kreative, dramatische und emotionale Person geboren, aber Sie haben sich ein völlig neues Leben geschaffen. Es ist, als ob Ihre Eltern wollten, dass Sie einen bestimmten Weg einschlagen, aber Sie haben sich entschlossen bemüht, etwas anderes zu werden. Emotionen sind keine Schwäche, aber für Sie könnten sie eine gewesen sein.«

»Das ist alles sehr allgemein«, sagte die Lehrerin und kaute auf der Innenseite ihrer Wange. »Ich kann nicht erkennen, inwiefern das alles direkt mit –«

»Ehrgeiz brennt im Kern Ihres Wesens und Sie sehnen sich nach einer verlorenen Liebe«, unterbrach Shambles sie.

Zoing!

»Was unterstehen Sie sich!«, Ms Kyryl zog ihre Hände zurück. »Ondine, wenn das eine Art geschmackloser Scherz sein soll, können Sie jetzt damit aufhören.«

Kalte, klamme Furcht schlang sich um Ondines Herz. »Ich entschuldige mich, Ms Kyryl. Shambles kann manchmal zu direkt sein, aber er sagt, was er sieht. Sie sind sehr, sehr gut in Ihrem Beruf, aber die Linien auf Ihren Händen sagen, dass Sie sich nach etwas Kreativerem sehnen. Mir ist in letzter Zeit aufgefallen, wenn wir die Nationalhymne singen, dass Sie eine wunderschöne Stimme haben. Wollten Sie statt einer Lehrstelle eine musikalische Karriere? Vielleicht hatten Sie einen Gönner, der Sie unterstützt hätte, wenn nicht eine Schicksalswendung dazwischengekommen wäre?« Ondine hatte das Gefühl, nach Ideen zu greifen, aber es schien alles zusammenzupassen. Und wenn sie die Gönnerschaft andeutete, könnte die Beziehung ihrer Lehrerin zur Herzogin ans Licht kommen.

»Ich habe genug!«, Ms Kyryl funkelte Ondine an. »Ich habe Sie herbestellt, um Ihnen eine letzte Chance zu geben, hier zu bleiben. Das ist nicht der richtige Weg.«

Die Panik explodierte zu ausgewachsener Angst. Ein seltsames, taubes Gefühl breitete sich in Ondine aus. »Es tut mir sehr leid, Ms Kyryl. Ich wollte nicht so unverblümt sein. Ich verspreche Ihnen, dass ich niemandem ein Wort davon sagen werde.«

»Dieser Punkt ist hinfällig. Von diesem Moment an, Ondine, sind Sie keine Schülerin des Palechia mehr. Ich werde dem Herzog empfehlen, dass Sie zu Ihren Eltern nach Venzelemma zurückkehren.«

»Hören S' auf zu tun, als hätten S' das eben erst entschieden«, sagte Shambles, »Das wollten S' doch sowieso tun.«

Etwas Wirbelndes geschah in Ondines Kopf, und sie dachte, sie würde gleich ohnmächtig werden.

Ms Kyryl verschränkte die Arme vor ihrer schmalen Brust. »Warum sind Sie noch hier? Gehen Sie!«

Völlig elend zumute, schleppte sich Ondine aus der umgebauten Scheune und verkroch sich geradewegs in ihrem Zimmer.

»Bei Jupiters Monden, ich bin erledigt!«

KAPITEL ZWANZIG

Panik und Angst machten es Ondine unmöglich, einen klaren Gedanken zu fassen, als sie sich auf ihr Bett zurücksinken ließ. Ms Kyryls Worte wirbelten ihr unablässig im Kopf herum und alles, worauf sie sich konzentrieren konnte, war ihr bevorstehender Rauswurf aus der Palechia.

»Ach, das tut mir so leid, mein Schatz«, sagte Hamish.

Heiße Tränen rannen Ondine über die Wangen. »Das ist hoffnungslos.« Sie war so von ihrem Kummer umfangen, dass sie den Mann, der sich neben ihr verwandelte, kaum bemerkte. Er bediente sich an ihrer beigefarbenen Tagesdecke, um sich warm zu halten. Seine starken Arme umfingen sie und wiegten sie sanft.

»Schon gut, mein Mädchen. Ich erklär's dem Herzog und du wirst bleiben können.«

Wie sehr sie sich danach gesehnt hatte, Hamish wiederzusehen, doch sie war so wütend und schockiert, dass sie es nicht über sich brachte, ihn anzusehen. Sie hatte es ziemlich gut geschafft, Ms Kyryl zu bluffen, bis Shambles die Nummer mit der »verlorenen Liebe« herausgeplatzt hatte. Aber andererseits hatte er auch recht damit gehabt, dass sie bereits fest entschlossen war, sie nach Hause zu schicken, und nichts, was sie sagen konnten, konnte sie umstimmen.

»Ich hätte niemals schummeln dürfen. Ich hätte von Anfang an härter lernen sollen, dann wäre sie nicht misstrauisch geworden und nichts von alldem wäre passiert. Du hättest das nicht tun dürfen, Hamish. Du wusstest, dass sie es auf mich abgesehen hatte. Du hättest mich niemals zum Schummeln überreden dürfen.«

»Härter lernen? Keiner lernt mehr als du. Manchmal glaube ich, du liebst die Schularbeiten mehr als mich, weil du so viel Zeit damit verbringst. Trotzdem hätte sie dich nach Hause geschickt, wir mussten irgendwas tun.«

Schlingen der Furcht verkrampften die Muskeln in Ondines Schultern. Nach Hause zu gehen bedeutete, sich ihren Eltern stellen zu müssen, die immer noch wütend darüber waren, dass sie ihnen überhaupt nicht gehorcht hatte und mit Hamish durchgebrannt war.

»Warum ist uns dann nichts anderes eingefallen?«, klagte sie. »Wenn wir so schlau sind, wieso gab es dann keinen anderen Weg außer Schummeln? Und sieh nur, was jetzt passiert ist – sie hat mich von der Schule geworfen!«

»Noch hat sie das nicht. Wir werden uns schon was einfallen lassen.«

»Bei den Ringen des Saturns, hörst du überhaupt zu? Du warst dabei, du hast gesehen, wie genervt sie von der ganzen Hellseher-Sache war! Ich hätte am Anfang zugeben und um Vergebung flehen sollen, dass ich geschummelt habe. Jetzt habe ich sie nur noch wütender gemacht.«

»So schlimm ist es nicht. Wir finden eine Lösung. Der alte Col wird helfen.«

Keines von Hamishs beruhigenden Worten konnte Ondines Stimmung auch nur im Geringsten aufhellen. »Ich hätte mir diesen Lösungsbogen gar nicht erst ansehen dürfen und jetzt sieh nur, wohin mich das gebracht hat. Ich wollte nie schummeln, es hat sich immer falsch angefühlt, aber ich habe mich von dir dazu überreden lassen, weil ich dir vertraut habe.« Mit einem stockenden Atemzug setzte sie ihre Schimpftirade fort: »Es ist dieser dämliche Palast! Er hat dir den Kopf verdreht und jetzt liebst du das Spionieren und Herumschleichen so sehr, dass du Schummeln für normal hältst.«

»Also ist alles meine Schuld, ja?«

Ondine schrie: »Ja, ist es!« Sobald die Worte heraus waren, wünschte sie sich, sie hätte sie nie gesagt, und war gleichzeitig froh, sie herausgeplatzt zu haben. Sie schüttelte den Kopf darüber, wie hoffnungslos alles geworden war, und ihr Atem kam in schmerzhaften Stößen.

Ein getroffener Ausdruck des Verrats zog über Hamishs Gesicht, gefolgt von völliger Verzweiflung. Greifbare Stille hüllte den Raum ein. Sie hatten noch nie ein Problem mit Schweigen gehabt, aber jetzt fühlte es sich schrecklich an. Je länger die Stille dauerte, desto schwerer wurde es, sie zu durchbrechen. So sehr sie sich auch bemühte, Ondine fürchtete sich davor, noch etwas zu sagen, weil sie in ihrem jetzigen Zustand von Wut und Verwirrung alles nur noch schlimmer machen könnte.

Hamish nahm seinen Arm von ihrer Schulter. Ondine spürte die Kälte.

»Ich wollte doch nur helfen«, sagte er. Dann schloss er

die Augen und sein Körper schrumpfte in seine Frettchengestalt zusammen.

Ein heftiger Schmerz zerriss Ondines Herz. »Nein, Hamish, bitte geh nicht.« Nicht, solange sie sich noch stritten, nicht, solange sie es nicht geklärt hatten.

Es war zu spät. Er hatte sich bereits zurückverwandelt. »Ich glaube, ich muss.« Sein kleiner Frettchenkörper watschelte aus dem Zimmer.

Allein gab Ondine ihrem Elend nach und ließ den Tränen freien Lauf. Sie warf sich auf ihr Bett, das Gesicht ins Kissen gedrückt. Nach ein paar Minuten befreienden Heulens drehte sie das durchnässte Kissen um, um mit dem markerschütternden Schluchzen fortzufahren.

»Was ist das für ein Lärm?« Draguta kam herein und sah Ondine auf ihrem Bett. Ondine spürte, wie eine knochige Hand ihr den Rücken rieb. »Na, na, was regt dich so auf?«

»Nichts«, log Ondine.

»Nichts? Dann hör auf zu weinen, wenn es nichts ist.«

Ondine konnte nicht aufhören. Sie hatte ihren Platz an der Palechia-Schule verloren, und schlimmer noch, sie hatte gerade Hamish verloren.

»Also, ist es etwas?« Draguta war zu schlau für ihr eigenes Wohl.

Alles sprudelte nur so aus ihr heraus. »Hamish und ich hatten einen Streit, und er ist einfach gegangen, und jetzt glaube ich, Ms Kyryl wirft mich von der Schule, weil ich geschummelt habe. Ich habe mich wirklich angestrengt, aber es war nicht genug, und jetzt ist es zu spät, weil ich alles vermasselt habe.«

»Du hast PMS«, sagte Draguta. »Brauchst Schokolade.«

Mit einem lauten Schniefen wischte sich Ondine die Augen. Hormone würden einen Teil davon erklären. Trotzdem hatte sie einen schweren Schlag erlitten, der sie zu einem großen Heulkrampf berechtigte.

Draguta öffnete eine Schublade, brach ein paar Stücke Schokolade ab und reichte sie Ondine. »Hier, iss. Beste Medizin.«

»Danke.« Ondine biss ein Stück ab. Der Kakao-Zucker-Kick löste etwas in ihrem Gehirn aus und sie begann, sich besser zu fühlen. Draguta breitete ihre Arme für eine Umarmung aus, und Ondine nahm an.

Es war, als würde man einen Laternenpfahl umarmen.

Die Wäschemeisterin war so freundlich gewesen, Ondine schuldete ihr etwas Ehrlichkeit. »Draguta, ich muss dir etwas sagen. Du weißt doch, dass du bald deinen Langzeiturlaub antreten wirst?«

»Ja?« Draguta sah besorgt aus, als sie sich auf ihr Bett setzte.

»Also, ich habe herausgefunden – bitte frag mich nicht, wie –, dass die Herzogin ein totaler Geizkragen ist und einen Weg finden wird, dich zu feuern, bevor sie dir deinen Urlaub auszahlen muss.«

Draguta griff nach ihrem Teddybären und drückte ihn an ihre Brust. »Pah! Das hat sie letztes Mal schon gemacht. Denkt, ich dumm! Schätze Warnung, aber bin diesmal vorbereitet.«

»Ich bin so erleichtert.« Ondine wischte sich die Augen und aß den letzten Bissen Schokolade. Sie sprach mit leiser Stimme. »Ich dachte ja, die Infantin wäre bekloppt, aber die Herzogin ist noch mal eine ganz andere Nummer.«

»Wird alles gut. Ich geh jetzt wieder an die Arbeit«, sagte Draguta und holte sich eine weitere Strickjacke, die sie über ihre bereits warme Kleidung zog. »Die Infantin wird dich bald wollen.«

»Ich weiß.« Ondine spürte die Kälte in der Luft und griff nach einem weiteren Pullover. »Ich muss mich nur erst mal sammeln, bevor ich ihr unter die Augen treten kann.«

Draguta ging und Ondine spürte, wie das Elend ihr unter die Haut kroch. Wahrscheinlich lag es auch an der Kälte, denn im Personalschlafraum gab es keine Heizung. Sie hatte so lange still gesessen, dass ihre Muskeln anfingen, steif zu werden. Der kleine Teddy auf Dragutas Bett bot einen Funken Trost. Ondine nahm den Teddy und umarmte ihn. Etwas pikste sie in die Brust. Es war, als würde sie wieder Draguta umarmen, lauter spitze Ecken und Knochen.

Seit wann hatten flauschige Teddybären Ecken?

Ondine sah nach, konnte aber nichts Ungewöhnliches entdecken. Sie umarmte das Spielzeug erneut und spürte wieder einen Piks. Zur Sicherheit drückte sie den Bauch des Teddys und fühlte etwas Hartes unter der Füllung.

Die Neugier siegte. Sie drehte den Teddy auf den Kopf und begann, nach Anzeichen für etwas zu suchen, das nicht stimmte. Es fühlte sich ein wenig unhöflich an, als sie nach Löchern tastete. Das ist das Problem, wenn man von Neugier gepackt wird. Selbst wenn es unhöflich ist, kann man sich nicht zurückhalten.

Sie fuhr mit den Fingern die Nähte entlang und fand ein winziges Loch. Sie steckte ihren Finger hindurch und stocherte herum – ungefähr dort, wo eine seiner Nieren wäre, wenn Stofftiere Nieren hätten.

Dieses Stofftier hatte feste Gegenstände im Inneren. Ondine versuchte, sie mit dem Finger herauszuziehen, aber das Loch war zu klein und die Gegenstände waren zu groß.

Wenn ich nur … ritsch! Sie riss ein klaffendes Loch in die Seite. *Ba-dumm, ba-dumm,* ihr Herz begann bei dem Gedanken daran, was sich darin verbarg, zu rasen. *Badumm-badumm-badumm,* ihr Herz raste noch schneller bei dem Gedanken, dass Draguta zurückkommen und sie dabei erwischen könnte, wie sie den Teddy schändete.

Merkurs Flügel! Schmuckstücke, Schlüssel, Ohrringe, Broschen und sogar ein Zierlöffel purzelten aus dem Spielzeug und auf das Bett. Blitzschnell stopfte sie alles wieder in den Bären und zog an den losen Fäden, um das Loch zu schließen.

Als sie auf das Spielzeug starrte, konnte sie einen beunruhigenden Gedanken nicht unterdrücken: *Oh, Draguta, was hast du getan?*

KAPITEL EINUNDZWANZIG

SHAMBLES FÜHLTE sich elender als eine Küchenschabe. Eine Küchenschabe, die in eine tiefe Grube gefallen war, sich eine Schaufel geschnappt und angefangen hatte, die Grube noch tiefer zu graben. Ms Kyryl schickte Ondine wegen Betrugs nach Hause, und es war seine Schuld. Wie konnten seine gut gemeinten Versuche, seiner Liebsten zu helfen, nur so fürchterlich nach hinten losgehen? Als sie sich im Sommer kennengelernt hatten, hatte sie weder Unterricht noch Prüfungen. Ihm war nicht klar gewesen, wie wichtig ihr die Schule und das Lernen waren, aber offensichtlich stimmte es, und er hatte es voll verbockt.

Er brauchte einen Ort zum Nachdenken, aber sein Magen knurrte so laut, dass er zuerst etwas zu essen finden musste. Er passte auf, niemandem in die Quere zu kommen, flitzte den Gang entlang und folgte den Kochgerüchen. Den scharfen Düften von karamellisierten Zwiebeln, Fleisch und Rosmarin nach zu urteilen, stand Lammbraten auf dem Speiseplan. Ihm lief das Wasser im Mund zusammen in freudiger Erwartung. Er sollte versuchen, Ondine ein paar Scheiben als Friedensangebot zu bringen. Das arme Ding hatte in den letzten Wochen kaum mehr als Suppe und Brot gegessen, vielleicht würde etwas Festes sie wieder aufpäppeln?

Schon legte sein Verstand wieder los und sagte ihm, wie schlau er doch war, an Ondine zu denken, obwohl er fast am Verhungern war. Nicht, dass er auch nur einen Gedanken daran verschwendet hätte, wie er ihr in seinem jetzigen Zustand eine solche Mahlzeit bringen sollte. Vielleicht könnte er eine kleine Tüte oder eine Schachtel finden, in der er das Essen transportieren konnte. Was es an Aufmachung vermissen ließ, konnte er mehr als wettmachen durch Zuneigung und vielleicht eine kriecherische Entschuldigung, wenn es das war, was nötig war, um sich wieder bei ihr einzuschmeicheln.

Als er sich der Küche näherte, hallte eine schrille Frauenstimme durch den Flur: »Ich habe noch nie scholche mutwillige Verschwendung geschehen!«

Die Geräusche in der Küche verstummten. Kein Hacken, kein Abwaschen, keine Geräusche von Mixern oder Mühlen. Eingedenk der Tatsache, dass jeden Moment Leute aus der Küche rennen und auf ihn treten könnten, hielt sich Shambles am Rande und steckte seinen pelzigen Kopf durch die Türöffnung, um zu sehen, was los war.

Es war Herzogin Kerala, die eine gewaltige Schimpftirade hielt. Sie bot einen ziemlichen Anblick, wie ihr Kopf wild von einer Seite zur anderen zuckte, ohne dass sich auch nur ein Haar aus ihrer glänzenden Helmfrisur löste. In einer Hand hielt sie ein Glas Weißwein, während die andere wild gestikulierte, um Jedes! Einzelne! Wort! zu betonen.

»Scheht euch dieschen Haufen vollkommen guter Lebensmittel an, den ihr gleich wegwerfen wollt! All diesche

Kartoffelschalen können in Schuppen, nicht in die Komposchtbehälter. Ihr werft die Brotrinden weg, wo doch jeder Koch mit einem halben Gramm Verschtand Croutonsch daraus machen kann. Und ich kann nicht glauben, dass ihr den halben Schellerie wegwerft! Schellerieschpitzen schmecken genau wie Peterschilie, und davon habt ihr lastwagenweise rangeschafft. Und ich kann nicht glauben, dass ihr die Peterschilienstängel wegwerft, anstatt sie in die Aufläufe zu tun! Diesche Verschwendung! Dasch schlägt dem Fass den Boden aus!«

An diesem Punkt hätten manche Leute vielleicht Luft geholt, aber die Herzogin schien über solch sterbliche Zwänge erhaben zu sein.[1]

»Wasch ischt dasch hier? Eine Tonne Rhabarberblätter? Dasch könnt ihr nicht wegwerfen. Ich habe es euch schon vorher geschagt, dasch ischt ein vollkommen guter Erschatz für Spinat!«

Niemand sagte etwas darauf. Shambles sah sich im Raum das zitternde, blasse Küchenpersonal an. Sie sahen so jung aus, kaum älter als Ondine. Keiner wagte es, Widerworte zu geben.

Keine Chance, auch nur einen Bissen Lammbraten zu stibitzen, während die Herzogin weiter in der Küche tobte und immer mehr Dinge zum Beschweren fand, wobei ihre Stimme mit jeder Entdeckung schriller wurde.

Mit noch lauter knurrendem Magen machte Shambles kehrt und rannte zurück in Old Cols Zimmer. Verdammt, ihr

1. Das nennt man »Zirkularatmung« und ist besonders nützlich, wenn man Didgeridoo spielt.

Bett war leer. Sie musste irgendwo draußen sein. Das Einzige, was es zu essen gab, war eine Schale mit Katzenfutter, die einer der Angestellten hingestellt hatte.

»Ah, nun ja, was muss, das muss.« Shambles holte tief Luft und nahm einen kleinen Bissen.

Nach ein paar Bissen fühlte er sich schon besser. Aber dann dachte er über seinen Hunger hinaus und ein neuer Anflug von Reue traf ihn. Er musste es bei Ondine wiedergutmachen, aber sie mit Fischatem anzuhauchen, würde nicht helfen, wenn er sich mit ihr versöhnen wollte.

Er musste unbedingt eine Mundspülung finden, um den anhaltenden Fischgeruch loszuwerden. Er trabte ins Badezimmer und sprang auf das Waschbecken. Nicht in einem Sprung – selbst ein Frettchen hat seine Grenzen – sondern in zweien. Vom Boden auf den Toilettensitz – uups, fast hineingefallen, muss daran denken, dass der Deckel nicht immer unten ist! – dann auf den Rand des Waschbeckens. Er fand eine Tube Zahnpasta und schaffte es, den Klappdeckel abzunagen.[2]

Er trat auf die Tube und presste einen sauberen, weißen Strang minziger Paste heraus. Ein paar Schlecker später

---

2. Sind Klappdeckel bei Zahnpasta nicht wundervoll? Es ist so einfach, den Deckel wieder zuzuklappen. In den Tagen, als man den Deckel noch zuschrauben musste, vergaßen viele zeitarme Menschen, den Deckel wieder aufzusetzen. Denn es war ja anscheinend sooo viel Mühe, einen winzig kleinen Deckel wieder auf die Tube zu schrauben. Das ist genug, um einen völlig in den Wahnsinn zu treiben.

Es ist kein Zufall, dass die Einführung von Klappdeckeln auf Zahnpastatuben in den frühen 1990er Jahren genau mit den sinkenden Scheidungsraten in Brugel zusammenfällt.

füllte sich sein Maul mit schaumiger Frische und er war mit dem Ergebnis wirklich zufrieden.

In diesem Moment kam Draguta Matice mit einem Arm voll frischer Handtücher ins Badezimmer und schrie: »Aaaaah! Tollwut!«

»Hnnnnggggff!« Er versuchte zu antworten, aber sein Mund war voller Schaum. Verzweifelt spuckte er so viel er konnte ins Waschbecken, aber die weißen Blasen, die aus seinem Maul kamen, ließen Draguta nur noch lauter schreien. Draguta ließ ihr Bündel auf den Badezimmerboden fallen und rannte aus Old Cols Zimmer, wobei sie die ganze Zeit schrie:

»Pyotr! Pyotr! Tollwut!«

Nein, nein! Shambles vergaß die Höhe und sprang zu Boden. Knack! Er landete hart auf dem Boden und schlug mit dem Kinn auf. Ein scharfer Schmerz schoss durch ihn. Sein Kopf wurde ganz benebelt und wackelig. Wenn er Zeit zum Nachdenken gehabt hätte, wäre er in zwei Etappen hinabgestiegen, zurück zum Toilettensitz, dann auf den Boden. Die Verzweiflung hatte ihn vergessen lassen, wie klein er war und wie tief er fallen würde. Der Versuch, den Schmerz abzuschütteln, machte es nur noch schlimmer.

Du kleiner Dummkopf, du hast dir den Kiefer gebrochen!

Immer noch ohne nachzudenken – das schien er in letzter Zeit häufiger zu tun – rannte Shambles Draguta hinterher, um sie aufzuhalten. Sie wusste nicht, dass er in Wirklichkeit Hamish war, aber wenn er es ihr erklären könnte, würde sie vielleicht ihren Fehler erkennen und aufhören zu schreien. Er rief: »Wartet!«, aber sein Kiefer tat so weh, dass es wie »Waaard« klang und selbst er es kaum verstand.

Die Leute kamen auf Dragutas Schreie zugerannt und vergrößerten das Durcheinander. Dienstmädchen, Besucher, Pyotr, der Seneschall, und, zu allem Unglück, Lord Vincent.

»Ich kümmere mich darum«, sagte Lord Vincent und hob seinen bestiefelten Fuß.

Arrggghhh! Das Blut gefror Shambles in den Adern, als die riesige Schuhsohle sein Blickfeld ausfüllte. Schmerz hin oder her, er schoss zur Seite, um dem sicheren Tod zu entgehen, und huschte zurück in die Sicherheit von Old Cols Zimmer.

Doch nicht lange in Sicherheit! Alle aus dem Flur stürzten in das Zimmer und begannen durcheinanderzureden.

»Wohin ist es verschwunden?«

»Da drüben, seht nur!«

»Es ist unter dem Bett.«

»Ist es das da drüben?«

»Werft eine Decke drüber.«

»Jemand soll den Tierfänger holen!«

»Jemand soll ein Gewehr holen!«

Zitternd vor Angst kauerte Shambles unter dem Bett. Er wischte sich mit seiner pelzigen Vorderpfote über das Maul, um den Schaum zu entfernen. Nicht sanft genug! Ein frischer Schmerz durchbohrte seinen Kiefer. Etwas Galle brannte ihm in der Kehle, als er um sein Leben fürchtete. Jeden Augenblick konnte einer von ihnen unter das Bett schauen und dann hieße es gute Nacht, Shambles.

Er wischte sich erneut über das Maul – sanft! – und

schaffte es, die restlichen Zahnpastakleckse loszuwerden. Es sah immer noch schlimm aus, denn seine Vorderbeine waren mit Speichelfäden überzogen. Wenn ihn jemand sähe, könnte man seine nassen Gliedmaßen für übermäßiges Schwitzen halten. Die einzige Möglichkeit, die ihm blieb, war, sich in seine menschliche Gestalt zu verwandeln. Wenn er sich nur fest genug konzentrierte und sich Ondines lächelnde, dunkle Augen vorstellte. Klar, er hätte einen Berg an Erklärungen abzugeben, wenn er splitterfasernackt unter dem Bett hervorkriechen würde. Aber wenigstens wäre er dann so groß wie sie und könnte es auf Augenhöhe mit Lord Vincent aufnehmen.

»Was ist hier los?«, sagte eine Frau.

Diese Stimme kannte er. Es war nicht Ondine, sondern die alte Col. Vielleicht konnte ihre Anwesenheit ihm helfen, sich zu verwandeln? Er erwartete den Mahlstrom aus Zucken und Verdrehen, während er sich mit aller Willenskraft in einen Menschen verwandeln wollte. Aber nichts geschah.

»Euer Frettchen hat Tollwut«, sagte Draguta. »Wir müssen es fangen, bevor es jemanden beißt.«

»Er hat keine Tollwut«, sagte die alte Col. »Wie kommen Sie denn auf die Idee?«

Von seinem Versteck unter dem Bett aus sah Shambles, wie Lord Vincents schwere Stiefel auf dem Boden umherstampften.

»Woher wollt Ihr wissen, dass es nicht krank ist?«, sagte Vincent.

»Es hatte Schaum vor dem Maul!«, fügte Draguta hinzu.

»Niemand hat Tollwut«, sagte die alte Col. »Dieses Frettchen ist mein Haustier. Er ist geimpft und bei bester Gesundheit. Ich habe die Tierarztrechnungen, um das zu beweisen. Und wenn es Euch nichts ausmacht, Ihr befindet Euch in meinem Zimmer und ich hätte gerne etwas Privatsphäre.«

Lord Vincent schnaubte verächtlich. »Ihr seid Gast in diesem Palast und werdet tun, was man Euch sagt.«

»Zügelt Eure Zunge!«, schnappte die alte Col zurück.

»Abwath …« Ein seltsames Geräusch kam aus Lord Vincents Mund.

Shambles spähte aus seinem Versteck hervor und sah, wie der älteste Sohn des Herzogs seine Zunge zwischen Daumen und zwei Fingern hielt. Tatsächlich schien er sie nicht loslassen zu können.

»Was-hab-Ihr-mir-etan?«, schrie Lord Vincent.

»Ich habe Euch gesagt, Ihr sollt Eure Zunge zügeln. Ihr habt Glück, dass es nicht ‚haltet den Mund' war, dann wärt Ihr in echten Schwierigkeiten«, sagte die alte Col. »Es wird nachlassen, wenn Ihr die andere Seite der Palechia erreicht habt.«

Shambles musste seine ganze Willenskraft aufbieten, um nicht in Gelächter auszubrechen. Das war wahrscheinlich auch gut so, denn das Lachen hätte in seinem Kiefer wie verrückt geschmerzt.

Vincent sah wütend aus und stampfte aus dem Zimmer.

»Die Vorstellung ist vorbei, könnte ich jetzt bitte etwas Privatsphäre haben?«, sagte die alte Col.

Als alle anderen das Zimmer verlassen hatten, reckte Shambles seinen Kopf unter dem Bett hervor. Es tat weh zu sprechen, aber er musste ihr danken. »Das war ‘ute Magie, Col.«

Die alte Col grinste. »Ja. Ich finde auch, das war sie. Und nun, warum bist du heute noch schwerer zu verstehen als sonst?«

KAPITEL ZWEIUNDZWANZIG

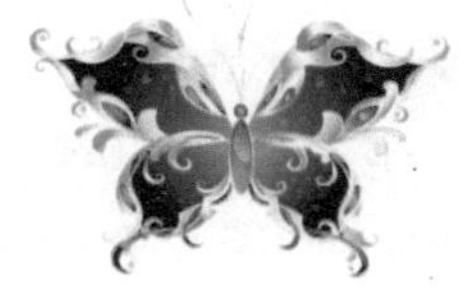

Schwermut umhüllte Ondine, während sie die Gemächer der Infantin aufräumte. Aus irgendeinem Grund war Anathea ausnahmsweise mal keine totale Zicke und hatte darauf verzichtet, sie jede Minute anzumeckern.

»Wo ist meine fröhliche Ondine?«, fragte die Infantin nach einer halben Stunde drückenden Schweigens.

Ondine wischte sich über das Gesicht und bemühte sich nach Kräften, nicht vor ihrer Arbeitgeberin loszuheulen. Doch ihr Kinn bebte und ihr Blick begann zu verschwimmen. »Ich habe mich mit meinem Freund gestritten und jetzt glaube ich, dass er nie wieder mit mir reden will.«

»Sie haben Zeit für einen Freund?«

»Anscheinend nicht.« Würde dieser schreckliche Schmerz hinter ihren Rippen jemals verschwinden?

»Sie lieben ihn?«

»Von ganzem Herzen.«

»Und er ist einfach gegangen?« Das Gesicht der Infantin wurde weicher.

»Ja.«

»Er hat Sie im Stich gelassen. Jetzt wissen Sie, wie ich mich gefühlt habe«, sagte sie. »Es wird nicht das letzte Mal sein. Merken Sie sich meine Worte, man wird Sie immer und immer wieder im Stich lassen.« Kaum merklich bebte das Kinn der Infantin, doch dann wandte sie sich ab.

Es fühlte sich so seltsam an, diesen Moment der Ehrlichkeit mit Anathea zu teilen. Etwas veränderte sich zwischen ihnen, das spürte Ondine. Zum ersten Mal sah sie die Dinge aus der Sicht der Infantin. Das Schicksal hatte ihr ihren Verlobten genommen, den Mann, den sie vielleicht lieben gelernt und mit dem sie den Rest ihres Lebens verbracht hätte. Doch in dem Moment, als sie ihren Titel verloren hatte, hatte er ihr den Laufpass gegeben.

Ondine wappnete sich für eine Zurechtweisung, die sie wieder in ihre Schranken weisen würde, und stellte die Frage, die ihr schon eine Weile auf der Seele brannte. »Ich weiß, dass Ihre erste Verlobung geplatzt ist, aber was war später?«, wagte sie zu fragen.

Ein eisiger Blick traf Ondine. »Er war kein bisschen besser. Ich spreche nicht einmal seinen Namen aus. Ich war jung. Ich hatte den Kopf verloren. Wir hatten drei wunderschöne Töchter zusammen, aber das war nicht genug.« Die Infantin schüttelte den Kopf und presste den nächsten Satz hervor: »Er wollte einen Jungen.«

»Die Geschichte hat sich wiederholt«, sagte Ondine.

»Das wäre mir lieber gewesen.« Anathea holte Luft und Ondine konnte nur warten, und noch ein wenig länger warten, um den Rest zu hören.

»Es wurde ein Junge geboren, aber er war nicht von mir. Eine Woche später wurden mir die Scheidungspapiere zugestellt. Und das ist alles, was jemals darüber gesagt werden wird. Wenn Sie das noch einmal ansprechen, werden Sie auf der Stelle entlassen. Ist das klar?«

Getroffen von gleich viel Furcht und Kummer, nickte Ondine nur und machte sich hastig wieder an die Arbeit.

Kurz darauf erschien Pyotr an der Tür der Infantin. »Ondine, der Herzog wird Sie jetzt empfangen«, sagte er.

Für Ondine brach eine Welt zusammen. Nicht, dass sie besonders hellseherische Fähigkeiten gehabt hätte, aber sie wusste, dass es keine guten Nachrichten sein konnten, in die Gemächer des Herzogs zitiert zu werden. Doch dann flammte ein kleiner Funke Hoffnung auf – wenn der Herzog sie zu sich gebeten hatte, musste er sich wohl genug fühlen, um Leute zu empfangen. Das musste doch gut sein, oder?

Ondine, die sich elend fühlte, folgte Pyotr in das Arbeitszimmer des Herzogs. Der Herzog sah ein wenig seltsam aus, als hätte er sich von dem, was ihn zuvor geplagt hatte, noch nicht vollständig erholt. Schweiß trat Ondine auf Stirn, Hals, Achselhöhlen und Ellbogen. Nicht aus Nervosität, sondern wegen der Temperatur – es war brütend heiß hier drin, vier Heizöfen liefen auf Hochtouren. Als Ondine ihren Schal und die fingerlosen Handschuhe auszog, bemerkte sie, dass die alte Col ruhig, aber mit gerötetem Gesicht aussah. Hamish war auch da, in Shambles-Gestalt, auf ihrer Schulter. Beim Anblick von Shambles durchströmte sie ein Schuldgefühl, denn er sah so absolut jämmerlich aus. Oh, wie sehr wünschte sie, sie könnte sich bei ihm entschuldigen und alles zurücknehmen, was sie gesagt hatte. Aber dies war nicht der richtige Ort für häusliche Aussöhnungen. Falls eine Aussöhnung überhaupt zur Debatte stand. Nach der Art zu urteilen, wie er seinen frettchenartigen Blick von ihr abwandte, vielleicht auch nicht. Was eine neue Welle von Schuld und Kummer auslöste.

Auch Ms Kyryl, die Lehrerin, war da, ihr Gesicht war fest und ernst, wie eine … nun ja, wie eine missbilligende Lehrerin eben.

Groll auf Shambles schoss durch Ondine. Wenn sie nicht geschummelt hätte – wenn er sie nicht ermutigt hätte zu schummeln, indem er ausnutzte, wie müde sie war –, hätte sie Ms Kyryl nicht genug Munition geliefert, um diese Situation vor den Herzog zu bringen.

»Ondine, danke, dass Sie zu uns gekommen sind«, sagte der Herzog.

Pyotr holte einen Stuhl für Ondine und stellte ihn neben Ms Kyryl. Ms Kyryl nickte, als Ondine sich setzte, und warf Shambles einen weiteren dieser beunruhigten Blicke zu, wobei ihr weicher Adamsapfel auf und ab hüpfte.

Der Herzog sprach mit dünner, zittriger Stimme, was darauf hindeutete, dass er noch eine ganze Weile brauchen würde, um sich zu erholen. »Ms Kyryl, Colette und ich haben Ihre schulischen Leistungen besprochen, und ich habe mehrere Bedenken. Alles in allem … wäre es vielleicht besser für Sie, nach Hause zu Ihren Eltern zurückzukehren und Ihre örtliche Schule zu besuchen.«

»Aber ich … ich gebe mir so viel Mühe, bitte schicken Sie mich nicht weg.« Es war so stickig hier drin, dass Ondine dachte, sie müsse würgen. Sie lockerte den obersten Knopf ihrer Bluse, aber es half nichts. Ungefragt ging Pyotr durch den Raum und schaltete die Heizungen aus.

Einen Moment lang wurde es still im Raum, bis auf das plötzlich hörbare Ticken der Wanduhr. Tick, tack, tick, tack.

Shambles sah sie nicht nur nicht an, er sagte auch absolut nichts, um ihr zu helfen. Jeder Tick der Uhr zählte die Momente bis zu Ondines Verweis herunter.

Der Herzog kam auf den Punkt: »Ondine, Sie sind seit mehreren Wochen hier, aber das ist keine so lange Zeit, dass Ihre Ausbildung leiden würde, wenn Sie an Ihre frühere Schule zurückkehren.«

Tick, tick, tick, tick. Ihr Kopf ratterte. Natürlich konnten sie vor Ms Kyryl nicht über Spionage sprechen, also gab sie sich alle Mühe, eine andere Erklärung dafür zu finden, wie sie hier noch von Nutzen sein könnte.

Der Herzog fuhr fort: »Pyotr hat mir erzählt, dass Sie in der Wäscherei gearbeitet haben. Ich habe keine Klagen gehört, und Frau Matice ist sogar voll des Lobes für Sie. In dieser Hinsicht haben Sie Ihrer Großtante alle Ehre gemacht. Eine Stelle in der Wäscherei ist jedoch leicht zu besetzen, daher wäre es für die Palechia kein Nachteil, wenn Sie gehen würden.«

Ondine nickte automatisch zustimmend, dann blinzelte sie, als ihr etwas Wichtiges klar wurde. »Ähm … Euer Gnaden … Ich diene seit Kurzem der Infantin.«

»Ach, tatsächlich?« Mit einiger Mühe richtete sich der Herzog in seinem Stuhl etwas auf.

Bei Ondine machte es Klick. Die Tür der Gelegenheit öffnete sich einen Spaltbreit. Vielleicht hatte diese verrückte Infantin ihr gerade den Kopf gerettet? »Ja, Euer Gnaden. Die Infantin verlangt, dass ich alle ihre Mahlzeiten selbst zubereite. Sie sagt, ich sei die Einzige, der sie vertraut.«

»Sagt sie das? Wie überaus interessant.« Der Herzog strich über die Ränder seines geteilten Schnurrbarts, bevor er seinen stählernen Blick auf die Lehrerin richtete. »Ms Kyryl, ich danke Ihnen für Ihre Zeit.«

»Ja, Euer Gnaden.« Ms Kyryl neigte den Kopf und ging hinaus.

Ein kühler Luftzug aus dem Korridor wehte herein und half für einen Moment, Ondines Kopf freizubekommen.

Nachdem die Tür ins Schloss geklickt war, blickte der Herzog zu Old Col und dann zu Ondine.

»Fahren Sie fort«, sagte er.

»Ähm.« Ondine wusste, dass sie etwas Gutes sagen musste. Ihre Zukunft in der Palechia hing davon ab. Aber was hatte sie bei der Infantin gesehen oder gehört, das sich für den Herzog als nützlich erweisen könnte? Ein schrecklicher Gedanke ergriff von ihr Besitz. Vielleicht weigerte sich Shambles etwas zu sagen, weil er dachte, sie sollte nach Hause gehen?

Die Worte der Infantin klangen ihr in den Ohren: *Du wirst im Stich gelassen werden.* Ondine konnte es nicht ertragen. Sie wollte Anathea keine Voraussicht zuschreiben, aber Shambles' Schweigen schien dies zu bestätigen.

Vielleicht wäre es für alle besser, wenn sie nach Hause ginge? Wenn sie nur irgendein Zeichen hätte, dass sie es bei Hamish nicht komplett vermasselt hatte und er irgendwann zu ihr nach Venzelemma zurückkehren würde.

Herzog Pavla sah Ondine fest in die Augen und beugte sich vor, was seine Stirnglatze betonte. »Ihr müsst mir alles erzählen. Selbst die Dinge, von denen Ihr glaubt, sie seien nicht wichtig. Kleine Dinge, die unbemerkt bleiben, können sich manchmal als sehr wichtig herausstellen.«

»Ähm«, sagte Ondine erneut, während ihre Gedanken zu

ihrer ersten Begegnung mit der Infantin zurückschweiften. »Nun, ich glaube, Tante Col hat Euch von der Hundesuppe erzählt.«

»Ja, und danke für die Warnung.«

»Gern geschehen. Nun, wir kamen ins Gespräch. Oder besser gesagt, sie hat mich irgendwie belehrt. Sie sagte, sie mag es nicht, dass so viele neue Leute hier in der Palechia sind. Ich meine, all die neuen Angestellten, die nicht viel Ausbildung zu haben scheinen. Vielleicht sind sie nicht sehr gut im Umgang mit Lebensmitteln, und deshalb werden wir krank?«

»Interessante Theorie. Sonst noch etwas?«

»Sie hat mich gebeten, ihr alles zu erzählen. Wisst Ihr, falls ich etwas Seltsames sehen oder hören sollte. Also habe ich zugesagt. Und jetzt arbeite ich für sie und koche alle ihre Mahlzeiten.«

»Ich verstehe. Sonst noch etwas?«

Die volle Intensität der Aufmerksamkeit des Herzogs brachte Ondine auf eine Idee. Sie könnte vielleicht Dragutas Weiterbeschäftigung sichern. Und sie könnte Draguta erzählen, dass sie sich für sie eingesetzt hatte. Vielleicht würde ihre Freundin dann erklären, was all dieser teure Tand in ihrem Teddybären zu suchen hatte.[1]

---

1. Ondine verlässt sich hier auf die »doppelte Koinzidenz«: die Vorstellung, dass die Information, die sie dem Herzog gibt, den gleichen Wert hat wie die Information, die er hören muss. Sie verlässt sich auch darauf, dass die Information, die sie Draguta anschließend geben kann, den gleichen Wert hat wie jede Information, die Draguta Ondine geben könnte (darüber, warum sie ihren Teddy mit wertvollen Gegenständen statt mit flauschigem Zeug ausstopft). Eigentlich verlässt sie sich also auf die »vierfache Koinzidenz«, und die Wahrscheinlichkeit, dass diese eintritt, liegt bei praktisch null.

»Euer Gnaden, bevor ich Euch von Anathea erzähle, muss ich etwas wegen meiner Freundin Draguta Matice fragen. Ihr steht ein Langzeiturlaub zu, und ich glaube, die Herzogin will sie feuern, bevor der Urlaub fällig ist, damit sie Geld sparen kann.«

Sie dachte, sie wäre wirklich schlau gewesen, weil sie nichts über das Hauptbuch oder das geheime Bankkonto gesagt hatte. Leider war sie überhaupt nicht schlau gewesen, denn Pavlas Gesicht verzog sich, als hätte er gerade etwas Schreckliches gerochen.

»Zieht meine Frau da nicht mit hinein, das wird Euch nicht weiterbringen.« Er wandte sich an Col: »Ich habe gehört, was heute früher mit Vincent passiert ist. Nur unter uns, ich war für Euer Eingreifen recht dankbar, aber meine liebe Frau war untröstlich. Ich wäre Euch sehr dankbar, wenn Ihr Euer Bestes tun würdet, sie nicht weiter zu verärgern.«

»Die Herzogin hat Einwände dagegen, dass ich Magie benutze?«, fragte Col.

»Das ist milde ausgedrückt. Sie war furchtbar aufgebracht und würde es vorziehen, wenn Ihr drei verschwunden wärt. Ich habe klargestellt, dass Ihr aus einem sehr wichtigen Grund hier seid, aber ich fürchte, wenn sie noch einmal verärgert wird, muss ich Euch möglicherweise bitten zu gehen.«

»Ja, Euer Gnaden«, sagte Old Col.

Ondines Verstand knarrte und knackte und surrte und klickte bei dieser neuen Information. Sie müssten ganz, ganz besonders vorsichtig sein, dem Herzog irgendetwas über seine Frau zu sagen, weil er sich höchstwahrscheinlich auf ihre Seite stellen würde. Wenn sie ihre Arbeit behalten wollten, müssten sie vielleicht stillhalten.[2]

Ein Ausdruck der Frustration huschte über Herzog Pavlas Gesicht. »Habt Ihr irgendwelche nützlichen Informationen über meine Schwester, die mit meinem schwindenden Gesundheitszustand in Verbindung stehen könnten?«

Ondine dachte, ihr würde vor Angst schlecht werden. »Es tut mir leid, Euer Gnaden. Ich habe sonst nichts bemerkt. Noch nicht.«

»Dann solltet Ihr Euch besser bemühen. Bleibt nahe bei Anathea und berichtet mir alles, was Ihr seht oder hört. Ist das verstanden?«

Seine Worte erfüllten Ondine mit Furcht und Hoffnung. Furcht, dass sie sich besser etwas einfallen lassen sollte, und Hoffnung, dass sie vielleicht doch noch eine Weile bleiben und die Dinge mit Hamish wieder in Ordnung bringen könnte.

»Und Sie, Shambles und Miss Romano, sollten sich bald etwas Besseres einfallen lassen, als dass meine Nichten Silberbesteck stehlen, sonst werde ich Ihre Anstellung überdenken.«

---

2. »Keeping stump« ist eine alte brugelsche Redewendung. Sie besagt, man solle stillhalten und schlau sein, dann würden sich die sehnlichsten Wünsche erfüllen. Sie geht auf die klassische Fabel aus Brugel vom »Fuchs in Verkleidung« zurück, der sich Äste an seine Glieder band und so lange mit weit aufgerissenem Maul auf einem Baumstumpf saß, dass die Waldgeschöpfe nicht umhinkonnten, immer näher zu kommen, um sich diesen seltsamen Baum genauer anzusehen. Schließlich spazierten die einfältigen kleinen Waldbewohner geradewegs in das Maul des Fuchses und er bekam alles, was er wollte. Möglicherweise ist die Redewendung auch nur eine Verballhornung des Ausdrucks »keeping stumm«, doch in Brugel würde niemand wissen, wovon Ihr sprecht.

Schluck!

Als sie das Büro des Herzogs verließen, während seine Drohung noch in ihren Ohren klang, fühlte sich Ondine von der vor ihr liegenden Aufgabe vollkommen überfordert. »Wir stecken ganz schön in der Klemme, Col«, sagte sie.

»Was du nicht sagst«, erwiderte Col.

»Was war eigentlich mit Vincent?«

»Ich habe ihm das Maul gestopft.«

»Gut gemacht.« Ondine wollte ihrer Großtante ein High-five geben. Ihr Gefühl des stillen Triumphs verflog jedoch schnell, während sie darauf wartete, dass Shambles etwas zu ihr sagte. Irgendetwas hätte gereicht. Die Verzweiflung machte sich in ihr breit und wurde mit jeder Minute des Schweigens greifbarer.

Als sie das Zimmer der alten Col erreichten, waren Ondines Nerven zum Zerreißen gespannt.

Col setzte Shambles auf das Fußende ihres Bettes. Dann wandte sie sich an Ondine. »Also, was ist zwischen euch beiden passiert? Habt ihr euch gestritten?«

»Nein«, log Ondine.

»Nnn«, murmelte Shambles.

Das erste Geräusch, das über seine Lippen kam, und es war nicht einmal ein richtiges Wort. Für Ondine war er völlig durch den Wind. Als er anfing, mit seiner Pfote vor seinem Gesicht zu gestikulieren, fragte sie sich, ob das eine Geste sein sollte, die ‚Hau ab' bedeutete.

Die alte Col stemmte die Hände in die Hüften. »Du bist untypisch still, Shambles. Was ist los?«

»Ah oke au aw.« Er sprach nicht wirklich, es war eher so, als ob die Worte seitlich herausrutschten.

»Bist du krank?« Ondine streckte die Hand aus, um sein pelziges Gesicht zu berühren, und er wich zurück. *Oh nein! Jetzt will er nicht einmal mehr, dass ich ihn berühre.* »Es tut mir so leid, was ich alles gesagt habe. Ich nehme alles zurück. Bitte sprich wieder mit mir.«

»Ihr habt euch also doch gestritten«, sagte Col. »Ich wusste es.«

Ondine fühlte sich zutiefst elend und ihre Sicht verschwamm durch frische Tränen. »Ja, haben wir.«

»Ondine, du solltest lieber gehen. Die Infantin wird schon warten«, sagte Col sanft.

»Gleich.« Sie wischte sich mit dem Ärmel über die Augen, um sie zu trocknen. Wenn Shambles nur etwas Beruhigendes sagen würde, würde sie sich so viel besser fühlen.

Mit einem schmerzerfüllten Stöhnen begann Shambles, sich in einen Menschen zu verwandeln. Gesegnete Erleichterung erfüllte Ondines Herz, und sie schnappte sich schnell eine Decke, um ihn warmzuhalten. Dann riss sie die Tagesdecke vom Bett, um eine weitere Wärmeschicht für ihn zu schaffen. In diesem Teil des Palechia würde Hamish erfrieren.

Hamish sah aus, als würde ihm gleich schlecht werden, als er seine Verwandlung beendete. »Ach, danke, mein Schatz«, sagte er und zog die Decke um sich. Trotz der Kälte standen ihm Schweißperlen auf der Stirn. »Ich kann wieder reden, dem Himmel sei Dank.« Er rieb sich zärtlich den Kiefer. »Aww, das ist gut zu wissen, was, Col? Ich hab mir den Kiefer gebrochen, als ich vom Waschbecken gesprungen bin, aber jetzt ist er wieder heil.«

»Du hast dir den Kiefer gebrochen?« Es schien unmöglich, doch Ondine fühlte sich noch schlechter als zuvor. Sie und Hamish sollten doch eine *Verbindung* haben. Die ganze Zeit hatte sie gedacht, er würde sie ignorieren. Stattdessen hatte er solche Schmerzen gehabt, dass er nicht einmal sprechen konnte. Und sie hatte es nicht einmal bemerkt!

»Es tut mir so leid, Hamish«, sagte sie erneut. Er hatte immer noch keines der tröstenden Worte gesagt, die sie gerade brauchte, wie ‚Alles gut, ich liebe dich' oder ‚Es tut mir auch leid, ich hoffe, du kannst mir verzeihen'. Vielleicht verzieh er ihr nicht. Vielleicht war er lieber ein Frettchen, weil es zu schmerzhaft wurde, ein Mann zu sein? Aber sollte er dann nicht den Schmerz vermeiden, indem er die ganze Zeit ein Mensch blieb? Es wurde so viel von ihnen verlangt. Und Ondine hatte nicht den Vorteil, sich in ein Tier verwandeln zu können, trotzdem wurde von ihr erwartet, dass sie die Spionage genauso betrieb wie Hamish. Es war anstrengend.

»Die Infantin ist nicht für ihre Geduld bekannt, Kind«, sagte die alte Col. »Ihr zwei könnt euch ein andermal versöhnen. Hamish, du musst Lord Vincent im Auge behalten. Er und Kerala führen etwas im Schilde, das spüre ich im Urin.«

Ondine wollte nicht gehen, sie wäre viel lieber geblieben und hätte die Sache mit Hamish durchgesprochen. Doch anstatt sie zu bitten zu bleiben, warf Hamish ihr einen traurigen Blick zu und sagte: »Du solltest dann wohl besser gehen.«

Was Ondine so deutete, dass er sie nicht bei sich haben wollte. Sie drehte sich zum Gehen um, bevor ein neuer Heulkrampf bei ihr losbrach.

KAPITEL DREIUNDZWANZIG

»Ich hätte gern ein paar Kekse«, sagte die Infantin, während Ondine ihre Kanne Tee und die Zitronenscheiben vorbereitete. Die Art, wie die Frau sprach, brachte Ondine dazu, mit den Augen zu rollen. Bei allem, was die Infantin sagte, schwang mit, dass jemand anderes es getan hatte oder tun sollte. Und wann immer sie über etwas Schlimmes sprach, besaß sie die Gabe, es so aussehen zu lassen, als sei es die Schuld eines anderen.

»Ja, gnädige Frau. Ich werde in die Küche gehen und sie machen.« Die Vorstellung, ein wenig Zeit in der Küche zu verbringen, weit weg von der Infantin, war sehr verlockend.

»Weißt du was? Man könnte sie hier machen.« Anathea hob die Hand und deutete vage nach links. »Man hat mir gesagt, dass es nebenan eine Küche gibt.«

»Nebenan? Du machst Witze?« Ondine fiel es immer noch schwer, die Stimmung der Infantin zu deuten, da ihr Gesicht so unbeweglich blieb. Aber dem Tonfall der Frau nach zu urteilen, meinte sie es ernst.

»Sieh selbst nach. Ich glaube, es gibt irgendwo eine Verbindungstür – oh, schau mal, wenn man diesen Tisch wegschiebt, findet man einen Riegel. Es ist entweder eine Küche oder ein Lagerraum. Er wurde nie benutzt.«

Wie seltsam! Ondine stöhnte auf, als sie den Tisch verschob und den Riegel fand. Es war nun leichter, den Türrahmen zu erkennen, da sie wusste, wonach sie suchen musste. Doch wenn man es nicht wüsste, könnte man es für eine schlampige Naht in der Tapete halten.

Sie drehte den Griff am oberen Rand der Täfelung und zog die Tür zu sich heran. Sie öffnete sich mit einem Ächzen, als erwachte sie aus einem hundertjährigen Schlaf. Lichtstrahlen fielen durch die staubigen Fenster. Ondine fand einen Lichtschalter neben der Tür. Müde Leuchtstoffröhren summten und flackerten zum Leben auf. Die Luft roch muffig und trocken, als hätte der Raum jahrzehntelang unberührt gelegen.

»Merkurs Flügel! Was für eine tolle Küche!« Ondine ging umher, ihre Schritte wirbelten Staubflocken auf den Terrakottafliesen auf, während sie den Raum begutachtete. Der alte elektrische Ofen gehörte in ein Museum. Er sah aus, als wäre er nie berührt worden. Als Ondine den Kühlschrank öffnete, hielt sie sich die Nase zu, da sie eine biologische Gefahr erwartete, aber er war leer. Die Gefrierschranktür leistete Widerstand. Als sie sich endlich öffnen ließ, entdeckte Ondine, dass das Innere völlig vereist war. Sie bückte sich und schaltete ihn an der Steckdose aus.

»Hat die jemals jemand benutzt?«, rief sie der Infantin zu.

»Wahrscheinlich nicht. Von mir jedenfalls nicht.«

Ondine würde die Mahlzeiten der Infantin hier zubereiten können, anstatt unten in den Küchen. Sie machte sich daran, den Staub von den Arbeitsflächen zu wischen.

Die Infantin sagte: »Wegen der Kekse?«

Saturns Ringe, hört sie denn nie auf? »Ja, gnädige Frau?«

»Ich habe nachgedacht. Vielleicht sollte ich die Kekse backen?«

Ondine starrte sie ungläubig an. »Ähm, hast du sie schon einmal selbst gemacht?«

»Für alles gibt es ein erstes Mal.«

Oje! »Na gut. Als Erstes, nimm alle deine Ringe ab und wasch deine Hände. Ich suche uns ein paar Schürzen.« Und tatsächlich, die Küche hatte mehrere Vorratskammern. In einer fand Ondine alles, was sie brauchte, außer den Zutaten. Wahrscheinlich war das auch gut so, denn jegliche Essensreste hätten mittlerweile neue Ökosysteme genährt.

»Ich gehe nach unten und hole die Lebensmittel.«

In den Küchen stieß sie beinahe mit der Herzogin zusammen.

»Ondine? Was-ch um Himmels Willen tun Schie hier?«

Stimmt ja, die Herzogin wollte sie loswerden. Aus den Augenwinkeln sah Ondine blasse, zitternde Leute, die aussahen, als wären sie gerade gründlich zurechtgewiesen worden. Hoppla, ein sehr schlechter Zeitpunkt, um aufzutauchen.

»Mylady Herzogin.« Sie machte eine schnelle, respektvolle Verbeugung. »Ich bin gekommen, um Zutaten zu holen, damit ich für die Infantin kochen kann.«

»Tatsächlich? Schie ischt nicht schufrieden mit den reichlichen koschtenlosen Mahlzeiten, die ich ihr liefere?«

Oje, das Lallen war zurück, und es war noch nicht einmal

spät am Tag. Ondine wusste nicht, wohin sie schauen sollte, also hielt sie den Blick gesenkt. »Eure Gnaden, ich kann später wiederkommen, wenn Ihr wünscht.«

»Sie haben eine Minute.«

Ondine verschwendete die ersten zehn Sekunden dieser Minute in stummem Schock, bevor sie in Aktion trat und sich ein Tablett schnappte. Trotz der strengen Kontrolle der Herzogin über die Lebensmittelvorräte fand sie zumindest genug Zutaten, um Kekse und Pfannkuchen zu machen. Eine kleine Tüte Mehl, etwas Butter, Zucker, Salz – das war leicht zu finden, aber sie brauchte mehr. Wo waren die Schokolade und der kandierte Ingwer? Die Vorratskammer war so sauber und geordnet, mit allem beschriftet – es war der Traum eines jeden Ordnungsfanatikers. Sie fand den Ingwer, aber keine Spur von Schokolade. Die Herzogin hatte sie noch nicht rausgeworfen, also griff sie zum Kühlschrank und nahm eine Flasche Milch und ein paar Eier.

»Ich bin froh, dassch ich Ihnen keine zwei Minuten gegeben habe, Schie hätten mich ausgeraubt«, sagte die Herzogin.

»Ich danke Euch, Eure Gnaden«, sagte Ondine, bevor sie eine hastige Verbeugung machte und noch hastiger verschwand.

»Gab es Ärger?«, fragte Anathea, als sie zurückkam.

»Nur deine Schwägerin, die ein Auge auf die Lebensmittelvorräte hat.«

»Diese Frau.« Anathea verdrehte die Augen und schüttelte den Kopf, was Ondine aus geteiltem Mitgefühl zum Kichern brachte.

Die nächste halbe Stunde machten sie und die Infantin

sich die Hände schmutzig und bereiteten Pfannkuchenteig und Kekse zu.

»Das macht richtig Spaß«, sagte die Infantin.

Sie hatten Mehl auf der ganzen Arbeitsfläche und an sich selbst, aber das war ihnen egal. Ondine konnte die Veränderung in der Infantin kaum fassen. »Ich fange an, die Pfannkuchen zu backen«, sagte sie. »Also, die Regel ist, der erste misslingt immer ein bisschen.«

»Ha! Genau wie bei Ehen!«, sagte Anathea.

Ondine lachte und staunte über diese neue Infantin und wie freundlich sie sein konnte, wenn ihr die Laune danach war. Was einen leisen Stich der Sorge in ihr auslöste, denn Herzog Pavla hatte sie angewiesen, ihm alles zu berichten. Was konnte sie sagen? *Eure Schwester ist ja am Ende gar nicht so schlimm?*

Sie rollten den Keksteig zu Kugeln und drückten sie mit den Fingern auf den Blechen flach. Sie drückten die Ingwerstückchen hinein und formten Muster und lachende Gesichter.

»Möchtet Ihr die Schüssel auslecken?«, fragte sich Ondine, ob sie in dieser neuen, ungezwungenen Atmosphäre, die sich zwischen ihnen entwickelte, zu weit gegangen war. Wie verwirrend, dass sie eine so schöne Zeit mit der Infantin verbrachte, während ihre Beziehung zu Hamish sich anfühlte, als würde sie in die Brüche gehen.

»Nein, aber gegen eine Tasse Tee hätte ich nichts einzuwenden.«

»Ich kümmere mich sofort darum, sobald ich das Blech in den Ofen geschoben habe«, sagte Ondine.

»Nicht nötig.« Die Infantin legte ihre Hand leicht auf

Ondines. »Die Kanne Tee werde ich zubereiten.« Ondine war sich nicht sicher, ob sie noch mehr Überraschungen verkraften konnte. Die Infantin wusch sich die Hände, legte ihre Schürze ab und ging zurück in ihre Gemächer. Ondine blieb in der Küche und summte leise eine Melodie, während sie den missratenen Pfannkuchen aus der Pfanne kratzte und einen neuen begann. Der Versuchung nachgebend, nahm sie einen Bissen. Hässlich, aber köstlich!

Das Geräusch von Schritten im anderen Zimmer wurde von Herzogin Keralas schriller Stimme gefolgt: »Warum verbeugt Ihr Euch nicht vor Höhergeschstellten?«

Die Forderung nach Gehorsam erinnerte Ondine an ihre abscheuliche Begegnung mit Lord Vincent. Obwohl sie die Infantin nicht sehen konnte, nahm Ondine an, dass Anathea eine Art Verbeugung machte, denn sie hörte die Herzogin sagen: »Dasch ist besser.«

»Euer Gnaden, welcher Ehre verdanke ich das Privileg unseres heutigen Treffens?«, sagte die Infantin.

»Der Herzog hat mich beauftrascht, Euch zum Ernteball einzuladen«, sagte die Herzogin in einem Ton, den man nur als gequält beschreiben konnte.

»Mein Bruder ist die Güte in Person«, sagte Anathea.

Ondine blieb in der Küche. Sich zu verstecken schien die sicherste Option zu sein, während sie den Frauen zuhörte, wie sie versuchten, höflich zueinander zu sein.

»Ich verlasche mich darauf, dass Ihr Euch dieses Jahr benehmen werdet«, sagte die Herzogin.

»Ich werde das Vorbild anmutigen Verhaltens sein.«

»Gut. Dasch wäre alles.«

Als die Infantin zurück in die Küche kam, hatte sie ein

finsteres Gesicht. Ein richtiges finsteres Gesicht! Ihre sauber gezupften Augenbrauen waren zusammengezogen und auf ihrer Stirn lagen Falten. »Oh, diese Frau! Kommt hier stockbesoffen herein und sagt mir, ich soll mich benehmen! Man sollte sie die Treppe hinunterstoßen. Sie ist so betrunken, dass jeder denken würde, es war ein Unfall.«

»Mmm«, sagte Ondine so unverbindlich wie möglich. Währenddessen schossen ihr unbarmherzige Gedanken durch den Kopf. Sie stimmte Anathea vollkommen zu, wie unerträglich die Herzogin war.

Andererseits bedeutete der Wunsch der Infantin, der Herzogin zu schaden, dass sie endlich etwas Nützliches hatte, was sie dem Herzog berichten konnte. Selbst wenn es nur eine leere Drohung war. Aber was sollte sie tun? Ihre Haut retten oder diese neu gefundene Freundschaft?

Als die Kekse und Pfannkuchen fertig waren, setzten sie sich zusammen und aßen sie, dazu gab es den Tee, den die Infantin gekocht hatte. Der Tee war nicht direkt scheußlich, aber Ondine wusste, dass sie ihn besser machen konnte. Nicht, dass sie es sagte, denn Anathea sah wirklich zufrieden mit sich aus.

»Komm her, Biscuit«, rief die Infantin dem Hund zu. Er sprang ihr auf den Schoß. Sie tunkte ihren Keks in ihren Tee und fütterte ihn dem Hund.

Ein Keks für Biscuit.

Ondine konnte nicht anders, als zurückzucken, als Anathea den Rest des von Biscuit abgelutschten Kekses ein zweites Mal in ihren Tee tunkte.

Als Ondine am nächsten Morgen in ihrem kalten Schlafraum aufwachte, war Draguta bereits wach und angezogen und im Begriff zu gehen. Ondine musste schnell handeln.

»Warte. Ich muss dir etwas sagen«, sagte sie.

»Ach ja?« Dragutas Schultern sackten in sich zusammen. »Sorg nicht dafür, dass ich zu spät komme. Die Herzogin ist schrecklicher als sonst.«

»Versuch, nicht aufgebracht zu sein«, sagte Ondine.

»Unmöglich. Ich bin aufgebracht.«

Oh je. Ondine schluckte. Sie holte tief Luft und sagte: »Ich weiß von deinem Teddy.«

Die Augen der Frau wurden zu Eis. »Warum sagst du ›Teddy‹?«

Es schien wenig Sinn zu haben, Unwissenheit vorzutäuschen. »Ich wollte nicht herumschnüffeln. Ich habe es zufällig herausgefunden. Ich war wirklich angeschlagen, nachdem ich diesen Streit mit Hamish hatte, und ich habe deinen Teddy geknuddelt, weil er so weich und warm aussah. Aber er war ganz klumpig.«

»Du schnüffelst!« Draguta sprang zurück zu ihrem Bett, packte das Stofftier und drückte es, um sicherzugehen, dass sein Inhalt an Ort und Stelle war.

»Nein, so war es nicht!« Das lief alles so furchtbar schief! Ondine wickelte einen dünnen Morgenmantel um sich, um sich vor der frühmorgendlichen Kälte zu schützen. »Ich habe es zufällig herausgefunden ... aber ... ich konnte nicht anders, als mich zu fragen ...«

»Warum ich diebisch bin?« Draguta legte den Teddy unter ihr Kissen.

»Ich werde es niemandem erzählen.«

»Hah! Habe nicht Jahre im Palast überlebt, indem ich Mädchen mit süßen Gesichtern vertraut habe.«

Hätte Draguta sie geschlagen, hätte sie sie nicht mehr verletzen können. »Aber wir sind Freundinnen«, sagte Ondine, verwirrt.

»Ich habe keine Freunde«, sagte Draguta.

»Aber das ist ja furchtbar!«

»Ach! Schau nicht so betrübt.« Draguta schüttelte den Kopf, stemmte die Hände in die Hüften und ging ein wenig im Zimmer auf und ab. Sie warf die Hände in die Luft und sagte: »Ach! Ich werde weich. Kerala hat mich schon einmal gefeuert. Einen Monat vor meiner Treueprämie. Sie hat mich ...« Sie blickte auf, als bäte sie den Himmel um Führung. Oder um Vergebung. »... war privat. Die Herzogin hat mich erwischt. Sie sagte, fristlose Kündigung. Bin gegangen, keine Ersparnisse. Kam zwei Wochen später zurück und habe um den alten Job gebettelt. Ha! Dachte erst, die Herzogin wäre nett, mich zurückzunehmen. Zuerst. Dann reden die Leute. Ich hab alles hier drin abgelegt«, Draguta tippte sich an die Schläfe. »Es war eine Falle, die Herzogin hat mich gefeuert, um Geld zu sparen. Ich weiß, sie wird es wieder tun, ich warte nur darauf, dass die Axt fällt. Teddy ist eine Entschädigung.«

»Oh, Draguta, das tut mir so leid.« Ondine machte einen Schritt auf sie zu, um sie zu umarmen, und rechnete fest mit einer Abfuhr. Stattdessen warf sich Draguta in Ondines Arme. Ein Bündel aus Ecken und Kanten.

Draguta wischte sich über das Gesicht. »Sieht schlimm aus, aber ich stehle nie. Da ziehe ich eine Grenze. Nehme nie Geld, das nicht mir gehört. Aber wenn die Herzogin und ihre albernen Freundinnen Sachen in den Taschen lassen, wenn sie die Wäsche abgeben, behalte ich sie. Keine großen Sachen. Kleiner Krimskrams, den sie nicht bemerken. Das ist nicht stehlen. Das ist sammeln.«

Sie befanden sich auf moralisch unsicherem Terrain. Einerseits hatte die Herzogin eine Intrige gesponnen, um jemanden zu feuern und Geld zu sparen – und Draguta durch ein arbeitsrechtliches Schlupfloch um ihre Ansprüche gebracht. Andererseits stahl Draguta bei Gelegenheit, aber es waren Gegenstände, deren Fehlen von ihren Besitzern nicht einmal bemerkt wurde.

Ist es Diebstahl, wenn es einem in den Schoß fällt und der vorherige Besitzer es nicht einmal merkt?

»Ich verspreche, dass ich keiner Seele davon erzählen werde«, sagte Ondine und dachte an all die Leute, denen sie es nicht erzählen konnte. Es ließ ihr Herz noch ein bisschen mehr schmerzen bei dem Gedanken, dass sie es nicht einmal Hamish erzählen konnte, weil er ja nicht einmal mit ihr sprach.

KAPITEL VIERUNDZWANZIG

Ondine saß in ihrem Kohlkostüm für das Erntefestspiel auf einem wackligen Stuhl im Ballsaal. Es war ein hässliches, baiserartiges Kleid, das ihr das Selbstvertrauen raubte. Als Stoffkohl war es jedoch ein voller Erfolg – lauter Schichten aus grüner Spitze und gepolstertem Schaumstoff, die um mehrere Reifen herum aufgebaut waren. Sogar die Rüschen um ihren Hals sahen genauso aus wie die äußeren Blätter eines Kohls.

Ms Kyryl stand auf der Bühne und leitete die Probe. In einer Hand hielt sie eine Banane. In dem Moment, als sie sie aufgegessen hatte, rief sie zur Mittagspause auf.[1]

Ondine knabberte an einem Käsesandwich aus den Kanten eines Roggenbrots. Sie blickte hinüber und sah, wie Ms Kyryl ihr Marmeladenbrot auseinandernahm und Sardellen und Kartoffelchips darauflegte.

Ondine verging der Appetit.

Drüben am Eingang huschte eine kleine, frettchenartige

---

1. Pedanten weisen gerne darauf hin, dass Bananenpflanzen Kräuter sind. Das stimmt. Die Frucht ist jedoch immer noch eine Frucht. Wie viele Früchte sind Bananen süß und passen gut zu Eis und Schokolade, was man von Petersilie nicht behaupten kann.

Gestalt hinter die Vorhänge. Die Gestalt bewegte sich in eine ruhige Ecke hinter der Bühne. Jeden Moment würde er in die Kostümtruhe springen und sich in sein liebenswertes Selbst verwandeln.

»Oh, da bist du ja, Mädel«, sagte Shambles hinter einem Requisitenbaum hervor.

Warum wollte er sich nicht einfach ein paar Kleider schnappen und ein Mensch werden? Ondine dankte dem Himmel, dass er wenigstens wieder mit ihr sprach.

Mit leiser Stimme, um keine Aufmerksamkeit zu erregen, murmelte Ondine: »Hamish, es tut mir leid, was ich vorhin alles gesagt habe. Wirklich.« Vielleicht würde es ihn ermutigen, sein wahres Selbst zu sein, wenn sie seinen richtigen Namen benutzte?

Er verlagerte das Gewicht von einer Pfote auf die andere und blickte zu Boden. »Ja, das hat gesessen. Ich wollte dir doch nur helfen, Mädel.«

»Ich weiß, aber ... ich war wirklich aufgebracht.« Ondine zupfte an ihrem Kohlkostüm herum. »Ich dachte, du könntest dich vielleicht dafür entschuldigen, dass du mich so aufgebracht hast.«

Mit dem denkbar schlechtesten Timing der Welt trat Lord Vincent ins Blickfeld. Er sah so selbstgefällig aus wie immer und sagte: »Das Kostüm steht Ihnen.«

»Passen Sie auf, Sie Karamelljoghurt«, sagte Shambles.[2]

---

2. Jemand von exzellenter Abstammung, der missrät. Die Kombination aus Karamell, das golden und köstlich ist, und Joghurt, der so lieblich und lecker ist, sollte fabelhaft sein, aber stattdessen ist sie schrecklich.

»Wie galant vom Frettchen, Eure Ehre zu verteidigen«, sagte Vincent mit einem höhnischen Grinsen.

Bei seinem Anblick wurde Ondine übel. Was sie betraf, so war es umso besser, je weniger sie mit ihm zu tun hatte. »Was wollt Ihr?«, fragte sie.

»Für Euch heißt es: ‚Was wollt Ihr, Mylord'.«

Ondine kniff die Augen fest zusammen, aber sie verdrehten sich trotzdem hinter ihren Lidern. »Schön. Was wollt Ihr, mylord?« Sie sprach es so aus, dass Vincent wusste, dass sie die Buchstaben nicht großgeschrieben hatte.

»Ich will, dass Ihr verschwindet. Von dem Moment an, als Ihr hier aufgetaucht seid, hatten wir nichts als üble Magie. Der Sturm, der Fischregen, Ausbrüche von Lebensmittelvergiftungen, und jetzt scheint der Seneschall zu wissen, was ich sagen will, bevor ich es sage. Er war schon immer gut darin, die Bedürfnisse der Leute vorauszusehen, aber Gedanken lesen konnte er bisher noch nie.«

»Wie kann irgendetwas davon meine Schuld sein?«, sagte Ondine.

»Weil Ihr ein faules Ei seid und überall, wo Ihr hingeht, üble Magie verbreitet.« Vincent funkelte sie an.

»Passen Sie auf«, sagte Shambles, bäumte sich auf seine Hinterbeine auf und entblößte seine kleinen, bissigen Zähne.

Auf der anderen Seite des Raumes sah Ondine, wie Hetty Ms Kyryl etwas zuflüsterte. Die Angst durchfuhr sie bei dem Gedanken, dass sie Shambles gehört haben könnten. Stattdessen standen Hetty und Ms Kyryl beide auf und wurden ganz zappelig. Eine Röte stahl sich auf Hettys Gesicht. Nein, es war nicht Shambles, der ihre Aufmerksamkeit erregte, es war Vincent. Hetty war hin und weg vom Sohn des Herzogs. *Wenn sie nur wüsste, wie er wirklich war*!

Vincent wich nicht zurück. »Wegen Euch verlangt ein ganzer Hexenzirkel eine Audienz bei meinem Vater, um all diese chaotische Magie zu besprechen. Warum erspart Ihr nicht allen den Ärger und geht einfach?«

Oh, wie er sie wütend machte! »Weil er uns hier haben will, okay? Ihr habt es wahrscheinlich nicht bemerkt, weil Ihr nur an Euch selbst denkt, aber Euer Vater ist krank und wir versuchen herauszufinden, warum.«

»Es ging ihm gut, bevor ihr Leute angekommen seid. Wenn Ihr also wollt, dass es ihm besser geht, solltet Ihr Euch schleunigst verziehen.« Er musterte sie von oben bis unten und grinste höhnisch über ihr Kostüm. »Wenn Ihr bis zum ersten November nicht verschwunden seid, lasse ich Euch wegen Hausfriedensbruchs verhaften.«

Damit grinste er noch einmal höhnisch und marschierte davon. Keinen Augenblick zu früh, was Ondine betraf. Aus dem Augenwinkel sah sie, wie Hetty einen dramatischen Seufzer ausstieß, als wäre gerade der berühmteste Filmstar der Welt vorbeigegangen.

»Wir haben in Schottland ein Sprichwort über Leute wie ihn«, sagte Shambles.

»Ich hoffe, es ist unhöflich.«

»Wäre doch Zeitverschwendung, wenn nicht.«

Ondine lachte und versuchte, die Dinge von der heiteren Seite zu sehen. »Vielleicht hat er recht? Vielleicht sollten wir nach Hause fahren.«

»Und das alles hier zurücklassen? Ich weiß ja nicht, wie es dir geht, Ondi, aber ich *liebe* es. Der erste richtige Job, den ich seit Jahren habe. Ich hab mich noch nie so nützlich oder wichtig gefühlt. Jede Woche habe ich eine andere Wache, es ist so aufregend.«

»Aber … meine Eltern würden dir sofort einen Job geben.« Sie schnippte mit den Fingern. Sie dachte auch: *Und du bist mir wichtig*, konnte es aber wegen des Kloßes in ihrem Hals nicht sagen.

»Aber das wäre kein richtiger Job, nicht wirklich. Eher eine Familienverpflichtung. Und ich dachte, du magst es, wenn ich verantwortungsbewusst bin?«

Ein Schleier legte sich über Ondines Augen.

»Ach, nein, Mädel, wein doch nicht. Es tut mir wirklich leid, dass ich dich aufgebracht habe. Und ich weiß, die Lehrerin macht dir das Leben schwer, aber es tut mir nicht leid, dass ich dir die Antworten besorgt habe. Es war die einzige Möglichkeit, dich davor zu bewahren, nach Hause geschickt zu werden.«

»Aber … wir hätten uns etwas anderes ausdenken sollen.«

»Ich weiß. Aber dafür war keine Zeit. Ich hab mich elender als ein Wurm gefühlt, als ich sah, wie sehr ich dich im Stich gelassen hatte.«

»Danke.« Ondine wischte sich eine Träne der Dankbarkeit weg.

»Jetzt, wo der Herzog weiß, dass du für die Infantin arbeitest, kann Ms Kyryl dir nichts mehr anhaben. Ich bin stolz auf dich, Kleine. Bestimmt kannst du dem Herzog eine Menge über seine verrückte Schwester erzählen, oder?«

»Nein. Das ist ja das Problem.« Ondine spürte, wie ihr die Laune sank. »Es gibt nichts zu erzählen.«

»Aber sicher doch. Diese Infantin, die führt doch immer was im Schilde.«

»Ich wünschte, ich hätte deine Zuversicht.«

Ein paar beruhigende Küsse hätten ihr jetzt gutgetan, aber ihre wahre Liebe war und blieb ein Shambles-Frettchen.

»So sehr wir Vincent auch nicht ausstehen können, in einem Punkt hatte er recht. Hier in der Gegend war in letzter Zeit eine seltsame Magie am Werk«, sagte Shambles.

»Seltsam ist gar kein Ausdruck. Dieser Ort hier ist jenseits von Gut und Böse. Und hast du die Kinder singen gehört? Früher klangen sie wie gequälte Kühe, aber jetzt sind sie der Wahnsinn.«

»Ja, stimmt. Und hast du gesehen, was Ms Kyryl zu Mittag isst?«

»Es ist widerlich.«

Auf der anderen Seite des Raumes aß Ms Kyryl ihr Sandwich auf und begann, Salamischeiben um Apfelschnitze zu wickeln. In der Nähe verputzten die restlichen Schulkinder ihr Mittagessen. Sie aßen wirklich eine ganze Menge. Vielleicht machte das kalte Wetter sie hungrig? Hätten sie nicht alle ihre Dosis Entwurmungsmittel bekommen, wäre die Herzogin überzeugt gewesen, dass sie von Parasiten befallen waren. Hetty hielt ihre Essensschale an den Mund und schaufelte den Inhalt hinein, als würde sie verhungern.

Alle schmatzten so laut, dass Ondine und Shambles ihr Gespräch fortsetzen konnten, ohne belauscht zu werden.

»Ich wette, du hast dem Herzog eine Menge Informationen über Vincent geliefert«, sagte Ondine zu ihm.

Shambles verlagerte das Gewicht auf seinen Pfoten, als wäre der Boden aus Lava. Er blickte auf und schluckte; seine

Stimme war voller Reue. »Abgesehen vom Offensichtlichen, dass er ein totaler Trottel ist, hab ich nichts.«

»Du kannst nicht ›nichts‹ haben?«

Shambles kletterte auf ihren Schoß, sprach aber weiterhin leise. »Ich weiß, ich bin auch schockiert. Es war eine totale Pleite. Ich bin ewig herumgeschlichen, hab gelauscht, so gut ich konnte. Ich hab versucht, Tagebücher durchzugehen, aber da war nichts. Ich dachte, ich würde vielleicht etwas mitkriegen, als die Herzogin in seinen Zimmern auftauchte. Sie hat eine Weile mit ihm geredet, aber ich schwöre, sie haben nichts Belastendes gesagt. Das Meiste, was sie je gesagt hat, ist: ›Eines Tages wird all das dir gehören, du musst bereit sein‹, aber das ist alles. Ich dachte, sie würde mehr sagen, aber das hat sie nicht.«

»Sie wissen, dass wir ihnen auf der Spur sind. Sag mir, Shambles, als du gelauscht hast, hast du sie dabei gesehen oder warst du versteckt?«

»Ich war natürlich versteckt.«

»Verstehe. Vielleicht haben sie also eine Sache gesagt, aber etwas anderes gemeint. Oder vielleicht haben sie Zettel ausgetauscht und du hast es nicht gesehen?«

»Du bist ein kluges Mädchen. Du siehst, warum ich dich hier brauche, damit du mir hilfst, aus all dem schlau zu werden. Schickes Kostüm übrigens.«

Ondine ignorierte das Kompliment, weil sie sich so plump fühlte. »Er muss irgendetwas planen.« Sie fragte sich, ob sie nur misstrauisch war, weil sie Vincent nicht ausstehen konnte, oder ob wirklich etwas im Gange war. »Wenn du nichts hast, was sollen wir dann dem Herzog sagen? Du wirst irgendetwas herausfinden müssen.«

Der Herzog hatte gedroht, dass sie alle nach Hause geschickt würden, wenn sie nicht mehr Informationen bekämen. Ein Hoffnungsschimmer flackerte in Ondines Gedanken auf – sie würde auf ihre alte Schule zurückkehren, wo der Unterricht Sinn ergab und sie sie nicht zwingen würden, sich als unförmiges Gemüse zu verkleiden. Nur wäre Hamish dann nicht glücklich damit, für ihre Eltern in der Kneipe zu arbeiten. Warum konnte nichts einfach sein?

»Äh … wir müssen ihm vielleicht von dem geheimen Vorrat der Herzogin erzählen«, sagte Shambles.

»Damit würde ich noch warten. Er hört nicht gern schlechte Dinge über sie. Hast du sein Gesicht gesehen, als ich von Draguta gesprochen habe? Wenn es hart auf hart käme, würde er sich auf die Seite seiner Frau schlagen und nicht auf unsere. Und es hat keinen Sinn, ihm zu sagen, dass Kerala zu viel trinkt, denn das weiß jeder, er will es nur nicht sehen«, sagte Ondine.

»Ja, es ist wirklich eine Schande, wenn die Leute nicht sehen können, was direkt vor ihrer Nase ist«, sagte Shambles.

»Kinder, auf eure Plätze, bitte«, rief Ms Kyryl.

Ondine schwankte auf die Füße und bauschte ihr Kostüm auf, um ihm wieder die richtige Kohlkopfform zu geben.

»Außer«, meldete sich Shambles zu Wort, »du bist sicher, dass du nichts über die Infantin hast? Sicherlich wäre sie doch etwas wert?«

Schwere Schuld lastete auf ihr. »Die Infantin hat erklärt, sie würde die Herzogin am liebsten die Treppe hinunterstoßen. Aber ich bin sicher, das war nur laut gedacht.«

»Ja, zwischen den beiden herrscht böses Blut.«

»Da hast du recht. Aber … ich möchte das vorerst für uns behalten«, sagte Ondine.

»O nein! Sag mir nicht, dass du anfängst, sie zu mögen?«

Wie konnte sie ihre Gefühle erklären, wenn sie sie selbst nicht einmal verstand? »So eine Art. Ich meine … sie ist gar nicht so übel, wenn man sie erst einmal kennenlernt.«

»Nicht so übel? Sie könnte hinter den Problemen des Herzogs stecken, und du nimmst sie in Schutz! Ondi, Liebling, du musst es dem Herzog sagen. Wenn du ihm nichts gibst, könnte er dich nach Hause schicken.«

»Shambles, vielleicht wäre das das Beste«, sagte sie mit schwerer Stimme. Sicher würden ihre Eltern ihr für den nächsten Monat Hausarrest geben. Vielleicht für das nächste Jahr, aber bei ihrer Familie wusste sie, woran sie war.

»O nein, denk nicht so was. Ich brauche dich hier bei mir, Ondi.«

»Aber alles geht schief.«

»Du kannst nicht gehen!« Shambles' Stimme brach. »O nein, du siehst so traurig aus, du brichst mir das Herz.«

Ondine dachte: *»Und du zerbrichst meins.«*

KAPITEL FÜNFUNDZWANZIG

Am nächsten Tag machten Ondine und Infantin Anathea zusammen frische Pasta und kochten sie mit Petersilie, Basilikum und Butter. Ondine hatte das Gefühl, dass sie eine Art Band geknüpft hatten, was sie bei dem Gedanken, sie zu verpetzen, nur noch elender fühlen ließ.

Als sie mit dem Essen fertig waren, kam Pyotr in die Gemächer der Infantin. Ondines Herz machte einen Satz hinter ihren Rippen.

»Der Herzog möchte Sie jetzt sehen«, sagte er zu Ondine.

»Ach ja, und was hat das zu bedeuten?«, fragte die Infantin.

»Ich weiß es nicht«, sagte Ondine, obwohl sie eine ziemlich genaue Vorstellung hatte, während sich ihr Magen vor Schuldgefühlen verkrampfte.

Als Ondine im Arbeitszimmer des Herzogs ankam, war Hamish bereits da. Wieder in seiner ansehnlichen menschlichen Gestalt und in schicker, sauberer Kleidung. Er sah so reizend aus, wie er aufrecht dastand, als sie hereinkam, und ihm eine Haarsträhne in die Stirn fiel. Es juckte ihr in den Fingern, sie ihm aus dem Gesicht zu streichen. Die Umstände ließen es nicht zu.

»Ondi, ich bin wieder Kellner, ich werde auf dem Halloween-Ball arbeiten. Ich kann dir im Stück zusehen«, sagte er.

Oh, je. »Das ist ... schön«, antwortete sie.

»Ich habe nicht viel Zeit«, sagte der Herzog, seine Stirn schmerzerfüllt in Falten gelegt. Bei seinem Anblick verkrampfte sich etwas hinter Ondines Rippen – es sollte ihm besser gehen, doch stattdessen sah er schlechter aus. Dieses Mal war sein Arbeitszimmer eiskalt und sie musste ihren Kiefer zusammenbeißen, damit ihre Zähne nicht klapperten.

»Ich muss an vier Orten gleichzeitig sein«, sagte der Herzog. »Ondine, Hamish sagt mir, Ihr habt Neuigkeiten?«

Eine Kanonenkugel in den Magen hätte nicht mehr schmerzen können. Ondine sah Hamish an und konnte nicht fassen, dass er sie so hatte auflaufen lassen.

Ein Ausdruck der Scham huschte über Hamishs Gesicht und er sagte mit leiser Stimme: »I würd mein' Job net mach'n, wenn i ihm net sag'n würd, was du mir gesagt hasch.«

Mit trockenem Mund schluckte Ondine.

»Ich warte«, sagte der Herzog, erhob sich von seinem Stuhl und packte Papiere in eine Aktentasche. Ein paarmal zuckte er zusammen und fasste sich an die Seite. Einer der Küchenangestellten kam herein und brachte das zweite Frühstück des Herzogs – ein Tablett mit herzhaftem Gebäck, gefüllt mit Spinat und Feta. Eines davon war bereits halbiert. Der alte Col musste es zuerst gekostet haben.

Der Raum fühlte sich so kalt an, dass es schwerfiel zu sprechen, aber Ondine räusperte sich und sagte: »Die Infantin hat mir gegenüber zugegeben, dass sie Eure Frau gerne die Treppe hinunterstoßen würde.« Sie wünschte, der Boden würde sich auftun und sie verschlucken. »Genau genommen sagte sie nicht, dass sie stoßen würde, nur, wisst Ihr, dass sie sich wünschte, es würde passieren.«

Der Herzog schüttelte den Kopf und runzelte die Stirn. Ihm schien nicht kalt zu sein. Wenn überhaupt, waren seine Wangen gerötet, als wäre ihm heiß. Sogar verärgert. Bedeutete das, dass er mit der Information nicht zufrieden war? In diesem Fall hätte sie lügen und sagen sollen, sie hätte keine Informationen. Schweiß trat auf Pavlas Stirn und er atmete schwer. Dann schien er sich zu fassen und sah Ondine ernst an. »Es tut mir leid, dass Ihr das hören musstet. Aber ich bin dankbar, dass Ihr es mir gesagt habt. Es ist wichtig, mir diese Dinge mitzuteilen. Ihr habt meiner Frau vielleicht das Leben gerettet. Danke, Ondine.«

Wenn es nicht so kalt gewesen wäre, wäre ihr vor Schreck die Kinnlade heruntergefallen.

Am nächsten Tag ging Ondine in die Küche, um Zutaten für das Mittagessen zu holen. Gerade als sie mit ihrem Korb voll Gemüse, Kräutern, Milch und Eiern gehen wollte, erschien Herzogin Kerala. Aus der Nähe konnte Ondine den dunklen Rand um ihr Gesicht sehen, wo die Maske aus Make-up endete und ihr Hals begann.

»Wohin glaubt Ihr, geht Ihr damit?« Die Herzogin zeigte mit einem dicken Finger auf Ondines Essen. In ihrer freien Hand hielt sie ein Glas Rotwein, obwohl das Frühstück kaum vorbei war.

»Es ist für die Infantin, Euer Gnaden«, sagte Ondine und machte einen schnellen Knicks.

»Ach ja, die Frau, die misch die Treppe runterschtoßen will! Na, das wird sie nischt bekommen.« Die Herzogin nahm die Eier heraus. »Oder das.« Sie nahm die Petersilie weg. »Oder das.« Und entfernte die Flasche Milch.

Keine Chance mehr auf ein Omelett.

»Ihr könnt gehen.« Die Herzogin entließ Ondine mit einer Handbewegung, und obwohl sich ihr Kopf bewegte, blieb ihr brauner Helm steif wie ein Stück Holz. »Und sagt dieser Frau, sie kann von Glück reden, überhaupt etwas zu bekommen. All die Unterschtützung, die wir dieser Schmarotzerin geben, und so zahlt sie es unsch zurück.«

Gut, dass die Herzogin die Speckstreifen unter den Zwiebeln nicht gesehen hatte, sonst hätte sie die auch noch mitgenommen. Ondine machte, dass sie so schnell wie möglich von dort wegkam. Als sie die Gemächer der Infantin erreichte, spitzte sich die Lage schnell zu.

Die Infantin warf einen Blick in den Korb und sagte: »Bist du hier, um für mich zu kochen oder um mich zu vergiften?«

Von einer Verrückten zur nächsten. »Das ist alles, was ich bekommen konnte.« Der beste Weg, mit der schlechten Laune der Infantin umzugehen, wäre, mit dem Kochen anzufangen. Das würde zumindest ihre Hände und ihren Geist beschäftigen.

»Im Hühnerhaus werden jeden Tag fünfzig Dutzend Eier gelegt. Du bist mit dem Mädchen dort befreundet. Du willst mir erzählen, dass keine zu haben waren?«

Ondine begann, Zwiebeln zu schneiden. »Euer Durchlaucht, ich hatte welche, aber Ihre Gnaden, die Herzogin, hat sie mir weggenommen. Ich war nicht in der Lage zu widersprechen.« Es waren nicht einmal die schönen roten Zwiebeln, bei denen man nicht so viel weinen muss. Dies waren die extra-billigen weißen Zwiebeln, die einem schon beim ersten Schnitt in den Augen brannten.

»Ihr scheint euch ja so gut zu verstehen«, die Infantin erhob ihre Stimme und fügte eine Schicht Sarkasmus hinzu. »Denn mir wurde vorgeworfen, ich wolle sie die Treppe hinunterstoßen!«

Der Boden würde sich niemals auftun und Ondine verschlucken, also sollte sie aufhören, sich das zu wünschen. Ihre Augen brannten, und das lag nicht an den Zwiebeln. Eine schreckliche Stille erfüllte die Küche. Ondine brachte nicht die Kraft auf, Anathea anzusehen.

»Es tut mir wirklich, wirklich leid.« Sie stellte die Pfanne auf die heiße Platte und warf einen Klacks Butter hinein. Alles, nur um beschäftigt zu bleiben. »Wirklich. Im Ernst.«

»Ich dachte, dir könnte man vertrauen!«

Die Zwiebeln brutzelten in der Pfanne. Ondine wischte sich mit den Fingern über die Augen, was das Brennen nur noch schlimmer machte. »Der Herzog hat mich gezwungen, es zu sagen. Er hätte mich nach Hause geschickt, wenn ich nichts gesagt hätte.« Sie machte sich an den Sellerie und zog so gut es ging die Fäden ab.

»Ich möchte jetzt meinen Tee haben«, sagte die Infantin mit kalter, drohender Stimme.

Ondine schaltete die Herdplatte aus, damit die Zwiebeln nicht anbrannten, und griff nach dem Wasserkessel.

»Ich bin so enttäuscht von dir«, sagte die Infantin.

In Ondine zerbrach etwas. »Ich habe doch gesagt, dass es mir leidtut!« Sie fiel auf die Knie und faltete flehend die Hände, während ihr die Tränen über das Gesicht strömten. »Bitte, findet es in Eurem Herzen, mir zu vergeben, Euer Gnaden. Der Herzog ist paranoid, die Herzogin eine Trinkerin. Sie denken, Ihr habt es auf sie abgesehen. Ich weiß, das stimmt nicht, aber die sind verrückt! Ich musste ihnen etwas sagen, denn wenn sie mich nach Hause schicken, sehe ich Hamish nie wieder.«

Die Infantin trat einen Schritt zurück, damit Ondine ihr nicht auf die Schuhe weinte. »Reiß dich zusammen. Ich kann Geheule nicht ausstehen.«

Ondine packte den Saum ihrer Schürze und trocknete sich das Gesicht.

»Ist Hamish so wichtig, dass du für ihn mein Vertrauen verraten würdest?«

»So habe ich das nicht gesehen«, sagte Ondine. »Er arbeitet hier im Palast, für den Herzog. Wenn Pavla mich also nach Hause schickt, werde ich ihn kaum noch sehen.« Würde die Infantin bemerken, dass Ondine zu feige war, um ihre Frage zu beantworten?

»Warum sollte man dich nach Hause schicken?«

Tief durchatmen. »Weil ich bei meinen Schularbeiten geschummelt habe und Ms Kyryl dem Herzog gesagt hat, er solle mich von der Schule werfen.«

Die Infantin schüttelte den Kopf. »Du bist ein kluges Mädchen. Warum solltest du schummeln müssen?«

»Weil meine Noten so schlecht waren, dass Ms Kyryl mich zu meinen Eltern zurückschicken wollte. Und sie steht der Herzogin nahe, und ich glaube, die Herzogin hasst mich auch. Also hat Hamish mir die Antworten besorgt, aber ich war zu gut, und sie wurde misstrauisch.«

Ein langsames Blinzeln, als ob die Infantin bis zehn zählen müsste. »Dieser Hamish dachte, er würde helfen, und stattdessen hat er dich im Stich gelassen. Ich habe es dir gesagt. So ist es immer mit Männern. Hamish ist auch nur ein Mann, und wie alle Männer wird er dich enttäuschen.«

Ondines Gedanken überschlugen sich, sie wusste nichts zu erwidern. Denn so sehr sie es auch nicht glauben wollte, die Infantin hatte recht.

»Er hat dich bereits im Stich gelassen. Vertrau mir, er wird es wieder tun. Ich wurde von allen Männern in meinem Leben im Stich gelassen. Meine Töchter wurden ebenfalls von den Männern in ihrem Leben im Stich gelassen. Auch du wirst von den Männern in deinem Leben im Stich gelassen werden.«

Nein. Nicht Hamish. So ist er nicht. Und doch nagte ein schrecklicher Gedanke an ihr. Hamish hatte beim Herzog über die Infantin geplaudert, und das hätte privat bleiben sollen. Hätte er den Mund gehalten, wäre sie nicht in dieser Lage. Oh, warum musste alles nur so kompliziert werden?

Anathea blickte auf Ondine herab. »Wann ist meine Tasse Tee fertig?«

KAPITEL SECHSUNDZWANZIG

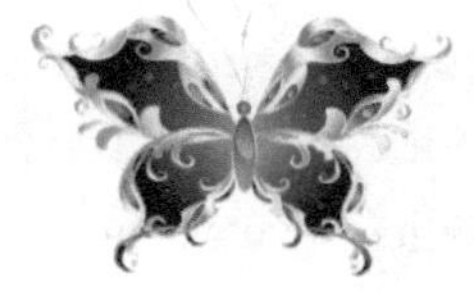

Am Morgen von Halloween war es so kalt, dass Ondine ihren Atem sehen konnte, als sie aus dem Bett stieg. Heute Abend würde sie auf der Bühne ein Kohlkopf sein. Der Gedanke hätte sie mit Grauen und Verlegenheit erfüllen sollen, aber sie hatte weitaus größere Sorgen. Vincent hatte damit gedroht, sie morgen rauszuwerfen, was bedeutete, dass sie, Hamish und Col herausfinden mussten, wer den Herzog so krank machte und wie. Sie brauchten handfeste Beweise. Noch heute.

Wenn ihnen das nicht gelang, könnte Pavla so krank werden, dass er daran sterben würde. Dann würde Vincent einschreiten und die Macht übernehmen. Das durften sie nicht zulassen.

Pyotr klopfte an ihre Tür. »Deine Großtante braucht dich.«

»Was ist es diesmal?«

»Sie liegt im Sterben.«

Peng! Ondine fuhr kerzengerade hoch. »Was?« Sofort dachte sie an ihre Reise im Zug zurück, als die alte Col die Form eines Sarges in den Teeblättern gesehen hatte. Hatte ihre Großtante ihr eigenes nahendes Ende vorhergesehen?

»Anscheinend«, sagte Pyotr. »Die Ärztin ist gerade bei ihr.«

Das ist seltsam, dachte Ondine. Pyotr schien die Frage zu beantworten, die sie nicht einmal laut gestellt hatte. Das könnte erklären, warum er immer zur richtigen Zeit am richtigen Ort war. Lord Vincents Anschuldigungen spielten sich in ihrem Kopf ab – vielleicht war sie für die Verbreitung übler Magie verantwortlich? Aber damit das stimmte, müsste sie selbst ein bisschen magisch sein, und sie hatte keinen einzigen magischen Knochen im Leib. Wenn doch, würde sie sich als Allererstes einen schönen warmen Mantel herbeizaubern.

Mit hämmerndem Herzen folgte Ondine Pyotr zum Zimmer der alten Col und fand sie im Bett vor. Ihre Haut hatte eine graue Blässe. Schweißperlen sammelten sich auf ihrer Stirn.

Die Ärztin sah auf, hielt das Handgelenk der alten Col und nahm Ondine und Pyotr zur Kenntnis, als sie hereinkamen. »Es sind höchstwahrscheinlich Nierensteine. Die sind sehr schmerzhaft. Es könnte gleichzeitig auch eine Lebensmittelvergiftung sein«, sagte sie. »Ich werde einige Tests durchführen müssen.«

»Muss etwas sein, das ich in Norange gegessen habe«, flüsterte Col.

Ondines Augenbrauen schossen in die Höhe. »Du warst in Slaegal?«

»Ja. Bin für vierundzwanzig Stunden rübergehuscht, musste aber sofort wieder zurück. Ich versuche, ihnen bei der Organisation der nächsten CovenCon zu helfen. Sie sollten sie wieder hierher verlegen. Hier geht seltsame Magie um.« Col schien von diesen wenigen Worten erschöpft zu sein. »Ein Haufen Affen könnte nicht inkompetenter sein.« Ihr Magen machte ein Blubbergeräusch.

Die Ärztin unterbrach sie. »Sie müssen genug trinken, um es aus Ihrem System zu spülen. Ich empfehle Ihnen, einen Liter Cranberrysaft pro Tag zu trinken. Sie müssen auch Kohletabletten nehmen, um die Giftstoffe aus Ihrem Körper zu bekommen.«

Der Magen der alten Col machte die seltsamsten Geräusche.

Ondine teilte ihre Sorgen mit der Ärztin. »Der Herzog sah auch nicht sehr gut aus, als ich ihn das letzte Mal gesehen habe. Als ob er Schmerzen hätte. Meinen Sie, er könnte auch Nierensteine haben?«

Bestürzung zeichnete sich auf dem Gesicht der Ärztin ab. »Hat er oxalsäurereiche Lebensmittel gegessen?«

»Äh … wie zum Beispiel?«, fragte Ondine.

Die Ärztin zählte die Zutaten auf: »Spinat, zu viel Salz, zu viel Fleisch?«

Pyotr nickte. »Ich werde Sie direkt zu ihm bringen«, sagte er.

»Gut.« Die Ärztin hob ihre Tasche auf.

»Warten Sie.« Die alte Col hustete und versuchte, sich aufzusetzen. »Bleiben Sie, ich brauche einen Zeugen.« Die Anstrengung des Aufsetzens raubte ihr die Kraft. Sie schloss die Augen, während sich mehr Schweiß auf ihrer Stirn sammelte.

Pyotr holte einige Papiere vom nahegelegenen Tisch. »Deine Großtante hat ihr Testament aufgesetzt, sie braucht zwei Nichtbegünstigte, die ihre Unterschrift bezeugen.«

Pyotr nahm dann einen Stift und legte ihn in die feuchte Handfläche der alten Col. Er schnappte sich ein Buch vom Beistelltisch, um das Papier abzustützen. Die alte Col öffnete ihre schweren Lider und setzte eine krakelige Unterschrift auf beide Papiere.

Panik fraß sich in Ondine fest. »Aber ... Tante Col, du stirbst nicht. Du ... fühlst dich wahrscheinlich nur so.«

Pyotr reichte Ondine die Papiere. Sie konnte sich ein Lächeln nicht verkneifen, als sie sah, dass Hamish alles erben würde.

»Ähm, ich bin keine achtzehn. Darf ich überhaupt unterschreiben?«

»Guter Punkt.« Pyotr gab die Papiere stattdessen der Ärztin.

Eine Ärztin, die gerade dabei war, eine Spritze mit klarer Flüssigkeit aufzuziehen.

»Was ist das?«, fragte Ondine.

»Sind Sie gegen irgendetwas allergisch?«, fragte die Ärztin Col.

»Normalerweise kann mir nichts was anhaben«, sagte Col, während sich Schweißperlen über ihrer Oberlippe bildeten.

»Gut«, sagte die Ärztin. »Das ist ein starkes Schmerzmittel, das die Schmerzen lindert und Ihnen für eine Weile etwas Ruhe verschafft. Nun muss ich mich aber wirklich um den Herzog kümmern.«

»Wird Tante Col wieder gesund?«, fragte Ondine, während sie sich die ganze Zeit fragte, warum Col und der Herzog krank waren, Hamish aber nicht. Zumindest nicht, als sie das letzte Mal nachgesehen hatte. Dann traf es sie wie ein Blitz – Hamish aß kein grünes Blattgemüse, also hatte er wahrscheinlich das verpasst, was Col und den Herzog krank machte. Dann fiel ihr noch etwas ein – wenn Hamish sich verwandelte, ließ er seine Krankheiten und Verletzungen zurück. Gott sei Dank konnte er sich in ein Frettchen verwandeln, das hatte ihm wahrscheinlich das Leben gerettet!

Die Ärztin drehte sich um. »Ich erwarte, dass Ihre Großtante sich gut erholen wird. Aber es hängt davon ab, was sie zu sich genommen hat. Und jetzt etwas sehr Wichtiges: Wenn Sie irgendetwas Seltsames in den Küchen mitbekommen, sagen Sie es mir, in Ordnung?«

»Oh ja, sicher.« Na toll. Noch jemand, der Informationen wollte. Typisch Ondines Glück. Sie war eine wirklich miese Spionin, denn sie wusste rein gar nichts.

In dem Moment, als der Doktor und Pyotr gegangen waren, murmelte Col etwas. Ondine trat näher.

»Tut mir leid, Ondi«, sagte Col, »das alles ist sehr ernst geworden.«

»Wem sagst du das!«

»Muss das Werk der Herzogin sein ... das hier.«

»Also, Col, ich will dich jetzt nicht unter Druck setzen, aber wir müssen uns wirklich ranhalten«, sagte Ondine. »Wenn wir heute Nacht nichts gegen die Herzogin oder die Infantin in die Hand bekommen – und so wie ich das sehe, muss es eine von beiden sein – dann wird Vincent uns morgen rauswerfen.«

Die Spritze des Doktors tat ihre Wirkung, denn ihre Großtante sank in ihre Kissen zurück und brachte kaum zwei Worte zusammen.

Ondine sagte: »Okay, rede nicht, einfach zweimal blinzeln für Ja, einmal für Nein, okay?«

Zweimaliges Blinzeln.

»Gut. Wir wissen also, dass die Herzogin Geld auf ein geheimes Konto abzweigt.«

Zweimaliges Blinzeln.

»Und wir wissen, dass der Herzog wahrscheinlich nichts ahnt.«

Zweimaliges Blinzeln.

»Und die Leute sind krank, auch der Herzog. Mischt also die Herzogin Gift ins Essen?«

Zweimaliges Blinzeln.

»Aber was nützt es ihr, ihren Mann umzubringen? Ich dachte, sie wären verliebt? Wenn sie ihn nicht liebt, warum lässt sie sich nicht scheiden?« Der Zweig zerbrach. »Ah, aber wenn sie sich scheiden ließe, wäre sie aus dem Palast raus und hätte kein Geld. Aber ... Tante Col, ich bin wirklich nicht gut in so was. Wenn der Herzog stirbt, geht alles an Vincent. Aber er ist zu jung, um ... bei Merkurs Flügeln, die Herzogin würde in seinem Namen herrschen, nicht wahr?«

Zweimaliges Blinzeln.

»Also.« Ondine seufzte und spürte, wie sich Kopfschmerzen anbahnten. »Wie sagen wir es dem Herzog?«

Dreimaliges Blinzeln.

»Was bedeutet dreimaliges Blinzeln?«

»Bedeutet ... ich weiß nicht.«

Als Ondine in ihr Zimmer zurückkehrte, fand sie eine wütende Draguta vor, die leise ihren Namen und den der Herzogin verfluchte.

»Du!«, Draguta machte ein spuckendes Geräusch, ihr Gesicht voller Wut. »Dachte, wir Freunde, aber Freundin sticht mir in Rücken!«

»Ich habe nichts getan!«, Ondine streckte beschwichtigend die Handflächen aus.

Draguta schnappte sich ihren Teddy und stopfte ihn in einen Pullover, dann quetschte sie den Pullover in ihren kleinen Koffer. »Herzogin sucht mich auf. Macht vor ganzer Belegschaft Exempel an mir statuiert! Nennt mich Schnüfflerin! Sagt, ich durchwühle ihre Sachen! Ich rühre nie ihre Sachen an. Alles gut, bis du kommst …« Der Rest ihrer Worte ergab keinen Sinn, da Draguta in ihre Muttersprache verfiel.

»Aber ich habe nichts gesagt! Ich habe sogar für dich bei Herzogin Pavla meinen Kopf hingehalten, um dich zu schützen!«

»Schützen? Pah!«

»Tut mir leid.« Es kam nur als ein Piepsen heraus. Schuld verwandelte Ondines Magen in Zement und ihre Stimme klang dünn und wackelig. »Warum hat sie dich eine Schnüfflerin genannt?«

»Irgendwas mit Weinglas und Buch vor paar Wochen. Sagte, sie hat bis jetzt gewartet, damit alle Wäsche für Ernteball sauber ist! Pah! Egal, Kerala ergibt eh nie Sinn. Sie will mich loswerden, ich gehe.«

Es war Ondines Schuld. Und ein bisschen auch die von Hamish. Sie tat dumm, wusste aber genau, wovon Draguta sprach. Das Glas Wein, das sie zurückgelassen hatten, als sie das Hauptbuch zum ersten Mal fanden, um die Herzogin zu verwirren, damit sie dachte, sie hätte es selbst dort gelassen. Offensichtlich hatte es nicht funktioniert. Mit hämmerndem Herzen, feuchten Augen und zitternden Händen ließ sich Ondine auf ihr Bett fallen. Ein fieses, polterndes Klacken hallte durch den Raum, als Draguta die Schlösser ihres Koffers zuschnappen ließ.

Schweigend verfluchte Ondine ihre Entscheidung, Hamish ins Palechia gefolgt zu sein. Alles war von Anfang an so furchtbar schiefgegangen. Nichts in ihrem Leben war jemals so verkorkst gewesen. Sie konnte nicht anders, als zu denken, dass das gesamte Palechia verflucht sein musste.

Und dann sagte eine schreckliche kleine Stimme in ihrem Kopf, dass es nicht die Schuld des Palechias war, sondern ihre.

»Bitte, Draguta, sei nicht böse auf mich. Ich habe versucht zu helfen. Wirklich, das habe ich«, flehte sie.

»Hättest Mund halten sollen.«

Entschuldigungen brachten sie nicht weiter. »So wie ich das sehe, hätte die Herzogin dich sowieso gefeuert. Ich weiß, dass du wütend auf sie bist, aber lass es nicht an mir aus!«

»Klar, dreht sich alles nur um dich!« Draguta hievte ihren Koffer hoch und ging zur Tür. »Eines Tages komme ich in dein Restaurant. Ich bin hohes Tier. Ich bestelle das Beste von allem. Dann kotze ich dir auf den Boden!« Damit stürmte sie den Flur hinunter zum Dienstboteneingang.

Ondine brach in Tränen aus.

KAPITEL SIEBENUNDZWANZIG

Ondine stahl sich von der Generalprobe für das Festspiel davon. Col hatte sich in der letzten Stunde wieder erholt, also brachte sie ihr eine Schale mit Leibspeise – Kartoffelpüree mit Bratensoße.

»Ich wurde vergiftet«, sagte Col zu Ondine. »Ich habe das Recht, mich selbst zu bemitleiden.«

»Hast du dir überlegt, wie wir den Herzog warnen können?«, fragte Ondine.

»Nein.« Die alte Col schüttelte den Kopf. »Und je mehr ich darüber nachdenke, desto überzeugter bin ich, dass er an der Herzogin nichts Böses sehen kann. Wir werden einen unwiderlegbaren Beweis brauchen, bevor er uns glaubt.«

Ondine war frustriert. »Aber dafür haben wir keine Zeit! Wir müssen es ihm einfach erklären und hoffen, dass er zuhört.« Sie griff nach der Schachtel mit den Kohletabletten und schüttelte zehn davon in ihre Handfläche. Sie hinterließen schmierige graue Flecken auf ihrer Haut.

»Ja, ja.« Die alte Col schnappte sich ein Glas Wasser, warf sich eine Tablette in den Mund und leerte das Glas mit einem Schluck zur Hälfte. »Jetzt bist du dran.«

»Ich sehe nicht ein, warum ich das tun muss …«

»Der Arzt hat gesagt, das ist die beste Behandlung für so etwas. In deinem Fall ist Vorbeugen besser als Heilen.«

»Geht es Hamish gut?«

»Fit wie ein Turnschuh. Der Glückspilz.«

»Wo ist er?«

»Er arbeitet in den Küchen, als Kellner. Er tut sein Bestes, um die Quelle der Lebensmittelvergiftung ausfindig zu machen, da nicht nur ich krank bin.«

Ondine würgte, als sie versuchte, die winzige Tablette ihren Hals hinunterzubekommen. Sie schien an Größe zu gewinnen, je näher sie dem hinteren Teil ihrer Zunge kam. Würde sie runtergehen oder wieder herausfliegen?

»Du bist ein gutes Mädchen, dass du dich um mich kümmerst«, sagte Col. »Es tut mir leid, dass ich nicht so oft da war, wie ich es hätte sein sollen. Und ich war bei Weitem keine so gute Anstandsdame, wie ich es deiner Mutter versprochen hatte.«

»Das ist schon in Ordnung, Tante Col, du hattest eine Menge Sorgen.« Ondine war ziemlich froh, dass ihre Großtante so beschäftigt gewesen war. Sonst hätte sie noch weniger Zeit mit Hamish gehabt.

Col gluckste wissend. »Bist du nervös wegen des Festspiels heute Abend?«

Ondine schnitt eine Grimasse. »Nein, es ist mir nur sehr peinlich.«

»Ach, das muss es nicht sein. Der Kohlkopf ist ein sehr wichtiger Teil. Ich bin sicher, du wirst einen großen Applaus bekommen.«

In jener Nacht nahm Ondine ihren Platz auf der Bühne in den dunklen Kulissen neben ihren Schauspielkollegen ein. Sie schickte ein stilles Dankgebet gen Himmel, dass das Stück in ein paar Minuten vorbei sein würde.

Ein schneller Blick durch den Spalt im Vorhang offenbarte einen voll besetzten Ballsaal. Die Leute trugen die erstaunlichsten Kostüme. Prächtige Ballkleider. Hohe Perücken mit Federn. Barocke Pluderhosen. Und das waren nur die Männer! Unter den weiten Röcken waren Frauen, die als Monster, Matrosen und Soldaten verkleidet waren. Vincent war anwesend und trug eine Armeeuniform. Es gab auch mindestens zwei Dutzend Hexen. Keine klassischen Filmhexen mit langen schwarzen Röcken und spitzen Hüten. Das hier waren echte Brugel-Hexen, die erdfarbene Tuniken mit dicken Hosen und schweren Reisemänteln trugen. Auf dem Rücken trugen sie Rucksäcke mit vielen Taschen. Der Rest des Kostüms bestand aus warmen Mützen mit Ohrenklappen und an den Füßen festen Stiefeln. Kleidung, die für Reisen zu Fuß oder zu Pferd entworfen war, nicht für Besenstiele.

Sicher, es war Halloween, aber wie einfallslos, dass sich so viele Frauen als Hexen verkleideten. Vielleicht gab es ein Sonderangebot im Kostümladen?

Sogar Tante Col war als Hexe gekommen. Nach der Art zu urteilen, wie sie praktisch jedes vorbeikommende Canapé inhalierte, hatte sie sich vollständig und, ehrlich gesagt, bemerkenswert von ihrer Krankheit erholt und war wieder dabei, jeden Bissen Essen zu probieren, bevor der Herzog etwas davon bekam.

Wie sehr wünschte sich Ondine, diese Nacht wäre bald vorüber. Bei dem Gedanken, vor so vielen Leuten auf die Bühne zu gehen, flatterten Schmetterlinge in ihrem Bauch. Sie atmete ein paar Mal tief durch und beruhigte ihre Nerven. In diesem Moment hörte sie zwei Frauenstimmen, die näher kamen. Eine davon klang wie die alte Col, die andere Stimme kannte sie nicht. Sie murmelten etwas und versuchten, es geheim zu halten, aber Ondine konnte nicht anders, als ihre Ohren zu spitzen.

Ich sollte es nicht tun. Aber ich bin hier, um zu spionieren, dachte sie, während sie einen Schritt zurücktrat und so angestrengt wie möglich lauschte.

»... müssen CovenCon nach Brugel verlegen, hier ist die seltsame Magie«, sagte Col.

»Einverstanden«, sagte die andere Frau. »... fühlt sich an wie das Epizentrum ... so seltsam.«

»Das trifft es nicht einmal annähernd.«

»... wird stärker.«

»Du spürst es auch?«, fragte Col.

»Oh ja. Es ist dieser Ballsaal. Ist hier irgendetwas Seltsames passiert?«

Ondine konnte sich ein Augenrollen nicht verkneifen. In diesem Ballsaal hatte die alte Col Hamish zum ersten Mal in ein Frettchen verwandelt. Es überraschte sie nicht, dass er ein Zentrum seltsamer Magie sein könnte.

»So stark«, sagte die alte Col.

Gerade als Ondine dachte, *Mann, ihre Stimme klingt nah*, trat ihre Großtante um die Ecke. Gefolgt von der anderen

Frau. Und Ondine fand sich dabei wieder, wie sie in die glänzenden, runden Augen der Ersten Ministerin von Brugel starrte!

Schluck!

Kein Wort kam heraus. Die beiden Frauen – beide als Hexen verkleidet – starrten sie an und bohrten Löcher direkt durch sie hindurch. Tja, sie war gerade beim Belauschen erwischt worden. Und sie musste in ihrem Kohlkopfkostüm ein absolut lächerlicher Anblick sein. Jede Nervosität, die sie vor dem Auftritt gehabt hatte, wurde nun vollständig von der Angst davor, was ihre Großtante ihr antun könnte, verdrängt.

»Sie ist es!«, sagte die Erste Ministerin, wobei ihr der Mund auf eine höchst unparlamentarische Weise aufklappte.

Ondine blickte sich um, sah aber nur die männlichen Darsteller. Sie drehte sich wieder um. Die Erste Ministerin starrte sie weiterhin einfach an.

»Ich?«, fragte Ondine und ihr wurde bis in die gerüschten grünen Socken schlecht.

»Ja, Sie! Sie sind für all das verantwortlich«, sagte die Erste Ministerin.

»Ich glaube vielmehr, dass sie es ist«, sagte die alte Col, was Ondine noch mehr verwirrte. Ihre Großtante wusste, dass sie keine Magie besaß. Vielleicht spielte sie das Spiel nur mit, so wie damals, als sie Ondine aus den Händen der Herzogin hatte lesen lassen?

Noch ein Schlucken. »Ich habe nichts getan.«

»Sie sind es.« Die Erste Ministerin wurde Ondine langsam unheimlich. »Da ist etwas an Ihnen. Sie haben eine seltsame Magie, sie sickert Ihnen aus allen Poren. Das merken Sie gar nicht, oder? Sie sind wie ein Sieb.«

»Aber ich bin ...«, Ondine wusste nicht, was sie war, nur, dass sie kein Wort von dem verstand, was die Erste Ministerin da sagte. Vielleicht hatte sie sich am Plütz vergriffen?

»Du musst auf die Bühne, Mädel«, sagte Col. »Also los.«

Mit schwirrendem Kopf war Ondine nur allzu froh, gehen zu können. Sie nahm ihre Position hinter dem geschlossenen Vorhang auf der Bühne ein und versuchte, einen klaren Gedanken zu fassen. Es gab keinen Zweifel daran, dass im Palechia seltsame Dinge vor sich gingen, aber es war nicht ihre Schuld. Sie hatte Pyotr nicht hellseherisch gemacht oder den Kindern und Ms Kyryl das Singen beigebracht. Oder die Fische vom Himmel fallen lassen. Oder doch? Ihre Großtante hatte sicher nur versucht, die Erste Ministerin zu beeindrucken, das war alles. Ja, das klang absolut vernünftig und glaubhaft.

Stille trat ein, als der Vorhang sich teilte und Ms Kyryl in die Mitte der Bühne trat, um die Eröffnungsansprache zu halten. »Eure Gnaden, der Herzog und die Herzogin von Brugel, Frau Erste Ministerin ...«

Ondine blickte sich in dem überfüllten Raum um und sah, wie die Erste Ministerin ihren Platz einnahm.

»... verehrte Gäste, meine Damen und Herren. Willkommen zum Ernte- und Halloween-Ball im Palechia. Traditionell beginnt der Abend mit der Aufführung der Kinder. Ohne weitere Umschweife präsentiere ich Ihnen die Kinder der Palechia-Schule.«

Ondine kauerte sich schnell in Position und wartete auf ihr Stichwort. Alle Gedanken schwanden, auch der, was sie da oben eigentlich tun sollte. Ein gewaltiger Applaus erfüllte den Raum, als sich der Vorhang teilte und ihr farbenfrohes Papp-Bühnenbild zum Vorschein kam. Plötzlich fühlte sie sich nicht mehr so schlecht. Das würde sie schon schaffen!

Bäuerin Eins und Bauer Zwei schlenderten mit ihren Werkzeugen auf die Bühne. Die Menge brach in Applaus aus.

»Unsere monatelange Mühsal wird bald belohnt werden«, sagte Bäuerin Eins, während sie ihre Papphacke über die Schulter schwang.

»Das ist wahr«, sagte Bauer Zwei und artikulierte deutlich. »Man könnte sogar sagen, unsere Arbeit wird bald Früchte tragen.«

Das Publikum brüllte vor Lachen und jubelte. *Bei Merkurs Flügeln, was für ein dankbares Publikum!*

»Hier ist der Apfel, so süß und reif«, sagte Bäuerin Eins.

Der Junge, der den Apfel spielte, drehte sich und löste sich vom Ast eines Pappbaumes, als hätten die Bauern ihn gerade gepflückt. Das Publikum brach in erneuten Applaus aus.

Bauer Zwei ging zum Gemüsebeet. »Und hier ist die Rübe, hier ist der Kohlkopf!«

Andreas stand auf und sagte: »Ich bin die Rübe«, dann verbeugte er sich.

Das war Ondines Stichwort, aufzustehen und ihren Satz zu sagen: »Ich bin der Kohlkopf.« Als sie sich nach vorne beugte, um sich zu verbeugen, flogen ihre Röcke hinter ihr in die Luft. Das Publikum brüllte vor Lachen, als Andreas, die Rübe, hinter Ondine lugte und so tat, als wäre er schockiert. Genau wie sie es geprobt hatten.

Während sie eine kleine Pirouette drehte, warf sie Sonne

einen Blick zu und machte eine ausholende Geste mit ihrer Hand. Das Stichwort für Sonne, seitlich von der Bühne abzutreten.

»Oh nein, wir haben noch viel zu tun, aber die Sonne verlässt uns«, sagte Bauer Zwei.

»Es wird bald dunkel werden«, sagte Bäuerin Eins.

»Das Licht ist hier«, sagte eine Stimme aus dem Off. Hetty, in ihrem silbrigen Mondkostüm, tänzelte in Position. »Ich bin der Erntemond. Ich werde euch helfen.«

Die Menge tobte. Ondine konnte nicht fassen, was für ein begeistertes Publikum sie hatten. Als sie sich auf den Weg hinter die Bühne machte, während das Stück in die Schlussszenen überging, wartete dort Hamish auf sie.

»Mädel, du warst da oben großartig«, sagte er und lächelte sie an.

Ondine wiegelte das Kompliment mit einer Handbewegung ab, zu abgelenkt davon, wie umwerfend schneidig Hamish in seinem Kelleroutfit aussah.

»Du hast das heute Abend gut gemacht, Mädel«, sagte er und stahl ihr einen schnellen Kuss, der ihr trotz ihres altmodischen Kostüms das Gefühl gab, wunderschön zu sein. »Hier, ich hab dir was aus der Küche mitgebracht.«

»Danke«, sagte Ondine und nahm ein Gebäckstück. »Oooh, die sehen gut aus, was ist da drin?«

Hamish zuckte mit den Schultern. »Mangold und Feta. Na ja, es könnte auch Spinat sein, oder vielleicht Rhabarberblätter.«

Ondine verschluckte sich fast. »Rhabarberblätter? Das ist ein Scherz, oder?«

Verwirrung machte sich auf Hamishs Gesicht breit.

»Nein, ist es nicht. Ich hab gehört, wie die Herzogin es ihnen befohlen hat, um Geld zu sparen, weißt du.«

»Das gibt's doch nicht!«

»Doch. Sie hat ihnen gesagt, sie sollen aufhören, Essen zu verschwenden und Kartoffelschalen in der Suppe verwenden, Rhabarber- und Sellerieblätter im Gebäck. Seitdem halten sie sich an ihre Befehle.«

Ondine wurde am ganzen Körper eiskalt und legte das Gebäck zurück auf Hamishs Teller. »Rhabarberblätter sind giftig!«

»Sind sie das? Aber … das Essen ist voll davon! Es ist der Lieblingssnack des Herzogs!«

Ondine starrte auf den Teller mit dem Gebäck, jedes einzelne ein sauberes Rechteck köstlichen Todes. Sofort schoss ihre Erinnerung an den Moment zurück, als die alte Col im Zug die Teetasse umgestoßen und verkündet hatte: *»Das ist keine Kutsche, meine Liebe, das ist ein Sarg. Wie schade, das bedeutet, dass jemand sterben wird.«*

»Bei Plutos Geist!«, keuchte Ondine. »Col ist nicht in Slaegal krank geworden, sie wurde genau hier vergiftet. Wirf das in den Müll. Wir müssen die Leute davon abhalten, es zu essen.«

Ondine stürmte in den Ballsaal und rannte direkt auf den Herzog zu. Er war als barocker Dandy mit einem goldenen Gehstock verkleidet. Sie verlor beinahe den Halt, als ihre bauschigen Röcke die schockierten Gäste zur Seite stießen.

Der Herzog sah blass aus, während er sich auf seinen Gehstock stützte. In der anderen Hand hielt er ein Gebäckstück.

»Nein!«, schrie Ondine, während sie rannte. »Essen Sie

die grünen nicht!« Innerlich flehte sie die ganze Zeit: *Er darf nicht sterben. Die Teeblätter dürfen nicht wahr werden!*

Dem Herzog klappte der Mund auf, seine Augen wurden rund und erschrocken beim Anblick des menschlichen Kohlkopfs, der auf ihn zuraste.

»Sie bringen Euch um!«, schrie Ondine, als sie sich auf den Herzog warf. Alle im Raum schnappten nach Luft, als sie abhob. Sie schlug dem Herzog das Gebäck aus der Hand und schaffte es gleichzeitig, einen Kellner mit einem Tablett voller Essen umzuwerfen.

Uff! Sie landete mit einem dumpfen Aufprall in einem Schauer von Horsd'œuvres.

»Was hat das zu bedeuten?«, der Herzog sah aus, als würde er gleich explodieren.

Bevor sie sich zügeln konnte, rief Ondine: »Bitte, Euer Gnaden, Ihr dürft das Essen nicht essen. Es sind giftige Rhabarberblätter darin. Es ist die Schuld der Herzogin, sie hat den Köchen befohlen, es zu tun.«

»Wie könnt Ihr es wagen!«, donnerte der Herzog.

Oh nein! Ondine hatte völlig vergessen, dass der Herzog nichts Schlechtes über seine Frau hören wollte. Aber dieses Mal war es nicht zu ändern. Wenn der Herzog überleben wollte, musste er zuhören. Das bedeutete, Ondine musste jeden letzten Funken Mut zusammenkratzen und ihm sagen, was sie wusste.

»Bitte, Euer Gnaden, Rhabarberblätter sind giftig. Deshalb wart Ihr so krank. Deshalb wurde auch die alte Col krank. Die Herzogin hat dem Küchenpersonal gesagt, sie in den Speisen zu verwenden, und sie wusste, dass das Gebäck Euer Lieblingsessen ist!«

»Aber -«, setzte der Herzog an.

»Ich habe nischt dergleichen getan!«, schritt Herzogin Kerala auf sie zu, ein Glas Rotwein in der Hand. Sie war wie ihr Sohn als Soldatin verkleidet, und der finstere Blick auf ihrem Gesicht ließ sie wirklich so aussehen.

Inzwischen hatten Hamish und die alte Col zu Ondine aufgeschlossen.

»Doch, das habt Ihr!«, Ondines Stimme zitterte, als sie sich der Herzogin entgegenstellte. Der ganze Raum wurde still und ihr wurde schlecht vor Angst. »Hamish hat Euch belauscht, nicht wahr, Hamish?«

Alle sahen Hamish an.

Aus dem Augenwinkel sah Ondine die Infantin, die als Filmstarlet der 1920er Jahre gekleidet war. Die Infantin sah Ondine an und schüttelte langsam den Kopf. Als wollte sie sagen: Jetzt wirst du es sehen. Hamish wird dich im Stich lassen.[1]

Der Raum war voller Menschen, aber es war so still, dass Ondine hören konnte, wie Hamish sein Gewicht in seinen neuen Schuhen verlagerte. Die ganze Zeit über hoffte sie weiter: *Nein, er wird mich nicht im Stich lassen. Ich weiß es.*

Die Zeit dehnte sich bis zum Zerreißen.

Still betete Ondine: *Oh Hamish, bitte sag etwas.*

»Aye, das stimmt«, sagte Hamish.

Bei diesen drei Worten überkam Ondine eine Welle der Erleichterung. Sie konnte nicht anders als zu lächeln, als er

1. Außer, dass sie wahrscheinlich gesagt hätte: »Du wirst von Hamish im Stich gelassen werden«, wegen ihrer Vorliebe für das Passiv.

fortfuhr; jedes Wort von seinen Lippen untermauerte ihre Behauptung.

»Ich habe gesehen, wie Ihr das Küchenpersonal zur Schnecke gemacht habt, weil es Essen verschwendet hat«, sagte er zu der Herzogin.

»Ihr lügt«, antwortete sie und nahm einen weiteren Schluck Wein.

Greifbare Spannung durchzog den Raum.

»Vielleicht, wenn Ihr nicht so viel saufen würdet, könntet Ihr Euch erinnern«, sagte Hamish.

Die Menge schnappte angesichts des massiven Protokollbruchs nach Luft.

Bei Jupiters Monden, die Sache wurde wirklich hässlich! Doch in diesem Moment war Ondine noch nie stolzer auf Hamish gewesen.

Die Herzogin sah wütend genug aus, um Blitze aus den Augen zu schießen. »Ihr habt kein Recht dazu.«

Eine geringere Person wäre unter dem Blick der Herzogin zerfallen. Alle starrten Hamish an, die meisten von ihnen fragten sich wahrscheinlich, wer er war und woher er den Mut nahm, der Herzogin so etwas zu sagen.

»Er hat jedes Recht.« Die Infantin trat vor, und wenn Ondine es nicht besser gewusst hätte, hätte sie schwören können, dass Anathea lächelte. »Wenn Euer betrunkenes Verhalten die Gesundheit des Herzogs gefährdet hat, dann tut dieser Mann das Richtige.«

»Das würdet Ihr wohl schagen«, sagte die Herzogin.

Ondine warf einen schnellen Blick durch den besorgten Raum. Sie erhaschte den Blick der alten Col und bemerkte, dass ihre Großtante die Herzogin mit Blicken erdolchte. »Ihr werdet die Wahrheit sagen!«, befahl die alte Col.

Die Herzogin stieß ein seltsames Geräusch hinten in ihrer Kehle aus und biss die Zähne zusammen, weigerte sich zu sprechen. In der Menge hinter der alten Col sah Ondine, wie viele der hexenhaften Frauen zusammenkauerten und tuschelnd miteinander redeten. Sie fragte sich plötzlich, ob sie nicht nur so taten, als wären sie Hexen, sondern ob sie im wirklichen Leben echte Hexen waren.

»Ich fühle mich nicht so gut«, sagte der Herzog und wurde blass. Alle schnappten nach Luft. Ondine fand sie alle bemitleidenswert und feige.

»Nun, steht nicht nur herum«, rief sie. »Holt jemand einen Arzt!«

Der Herzog sackte in Ondines Arme. Er war so schwer, dass sie ihn nicht halten konnte. Sie fielen mit einem dumpfen Plumps aus grünen Kohlröcken zu Boden.

Zum Glück für den Herzog waren auf dem Ernteball drei Ärzte anwesend, einer als Ballerina verkleidet, einer als Echsenmonster und die dritte als eine weitere Hexe. Sie legten ihn auf eine Chaiselongue in einer der Bibliotheken.

»Es sind Nierensteine«, sagte die als Hexe verkleidete Ärztin. Sie war diejenige, die den alten Col und den Herzog schon zuvor behandelt hatte. Sie ließ den Herzog eine Tablette von der Größe seines Daumens schlucken. »Wenn das, was Sie sagen, wahr ist und er Rhabarberblätter gegessen hat, dann kann er von Glück reden, noch am Leben zu sein.«

Ondine atmete erleichtert auf.

»Oh, mein lieber Liebling«, sagte die Herzogin und übersäte die Stirn ihres Mannes mit Küssen.

Die Worte der Herzogin klangen für Ondine nicht aufrichtig. Sie sah Hamish an und er sah sie an. Während sich alle anderen um den Herzog bemühten, schlichen sich Ondine und Hamish aus dem Zimmer.

»Wo wollt ihr denn hin?« Ondine kannte diese Stimme. Oh, warum musste Vincent ausgerechnet jetzt auftauchen? Er stand direkt vor ihnen und versperrte ihnen den Weg.

Quietsch! »Du bist es!«, rief eine andere Stimme, die Ondine kannte.

Genial! Es war Hetty, und sie kam gerade in ihrem schimmernden Mondkostüm um die Ecke gebogen.

»Tut mir leid, Hetty, du musst für Brugel herhalten«, sagte Hamish. Blitzschnell packte er sie und warf sie Vincent in den Weg. Es folgten frustrierte Grunzer (von Vincent) und vergnügte Kreischer (von Hetty), als sie ihr Idol mit Küssen überschüttete.

»Gut gemacht!«, sagte Ondine, während sie und Hamish den restlichen Weg zu den Gemächern der Herzogin stürmten.

Ihr Kohlkostüm war so breit, dass sie Dinge umwarf. Sie mussten kurz anhalten, als Hamish ihr half, den Stoff über den Kopf zu ziehen. Sie kam sich albern vor, wie sie da in einem grünen Rollkragenpullover und Strumpfhosen stand, aber sie brauchte Beweglichkeit, nicht die neueste Mode. Gemeinsam manövrierten sie an all den polierten, zerbrechlichen Gegenständen vorbei.

Im Schlafzimmer erfüllten frisch arrangierte Ingwerlilien

die Luft mit einem so süßlichen Geruch, dass Ondine niesen musste.

Das Hauptbuch war noch immer in seinem Versteck. Die handgeschriebene Bilanz ebenfalls.

»Wir brauchen beides, sonst wird der Herzog uns nicht glauben«, sagte Ondine.

»Ich weiß.« Hamish schraubte eine Flasche Weißwein auf. »Wir müssen das richtig verkaufen. Wir müssen absolut standhaft bleiben.«

»Was tust du da?«, fragte Ondine.

»Mir Mut antrinken.« Hamish setzte die Flasche an den Hals und nahm einen kräftigen Schluck. Ein seltsamer Ausdruck trat auf sein Gesicht.

»Schlechter Jahrgang?«, fragte Ondine, da sie dachte, der Wein sei schlecht geworden.

Hamish starrte auf die Flasche. »Das ist … das ist gar kein Wein. Das ist Apfelsaft!«

KAPITEL ACHTUNDZWANZIG

»APFELSAFT? Das ergibt keinen Sinn.« Ondine griff nach der Flasche und roch tief daran. Der süßliche Geruch von Äpfeln stieg ihr in die Nase. Sie nahm trotzdem einen Schluck und schmeckte die Wahrheit. Hamish hatte sich bereits eine Flasche Rotwein vorgenommen. Obwohl das Etikett eine Ernte aus dem vorigen Jahrzehnt anpries, hätte er, Hamishs Gesichtsausdruck nach zu urteilen, auch erst letzte Woche abgefüllt worden sein können.

»Traubensaft«, sagte er und bot sie Ondine an.

Sie roch und kostete auch diese. Obwohl sie keinen Alkohol enthielt, begann ihr Kopf zu schwirren. »Aber ... wenn die Herzogin immer ein bisschen angesäuselt ist, warum sind diese Flaschen dann mit Saft statt mit Wein gefüllt?«

Hamish schüttelte den Kopf, nahm dann eine weitere Flasche und drehte den Verschluss auf. »Hörst du das?«

»Nein.«

»Eben. Kein Knistern, kein Brechen eines Siegels. Diese Flaschen wurden alle geleert und wieder aufgefüllt.«

»Von wem?« In ihrem Kopf hörte Ondine ihre Mutter sagen: *Von wem, Liebes.*

»Von der Herzogin. Sie ist überhaupt keine traurige, alte Trinkerin. Sie ist stocknüchtern. Sie will nur alle glauben machen, sie sei betrunken, damit niemand Verdacht schöpft.«

Bei diesem Gedanken spürte Ondine, wie ihre Augen größer wurden. »Kein Wunder, dass sie so viel vertragen konnte, es war alles nur eine Vorstellung.«

»Genau.« Hamish schnappte sich zwei Flaschen und klemmte sie sich unter den Arm, dann nahm er das Kassenbuch. »Ist dir mal aufgefallen, wie unwohl sich alle fühlen, wenn sie herumtorkelt und laut wird? Du schaust weg. Du willst nicht, dass sie dich ins Visier nimmt, weil sie eine tobende Säuferin ist. Nur dass wir in diesem Fall alle wegschauen, damit wir nicht bemerken, was sie wirklich vorhat.«

»Das ist so schlau!«, platzte es aus Ondine heraus.

»Ondi, meine Liebe, sie hat versucht, ihren Mann umzubringen!«, sagte Hamish und führte sie zurück in den Flur.

»Sie hat es direkt vor unseren Augen getan. Du warst in der Küche und hast zugesehen, wie sie das Personal angeschrien hat, aber du hast es nicht gemerkt.«

Hamishs Stimme triefte vor Sarkasmus: »Danke für dein Vertrauen.«

Sie joggten zurück zu dem Zimmer, in das die Ärzte den Herzog gebracht hatten.

»Oh, Hamish, mir ist gerade etwas klar geworden«, keuchte Ondine. »Du hast gesagt, die Herzogin hat zu Vincent gesagt: ‚Eines Tages wird all das dir gehören.' Das war wirklich keine bloße Redewendung.«

»Aye. Ich hoffe nur, wir kommen für den Herzog nicht zu spät.«

Auf der Chaiselongue ausgestreckt, sah der Herzog todkrank aus. Schweiß rann ihm in Bächen über das Gesicht. Sein Haar klebte ihm in nassen Strähnen an der Kopfhaut.

Die Herzogin saß weinend an seiner Seite, während die drei Ärzte in der Ecke die Lage unter sich besprachen. In einem Stuhl in der Nähe saß die Erste Ministerin und neben ihr die Infantin.

»Ich glaube, wir werden mehr als nur Ärzte brauchen«, sagte Ondine.

Die Herzogin drehte sich um und funkelte sie wütend an. »Schafft diese Eindringlinge hier raus«, befahl sie.

»Es ist vorbei, Kerala«, sagte Hamish und hielt die beiden Flaschen Nicht-Wein hoch. »Wir kennen dein kleines, schmutziges Geheimnis.«

»Ich habe keine Geheimnisse!«, sagte die Herzogin.

»Ich glaube schon.« Ondines Mund wurde vollkommen trocken. »Mein Herzog, es tut mir außerordentlich leid, dass Ihr das hören müsst, aber Eure geliebte Frau hat Euch nicht nur vergiftet, sie hat Euch auch bestohlen.«

Der Herzog wimmerte, sagte aber nichts.

Die Herzogin schrie sie an: »Versucht Ihr, ihn umzubringen?«

»Nein, aber Ihr tut es«, sagte Ondine, deren Herz gegen ihre Rippen hämmerte. »Wir wissen, dass der Wein nur Show ist. Es ist nur Fruchtsaft. Wir haben das Kassenbuch und wir haben Eure geheimen Bankdaten.«

»Wie könnt Ihr es wagen!«, sagte die Herzogin zwischen zusammengebissenen Zähnen.

Der Herzog wimmerte noch mehr, vor Schmerz in seinen Nieren und wahrscheinlich auch vor Schmerz in seinem Herzen.

Die alte Col starrte die Herzogin an, als diese leise einen dunklen Zauber murmelte, der mit der grausigen Drohung endete: »Sprich Wahrheit, nicht Lügen, oder der nächste Herzog muss büßen.«

Ondine bemerkte, dass sie den nächsten Herzog verfluchte, nicht den jetzigen. Der Herzogin war es egal, ob der jetzige Herzog starb, aber Vincent war ihr sehr wichtig. Ohne Vincent, keine Chance, in seinem Namen zu herrschen.

Die Herzogin stöhnte auf und versuchte, ihren Mund zuzukneifen, aber der Blick der alten Col wirkte wie ein Bohrer, der sich durch die Schichten der Verschleierung grub. Die Worte der Herzogin kamen als ersticktes Knurren heraus: »Ich tat es für Brugel.« Erschöpft brach sie besiegt auf dem Boden zusammen und sagte nichts mehr.

Von seinem Krankenbett aus wimmerte Herzog Pavla erneut.

Die Erste Ministerin ergriff das Wort: »Ich werde für Montagmorgen als Erstes eine dringende Sitzung des Dentats einberufen.«[1]

»Bedeutet das, dass Lord Vincent immer noch der neue Herzog wird?«, fragte Ondine, als sie und Hamish in den

1. Das Dentat ist das Äquivalent zum Parlament in Brugel. Dentat bedeutet »der Ort mit den Zähnen«.

Ballsaal zurückkehrten. Sie hatten sich eine warme Hose und einen Mantel besorgt, sodass Ondine nicht mehr wie eine grüne Bohne aussah. Im Ballsaal hatte sich die Partystimmung verflüchtigt – was angesichts der Umstände auch richtig war. Wegen Ondines Warnung hatten die Leute aufgehört, vom Essen zu nehmen.

Die Polizei ließ jedoch niemanden gehen, also spielte die Kapelle weiter, obwohl niemand tanzte.

»Ich hoffe nicht.« Hamish schauderte bei dem Gedanken. »Wer wird also der nächste Herzog sein?«

»Ich glaube, die Erste Ministerin prüft gerade die Verfassung.«

Wo wir gerade von ihr sprachen, betrat die Frau selbst den Ballsaal. »Ah, da sind Sie ja«, sagte sie und steuerte geradewegs auf die Infantin zu.

Ondine und Hamish waren nah genug dran, um mitzuhören, ohne die Ohren spitzen zu müssen.

»Euer Gnaden, ich habe die Verfassung bezüglich der Erbfolge geprüft. Darin heißt es, dass, solange der Herzog aus Gründen körperlicher oder geistiger Krankheit handlungsunfähig ist, der nächste Verwandte über einundzwanzig Jahren an seiner statt regieren soll, und zwar so lange, bis der Herzog sich vollständig erholt oder verstirbt.«

Der Infantin klappte vor Schreck die Kinnlade herunter.

»Seien Sie unbesorgt, die Ärzte gehen davon aus, dass Lord Pavla sich mit der Zeit vollständig erholen wird«, sagte die Erste Ministerin.

Ondine beugte sich näher zu Hamish, eine Geste, von der ihr Gehirn etwas benebelt wurde. »Bedeutet das, dass Anathea Herzogin von Brugel wird?«, flüsterte sie.

»So scheint es.«

Alle im Ballsaal standen da und sahen zu, wie die Erste Ministerin, als Hexe verkleidet, die Infantin, als Stummfilmstar verkleidet, ihre Hand auf eine gebundene Ausgabe der Verfassung legen und den Eid von Brugel schwören ließ.

Die Infantin sprach den Eid mit fester Stimme und ohne einen einzigen Fehler nach.

Die Erste Ministerin schüttelte der neuen Herzogin die Hand und machte dann einen tiefen Knicks. »Ich danke Euch, Euer Gnaden.«

Eine Gruppe von Kellnern erschien mit Champagnerflöten und begann, sie zu verteilen. Hamish schnappte sich zwei Flöten und bot Ondine eine an.

Die Erste Ministerin hob ihr Glas in die Höhe. »Ich möchte einen Toast ausbringen. Auf Ihre Herrlichkeit, Herzogin Anathea die Erste von Brugel.«

»Anathea die Erste«, sagten alle. Ondine und Hamish erhoben ihre Gläser und nahmen einen Schluck.

Die Bläschen kitzelten Ondine in der Nase. Würde es jemandem auffallen, wenn sie einen Zuckerwürfel hineinplumpsen ließe, um den Geschmack zu verbessern?

»Euer Gnaden«, sagte Ondine und machte einen schnellen Knicks, als Anathea sich ihr zuwandte.

Der Raum wurde wieder still.

Anathea nickte und schenkte ihr das flüchtigste Lächeln. »Die Gesundheit meines Bruders ist von größter Bedeutung. Er wird gut versorgt, was zum Teil Ihnen zu verdanken ist. Sollten Sie irgendetwas benötigen, brauchen Sie nur zu fragen.«

Ondine sprang das Herz aus Dankbarkeit in den Hals. Sie

ergriff die Gelegenheit, eine Schuld zu begleichen. »Tatsächlich gibt es da eine Sache. Könnte Draguta Matice bitte ihre Stelle zurückbekommen? Die vorherige Herzogin hat sie entlassen und ...«

Gemurmel ging durch die Menge, als die Leute »unverschämtes Mädchen«, »undankbar« und »sie übertreibt es« sagten.

Ein weiteres kleines Lächeln und Anathea nickte. »Das wird erledigt.« Sie trat vor, die regierende Herzogin von Brugel, und schüttelte Ondines Hand, um die Abmachung zu besiegeln. Dann sagte sie mit leiser Stimme zu ihnen: »Sie müssen Hamish sein. Wenn sich die Lage etwas beruhigt hat, müssen Sie mir genau erzählen, welche Art von Tätigkeit Sie für den Herzog ausgeübt haben. Ihre Fähigkeiten werden in den kommenden Monaten sehr gefragt sein.«

»Aye«, sagte Hamish.

Ondine griff nach seiner Hand und hoffte insgeheim, dass er nicht im Begriff war, eine weitere Stelle anzunehmen, die sie über den Winter an diesem seltsamen Ort festhalten würde.

Die ganze Zeit über hatte die Erste Ministerin Ondine nicht aus den Augen gelassen, was ihr das Gefühl gab, wegen irgendetwas unter Verdacht zu stehen. »Sie sind ein sehr kluges Mädchen. Ich werde Sie sehr bald zu einem Mittagessen im Dentate einladen.«

»Ich wäre geehrt«, sagte Ondine und konnte es kaum glauben. Die Erste Ministerin verunsicherte sie, aber vielleicht würde sie beim Mittagessen lockerer werden? Die Zeit würde es zeigen.

Pyotr bewies einmal mehr sein Talent, zur richtigen Zeit

am richtigen Ort zu sein, trat näher und verbeugte sich tief. »Meine Herzogin, Ihnen und Ihrem Haushalt biete ich meine Dienste an.«

»Ach ja?«, sagte Anathea mit zurückhaltender Stimme. »Und welche Dienste wären das?«

»Ganz wie es Euch beliebt, Euer Gnaden. Ich diente Herzog Pavla zu seinem Vergnügen. Nun biete ich Ihnen meine Dienste und meine Loyalität an.«

Ondine konnte nicht umhin zu denken, wie schnell Pyotr seinen Zug gemacht hatte. »Ich brauche etwas Luft«, flüsterte sie Hamish zu.

»Aye, ich könnte auch einen klaren Kopf gebrauchen«, sagte er und führte sie zu den hinteren Gärten. Sie stellten ihre kaum berührten Champagnergläser auf einen Beistelltisch.

»Wohin gehen Sie?« Ein Polizist trat auf sie zu. »Wir werden Ihre Aussagen benötigen.«

»Wir gehen nur raus zu den Freudenfeuern«, sagte Ondine.

»Solange Sie das Gelände nicht verlassen.« Das wurde in einem Ton gesagt, der Ondine das Gefühl gab, dass sie in Schwierigkeiten steckten.

»Aye, wir gehen nirgendwo hin«, sagte Hamish und legte Ondine eine warme Hand auf den Rücken, als sie nach draußen gingen.

Die kühle Luft half, Ondines Kopf freizubekommen. Sie schlug ihren Mantelkragen hoch, um ihren Hals zu schützen. Hamish legte schützend einen Arm um ihre Schulter, als sie sich dem Freudenfeuer näherten. Der Vollmond war vor zwei

Nächten gewesen. Ohne die Wolkendecke hätten sie heute Nacht eine fette Kugel am Himmel haben können.

Statt eines großen Feuers gab es mehrere kleine, die über ein weites Gebiet verteilt waren. Um jede Glut herum tummelten sich die Menschen und sonnten sich in der Wärme des orange-roten Scheins. Diejenigen, die besonders leicht entflammbare Kostüme trugen, hielten etwas mehr Abstand.

Wie es Brauch war, schrieben die Leute auf Zettel, was sie bereuten, und warfen sie in die Flammen, um sich von der Vergangenheit zu verabschieden und die Zukunft zu reinigen.

Ondine schüttelte den Kopf und sagte: »Ich glaube, ich hatte für eine Nacht genug Aufregung.«

»Ja, Mädel, ich auch.« Hamish schenkte ihr ein umwerfendes Lächeln, das ihr die Knie weich werden ließ.

»Ich habe noch keinen Zettel geschrieben.« Ondine griff nach einem Stück Papier in ihre Taschen, fand aber nichts.

Hamish sah sich um und entdeckte noch ein paar Hexen. Dampf stieg von ihren warmen Getränken auf. »Dürfte ich Sie um einen Stift und Papier bitten?«

Er musste ihnen eines seiner unverkennbaren Lächeln geschenkt haben, denn die drei Hexen kicherten und gaben ihm einen Stift und einen ganzen Notizblock.

»Danke«, sagte er und wandte sich dann Ondine zu.

Sie fanden einen ruhigen Teil des Gartens in der Nähe eines der kleineren Feuer und setzten sich auf den feuchten Boden. Ondine zog ihren Mantel eng um sich. Das Stück Papier, das sie in der Hand hielt, fühlte sich zu klein an, um all ihr Bedauern und ihre schlechten Angewohnheiten darauf unterzubringen.

Sie schrieb: »Ich mag es nicht, Lügen zu erzählen.« Darunter schrieb sie: »Ich mag es nicht, Leute auszuspionieren«, und: »Ich mag es nicht, andere Leute in Schwierigkeiten zu bringen.« Kaum hatte sie das geschrieben, bereute sie schon wieder etwas Neues: »Ich wünschte, ich wäre zu Hause geblieben.«

Als sie ihre Notiz noch einmal las, verzog sie nachdenklich den Mund. Sie und Hamish hatten gerade das Leben des Herzogs gerettet und verhindert, dass Kerala sich an die Macht vergiftete. Wären sie zu Hause geblieben, wäre der Herzog jetzt vielleicht tot.

Sie strich die letzte Zeile durch.

»Schreibst du einen Aufsatz, Mädel?«, fragte Hamish und legte sein Kinn auf ihre Schulter, um zu sehen, was sie geschrieben hatte.

Der kalte Wind küsste Ondines Wangen, und sie drehte ihren Körper so, dass Hamish ihr als Windschutz diente.

»Was hast du geschrieben, Hamish?«

»Nicht viel.« Er zeigte ihr das Papier. Darauf hatte er geschrieben: »Ich wünschte, ich hätte mehr Zeit mit Ondine verbracht.«

»Oh!« Sie unterdrückte ein Schluchzen, schnappte sich dann ihr Papier, drehte es um und schrieb schnell: »Ich wünschte, ich hätte mehr Zeit mit Hamish verbracht.«

Hamish zog Ondine in eine Umarmung und küsste sie. Es wärmte ihren Körper von innen, während sich die kalte Luft um sie legte und auf ihrer Haut prickelte.

Ondine löste sich von ihm und atmete durch die Nase ein. »Ich glaube, ich kann Schnee riechen«, sagte sie.

Hamishs Augenbrauen schossen überrascht in die Höhe. »Du kannst das Wetter riechen? Bist du sicher, dass du nicht hellsehen kannst?«

»Ich bin sicher.« Ondine grinste und sagte: »Schließ die Augen, atme durch die Nase. Riechst du diesen sauberen, kalten, ozonartigen Geruch?«

»Aber wir haben doch erst Ende Oktober.«

»Du glaubst mir nicht?«

Hamish grinste, schloss dann die Augen und folgte Ondines Beispiel. Seine Nasenflügel blähten sich. Er neigte den Kopf und nieste.

Ondine lachte und umarmte Hamish erneut. »Komm, wärmen wir uns auf.«

Hand in Hand gingen sie an den Rand eines Feuers. Die kalte Luft schmiegte sich an ihre Rücken, das Freudenfeuer taute ihre Gesichter auf. Ondine zerknüllte ihr Papier und warf es auf den brennenden Haufen. Es löste sich in den Flammen auf und schickte eine Wolke winziger Funken in den Nachthimmel.

Hamish formte sein Papier zu einem Pfeil und warf ihn weiter nach unten. Er wurde schwarz, behielt für eine halbe Sekunde seine Form und löste sich dann in flammenden Dampf auf.

Es fühlte sich so herrlich an, am Freudenfeuer zu stehen, dass Ondine gar nicht mehr wegwollte. Sie standen gut zehn Minuten lang zusammen, balancierend zwischen der kalten Luft und dem Hochofen. Ein Schritt näher und sie würden verbrennen, ein Schritt zurück und sie würden sich eine

Erkältung holen. Hamish legte seine Arme um ihre Schultern. Sie schmiegte sich an ihn und fühlte sich beschützt.

»Na, so was ...« Hamish stieß Ondine an, damit sie zum Himmel blickte. »Schau, Ondi, es schneit wirklich.«

Ondine blinzelte. Schneegestöber huschte über den Himmel und verdampfte, als es das Freudenfeuer berührte. Sie blickte zurück zum Palechia, um zu sehen, wie weiche Flocken auf Fensterbänken und den Spitzen perfekt gepflegter Hecken landeten und jede Oberfläche wie mit Puderzucker bestäubten.

Ondine lächelte und sagte: »Ich hab dir doch gesagt, dass ich Schnee riechen kann.«

Hamish zog Ondine in eine Umarmung und küsste die Spitze ihrer kalten Nase. »Es tut mir zutiefst leid, was für Schwierigkeiten ich dir bereitet habe. Ich hätte mir einen besseren Weg ausdenken sollen, dir zu helfen, als bei deinen Schulprüfungen zu schummeln.«

Tränen verschleierten ihre Sicht. »Oh, Hamish, es tut mir leid, wie ich reagiert habe. Ich weiß, du hast nur versucht, einen Weg zu finden, damit ich hier bei dir bleiben kann.«

Er umarmte sie ein wenig fester. »Du hast mir jedes Mal das Herz gebrochen, wenn ich dachte, du könntest gehen.«

»Ich habe es nicht gemocht, mit dir zu streiten. Dafür bin ich nicht gemacht«, sagte Ondine. »Alle hier sind so kaputt, das ist ansteckend.«

»Ja. Vielleicht sollten wir in die Kneipe deiner Eltern zurückgehen.«

Eine Leichtigkeit erfüllte sie. Er wollte nach Hause? Sie wischte sich die Augen. »Das würdest du für mich tun?«

»Jederzeit.« Er schenkte ihr eines dieser Grinsen, die sie

so lieben gelernt hatte. Die, bei denen es ihr innerlich ganz warm und weich wurde. Und bei denen ihr ein wenig schwindelig wurde.

Sie küsste ihn von ganzem Herzen. Es war die Art von Kuss, die ihm zeigte, wie sehr sie diesen ganzen Wahnsinn hinter sich lassen wollte. Er erwiderte ihre Leidenschaft zehnfach, sodass sie sich fragte, wie sie jemals an seiner Liebe hatte zweifeln können.

Als sie sich voneinander lösten, wischte er eine frische Träne von ihrer Wange.

»Warum weinst du dann immer noch?«

»Weil ich mich so schuldig fühle, dass ich an dir gezweifelt habe. Die Infantin … ich meine, ich schätze, sie ist jetzt die Herzogin. Jedenfalls hat sie mir Zweifel in den Kopf gesetzt, und ich war dumm und müde und gestresst genug, um ihr zu glauben. Sie hat gesagt, du würdest mich im Stich lassen. Ihre Worte waren wie Gift und –« Er brachte sie mit einem Kuss zum Schweigen, der in ihrem Kopf ein Feuerwerk zündete. Als er sich schließlich von ihr löste, schien er außer Atem zu sein. Schneeflocken fielen auf ihre Haare und Schultern, aber Ondine fühlte sich durch und durch warm. »Ich wünschte, wir könnten so bleiben«, sagte sie.

»Aye, ich auch.«

Die Klänge des Orchesters aus dem Festsaal drangen nach draußen. Hamish nahm Ondines Hand, verbeugte sich darüber und sagte: »Darf ich um diesen Tanz bitten?«

Ondine kicherte und legte ihre Hand auf seine Schulter, bereit für einen brugelischen Dreischritt. Sie machten ein paar Schritte hierhin und dorthin, bevor der Schnee und der kalte Wind ihre Hände erstarren ließen. Sie schlang ihre Arme unter seinem Mantel um ihn.

»Was für ein Tanz ist das?«, fragte er.

»Man nennt ihn Schneeschlurfer.«

Hamish kicherte. »Aye, dieser Tanz gefällt mir.«

Sie schlurften und kuschelten in dem schmalen Bereich zwischen dem Lagerfeuer und der kalten Luft, während der Schnee um sie wirbelte und den nahenden Winter verkündete.

»Ich liebe dich, Ondine.«

Sie schmiegte sich an seine warme Brust und sagte: »Und ich dich auch.«

Ich hoffe, du hattest eine tolle Zeit mit Ondine und Hamish in der verrückten Welt von Brugel.

Wenn du Lust auf noch mehr seltsame Magie und Chaos hast, zusammen mit der süßesten wahren Liebe, dann lies weiter und schau dir das erste Kapitel von Buch 3, „Der Winter von Magie“, an.

DER WINTER VON MAGIE

KAPITEL EINS

DER DEZEMBER IST EIN MONAT, der Spaß macht, egal wo auf der Welt man sich befindet. Wenn man auf der Südhalbkugel lebt, hat man lange Sommertage am Strand vor sich. Wenn man auf der Nordhalbkugel ist, hüllt der Winterschnee alles in einen sanften Zauber. Überall auf der Welt gibt es Feste in Hülle und Fülle und Neujahrsfeiern. Der Dezember ist auch viel interessanter als der März, der, da sind sich alle einig, eine ziemliche Niete sein kann. Wenn der Dezember zufällig der Monat deines Namenstags ist, ist das auch ein Grund für eine gehörige Portion Aufregung. Ondine de Groot, die Heldin dieser Geschichte – und der beiden vorangegangenen –, hat im Dezember ihren Namenstag. [1]

Zwei Tage nach ihrem Namenstag wird Ondines älteste

---

1. In Brugel sind Namenstage keine Geburtstage. Sie sind weitaus wichtiger als das. Es ist der Tag, an dem man den Heiligen feiert, nach dem man benannt ist, und nicht der zufällige Tag, an dem man geboren wurde. Wenn man nicht direkt nach einem Heiligen benannt ist, bekommt man einen als zweiten Vornamen. Einer von Ondines zweiten Vornamen ist Benedicte, benannt nach der Schutzheiligen der Höhlenforschung. Benedicte ist auch die Schutzheilige gegen Hexerei, was in Anbetracht der Situationen, in denen sich Ondine befunden hat, ziemlich praktisch ist.

Schwester Marguerite ihren Verlobten, Thomas Berger, unter der zeremoniellen Ulme im botanischen Garten heiraten. Aber vor der Hochzeit – und Ondines Namenstag – muss die Familie de Groot in ihrem Familienpub, dem *The Duke and Ferret*, in der Innenstadt von Venzelemma Gäste bedienen. [2]

An diesem besonderen Samstag im Dezember war der Tag kurz und nass, die Nacht dunkel und kalt. Es regnete und graupelte, dass es ein Elend war, aber das Wetter hielt die Leute nicht davon ab, abends auszugehen. Samstagabends war im Pub immer viel los, doch im Dezember ging es geradezu hektisch zu. Das liegt daran, dass man sich in Brugel vor dem Jahresende einfach mit all seinen Freunden »treffen« muss, sonst hat man im neuen Jahr schreckliches Pech. Diese fest verankerte Tradition hat die Einführung eines »zweiten Abendessens« erforderlich gemacht, einer Mahlzeit, die zwischen dem ersten Abendessen und dem späten Abendbrot serviert wird.

Sogar das neue ostasiatische Restaurant auf der anderen Straßenseite, das *On The Fang*, war jeden Abend ausgebucht – für beide Abendessen. Ondine vermutete, dass sie irgendwie ein drittes Abendessen erfunden hatten, aber sie war so beschäftigt, dass sie keine Gelegenheit hatte, der Sache selbst auf den Grund zu gehen. [3]

Die Essenszeiten – alle von ihnen – waren so geschäftig, dass Ondine das Gefühl hatte, sich die Füße wund zu laufen. Oder genauer gesagt, die *Hände*, die dauerhaft in heißem

---

2. Venzelemma ist die Hauptstadt von Brugel, einem Land in Osteuropa, das beim Eurovision Song Contest noch keine Delle hinterlassen hat.
3. In Brugel ist Essen das neue Schwarz.

Seifenwasser versenkt waren, da sie Tag und Nacht Geschirr spülte. [4]

Der Koch Henrik und Cybelle, Ondines mittlere Schwester, arbeiteten an den Herden zusammen wie ein altes Ehepaar und wussten genau, was der andere im richtigen Augenblick brauchte. Henrik hatte einen Bauch wie ein Puddingfass, was in der Welt der Köche allgemein als Berufsrisiko galt. Er hatte zwar Haare, und Ondine versuchte sich zu erinnern, welche Farbe sie hatten. Es war schwer zu sagen, weil er immer einen hohen weißen Kochhut fest auf dem Kopf trug. Da, Ondines Vater, schenkte im Schankraum Getränke aus. Er hatte immer noch schneeweißes Haar und die dunkle, haarige Raupe einer Monobraue, die Ondine und ihre Schwestern einfach nur danach jucken ließ, sie zu zupfen.

Da hatte einen Fernseher an der Wand, um sich und die Gäste zu unterhalten. Der Bildschirm war ein 16:9-Rechteck, aber niemand wusste, wie man ihn richtig einstellte, sodass jeder auf dem Bildschirm dick und verschwommen aussah. Heute Abend liefen die Nachrichten, mit einer wundersamen Geschichte über einen Flugzeugabsturz auf einem Flughafen im benachbarten Craviç, bei dem alle das Wrack völlig unversehrt verließen. (Manche meinten, da müsse Magie im Spiel gewesen sein.)

Und Hamish? Der gut aussehende Junge mit den spitzbübischen Augen und dem dunklen Haarschopf, der ihm verlo-

4. Sie haben zwar eine Spülmaschine, die für Geschirr hervorragend ist, aber alles andere muss von Hand gespült werden. Bier wird schal, wenn Spülmittelreste im Glas verbleiben. Schales Bier mag im benachbarten Slaegal der letzte Schrei sein, aber in Brugel geht das gar nicht.

ckend in die Stirn fiel, hatte den einfachsten Job von allen. Ma hatte ihn als Kellner eingeteilt. Mit seinem schottischen Akzent, seinem frechen Lächeln und seiner grenzenlosen Energie hatte Hamish ein Händchen dafür, die Gäste zu bezaubern. Seine funkelnden grünen Augen rundeten das Gesamtpaket ab. Im Gegenzug war das Trinkgeld noch nie so großzügig gewesen. Und heutzutage verwandelte er sich kaum noch in ein Frettchen, was Ondine überglücklich machte.

Eine geschlagen aussehende Marguerite, deren langes, gewelltes Haar ihr schlaff über die Schultern hing, kam mit einem Tablett voller schmutziger Bierkrüge aus dem Schankraum in die Küche. Automatisch zog Ondine ihre Handschuhe an und füllte das Spülbecken wieder mit Spülmittel und kochend heißem Wasser.

Ma fing Margi ab. »Liebling, du bist fix und fertig. Mach eine Pause, sonst hast du bei der Hochzeit noch Ringe unter den Augen.« Ma nahm das Tablett mit den schmutzigen Gläsern und lud es zu Ondines Arbeit dazu.

»Darf ich auch eine Pause machen?«, fragte Ondine.

Ma warf ihr ein verschmitztes Grinsen zu. »Wenn die Fische auf dem Trockenen tanzen.« [5]

Marguerites weiches Kinn zitterte, als sie mit den Fingern ihre Wangen berührte. Als älteste Tochter hatte Marguerite für ihre Eltern gearbeitet, seit sie eine Schüssel Suppe tragen konnte, ohne sie zu verschütten. Heute Abend sah sie viel älter aus als ihre einundzwanzig Jahre. Lange

5. Etwas, das unglaublich unwahrscheinlich ist. Ein Fisch kann auf dem Tisch tanzen, aber die wenigsten wollen das.

Nächte und harte Arbeit machten das nun mal mit einem Menschen. Ondine fühlte sich auch erschöpft, aber niemand drängte sie, die Füße hochzulegen, nur weil sie für ihren Namenstag müde aussehen könnte.

»Ruh dich etwas aus.« Ma küsste Margi auf die Stirn. »Ich helfe Thomas und Josef an der Bar. Es wird jetzt sowieso ruhiger.«

In diesem Moment kam Thomas mit einem weiteren Tablett schmutziger Gläser herein. »Habt ihr die Nachrichten gesehen? Das Dentat ändert die Thronfolgegesetze.«[6]

Nein, Ondine hatte die Nachrichten nicht gesehen, weil sie in der Küche keinen Fernseher hatten. Ondine war zu beschäftigt gewesen, um sich den Luxus zu gönnen, sich über die brugelsche Politik auf dem Laufenden zu halten. Niemand hatte mehr eine Zeitung ins Haus gebracht, seit die Restaurantkritikerin Dee Gustation ihnen im Sommer diese vernichtende Kritik verpasst hatte.

»Wirklich?«, sagte Ma mit extra hochgezogenen Augenbrauen. »An wen geht es dann nach Herzogin Anathea?«

»Ich schätze mal, an die Töchter«, sagte Thomas mit einem Schulterzucken.

Ma sagte: »Da wird Vincent aber eine lange Nase machen.«

---

6. Auf die Gefahr hin, sich in Fußnoten zu verzetteln, bevor die Geschichte an Fahrt aufnehmen kann: In Brugel gab es in letzter Zeit gewaltige Unruhen. Herzog Pavla ist zu krank, um zu regieren, seine Frau Kerala ist für diese Krankheit verantwortlich und wird unter Hochsicherheit unter Verschluss gehalten. Infolgedessen ist die Schwester des Herzogs, die Infantin Anathea, nur zu gerne bereit, die Kontrolle zu übernehmen.

Bei der Erwähnung des Namens des jungen Lords verdrehte Ondine die Augen. [7]

Ma warf ihr einen Blick zu. »Sie können die Gesetze ändern, so viel sie wollen, für uns macht das keinen Unterschied. Denn wir werden mit diesen Leuten nichts mehr zu tun haben, nicht wahr, Ondi?«

»Nein, natürlich nicht«, sagte sie.

Das Gerede über die königliche Familie von Brugel erinnerte Ondine daran, dass sie immer noch Hausarrest hatte, weil sie sich mit Hamish davongeschlichen hatte, um für Herzog Pavla in seinem Herbstpalast zu arbeiten. Das war ausdrücklich gegen den Willen ihrer Eltern gewesen. Die Strafe, die Ma und Da ihr bei ihrer Rückkehr aufbrummten, war ebenso schnell wie schrecklich. Keine Freunde zu Besuch. Keine Partys. Keine außerschulischen Ausflüge und sie durfte auch niemanden besuchen. Nur zu Hause arbeiten und in der Schule lernen, das war alles.

Alles in allem akzeptierte sie die Strafe und machte einfach weiter. Denn Hausarrest zu haben, unterschied sich nicht groß vom normalen Leben in einem belebten Pub. Außerdem war Hamish die ganze Zeit hier im Pub, warum also hätte sie woanders sein wollen?

Das Geschirr stapelte sich immer weiter, also ging Ondine weiter ihrer Routine nach. Aus den Augenwinkeln beobachtete sie, wie Ma zurück in Richtung Gastraum ging und dann plötzlich erschrocken nach Luft schnappte.

Ihr erster Gedanke war: *Oje, was hat Hamish jetzt ange-*

---

7. Lord Vincent ist äußerlich fast so hinreißend wie Hamish, aber unter der Haut ist er durch und durch verfault.

stellt? [8]Im nächsten Moment tadelte sie sich selbst. Sie sollte mehr Vertrauen in ihn haben – nur weil Ma einen Schreck bekommen hatte, hieß das nicht, dass Hamish schuld daran war.

Stille legte sich über die Küche, als alle innehielten und Ma ansahen. Die Matriarchin der Familie stand wie angewurzelt da und starrte auf jemanden im Gastraum.

Die Stimme einer Fremden durchschnitt die Stille. Weiblich und fordernd, gebot sie mit dem Willen einer Feldmarschallin und brachte alles zum Stillstand. »Darf ich um Ihre Aufmerksamkeit bitten. Niemand verlässt den Raum.«

»Was?« Ondine streifte sich die Handschuhe ab und eilte an die Seite ihrer Mutter, um zu sehen, was los war. Ihr klappte die Kinnlade herunter. Dort im Gastraum standen fünf offiziell aussehende Personen in dunkelblauen Anzügen (drei Frauen und zwei Männer), von denen jede für alle sichtbar eine glänzende, offizielle Dienstmarke in die Höhe hielt.

Zwei Männer in Anzügen gingen in den Schankraum und blockierten damit die restlichen Ausgänge. Sie meinten es ernst; niemand kam hier raus.

Ihre Anführerin, die Frau, die den Abend in eine schreiende Stille gestürzt hatte, besaß eine Stimme, die Glas zerspringen lassen konnte. »Wir sind von der Einwanderungs- und Arbeitsbehörde. Gemäß der diese Woche im Dentat verabschiedeten Gesetzgebung sind wir hier, um die Ausweispapiere aller Anwesenden zu überprüfen und sicherzustellen, dass niemand illegal arbeitet.«

---

8. Seien wir ehrlich, Hamish zieht das Unglück magisch an.

Kaltes Grauen erfüllte Ondine, als ihr Blick auf Hamish fiel, der sich in diesem Moment mit einem Arm voller leerer Teller zur Küche umdrehte. Normalerweise würde man vielleicht ›dreckige Teller‹ sagen, aber die hungrigen Kunden hatten ihr kostenloses weiches Brot benutzt, um auch den letzten Rest der Soße aufzutunken. Es musste wohl das kalte Wetter sein, das die Leute besonders hungrig machte, denn in letzter Zeit schickten die Gäste ihre Teller sauber geleckt zurück.[9]

Hamish zwinkerte Ondine zu, als er auf sie zuging. Er war noch im Gastraum, sie noch in der Küche, aber er verringerte den Abstand zwischen ihnen. Fröhliche Harfenmusik spielte in ihrem Kopf, als sie ihren wunderbaren, hinreißenden, charmanten – und ein klitzekleines bisschen unartigen – Freund ansah. Oje. Die unsichtbaren Harfen gaben einen Misstön von sich, als die Realität eindrang. In dem Moment, in dem Hamish den Mund aufmachen würde, würden die Inspektoren der Einwanderungsbehörde wissen, dass er nicht von hier war. Die leitende Inspektorin entdeckte Hamish, wie er sich der Küche näherte.

»Sie da, haben Sie Ihre Arbeitserlaubnis?«

Die Angst um ihren Geliebten fesselte Ondine an Ort und Stelle. In Gedanken schickte sie ihm ihre Botschaft, als ob sie ihn allein durch die Kraft ihres Willens beschützen könnte. *Lauf einfach weiter. Sag kein Wort.* Nicht, dass sie irgend-

---

9. Im benachbarten Slaegal sind Brötchen auf dem Tisch nicht gratis. Sie sind auch nicht besonders genießbar. Sie eignen sich jedoch sehr gut, um ein wackeliges Tischbein zu stabilisieren.

welche nennenswerten übersinnlichen Kräfte besäße, aber der Wille war da.

Hinter sich hörte sie, wie jemand zum Telefon griff, eine Nummer wählte und dann in den Hörer murmelte. Es war Henrik, der Koch, der Dinge sagte wie »Warnung«, »Einwanderungsbehörde« und »raus da«. Die gepresste Stimme am anderen Ende erwiderte: »zu spät«.

»Worum geht es hier eigentlich?«, fragte Ma und betrat den Gastraum, um für Ablenkung zu sorgen. Hoffnung keimte auf. Ma hatte die magische Fähigkeit, immer im richtigen Moment einzugreifen. Doch ihre Hoffnungen schwanden, als die leitende Inspektorin Ma keine Beachtung schenkte, nach vorne stürmte und Hamish die Hand auf die Schulter legte.

Hamishs Augen wurden rund wie Golfbälle. Ondines Mund wurde vor Angst trocken.

»Zeigen Sie mir Ihre Arbeitserlaubnis«, sagte die Frau.

Jeder einzelne Gast starrte Hamish an und hielt den Atem an. Man hätte ein Messer und eine Gabel fallen hören können – was auch prompt geschah. Die Teller in Hamishs Händen wackelten und Besteck rutschte mit einem Klirren auf den Boden. Eine Bewegung erfasste Ondines Blickfeld und sie schaute zu den vorderen Fenstern des Pubs. Dort, auf der anderen Straßenseite, rannten Leute aus dem *Fang's*. Einige von ihnen sahen aus wie Gäste. Zwei trugen Schürzen, was bedeutete, dass auch Angestellte die Flucht ergriffen.

»Sagen Sie mir Ihren Namen und woher Sie kommen. Sie sehen für mich wie ein Slaegalese aus«, sagte die Inspektorin.

Still flehte Ondine: *Ich weiß, du magst keine Autoritäten, aber Hamish, bitte bleib ruhig und –*

»Ich bin Schotte, du Penner.«

– Bei den Jupitermonden! Warum hast du den Mund aufgemacht?

Die Inspektorin sagte: »Nah genug dran. Sie kommen mit uns.«

»Nein!« Ondine stürmte in den Gastraum, ohne einen Gedanken daran zu verschwenden, was sie tun oder sagen sollte, wenn sie dort ankam. Auf keinen Fall würden sie und Hamish wieder getrennt werden, nicht nach allem, was sie durchgemacht hatten. Hamish ließ den Rest seiner Teller in einer Reihe von schrillen Klirren und Krachen fallen. Im nächsten halben Augenblick löste er sich ins Nichts auf und hinterließ nur einen Haufen Second-Hand-Kleidung auf dem Boden. Die Hand der Inspektorin griff ins Leere, ihre Augen waren vor Erstaunen geweitet. Wie ein Mann schnappte jeder Gast im Restaurant nach Luft und starrte auf die Stelle, an der Hamish gerade noch gewesen war.

Ondine nutzte die Verwirrung und schrie die Inspektorin an. »Was haben Sie mit ihm gemacht?« Sie bückte sich, um den Stoff aufzuheben, und hoffte gegen jede Hoffnung, dass er sich irgendwo darin befinden würde. Und hoffte auch, ihn nicht mit den herumliegenden Scherben zu verletzen.

Ein Tumult brach aus, als alle durcheinanderredeten.

»– weg.«

»– war doch gerade noch da.«

»– was ist in diesem Plütz?« [10]

---

10. Ein hinreißend irrsinniges Getränk aus beschwipsten Pfirsichen. Der

»– lassen sie uns hier raus?«

»– hab dir doch gesagt, wir hätten zum ersten Abendessen kommen sollen.«

Ma trat vor und sagte: »Bitte, Ondine, du machst eine Szene. Räum das Durcheinander auf und geh wieder an die Arbeit.« Für alle anderen klang sie wie eine verärgerte Mutter. Aber für Ondine war Ma eine lebensrettende Ablenkung.

»Ja, Ma«, sagte sie und trug das Bündel vorsichtig weg. Die Kleidung fühlte sich warm an und roch nach warmem Abendessen und Hamish. Etwas kratzte an ihrem Handgelenk. Es könnte eine Scherbe von einem Teller sein, aber sie traute sich nicht hinzusehen. Sie ging weiter und fragte sich jeden Moment, ob einer der Inspektoren sie packen und zurück ins Esszimmer schleifen würde. Mit pochendem Herzen raste sie durch die Küche und joggte die Treppe hinauf zu dem Zimmer, das sie sich nun mit Cybelle teilte – sie hatten Ondines Zimmer für Thomas' Eltern hergerichtet, damit diese nach dem Hochzeitsempfang einen Ort zum Ausruhen hatten.

Sie trat die Tür hinter sich zu und wagte es wieder zu atmen. Ihr Herz hämmerte gegen die Rippen, als sie das Kleiderbündel auf ihr Bett legte. Dort, mitten in allem, begann sich ein Klumpen zu bewegen. Dann lugte der Klumpen aus dem Kragen eines Hemdes hervor und enthüllte das Gesicht eines schnauzbärtigen, schwarzen Frettchens.

Konsument spürt in den ersten Minuten keine negativen Auswirkungen, doch wenn er dann aufsteht, stellt er fest, dass seine Knie nicht mehr funktionieren.

Das Frettchen blickte auf und grinste. »Na, hast du mich vermisst?«

ÜBER DEN AUTOR

Ebony McKenna wohnt mit ihrem Mann, ihrem Sohn und ihrer faulen Katze in Melbourne, Australien.

Sie ist total süchtig nach Gartenarbeit und versucht immer wieder, Sackkartoffeln anzubauen. Das ist eigentlich total unnötig, weil es ja Supermärkte gibt.

Sie schreibt auch historische Liebesromane unter dem Namen Ebony Oaten.

www.ebonyoaten.link

facebook.com/EbonyOaten

threads.com/@ebony_mckenna

BÜCHER VON EBONY MCKENNA

Die Ondine-Romane

Der Sommer von Shambles

Der Herbstpalast

Der Winter der Magie

Die Frühling Revolution

Eine Fundgrube an Märchen aus Brugel

Das Mädchen und der Geist

(RuBY* preisgekrönt Buch!)

*Romantisches Buch des Jahres

BÜCHER VON EBONY OATEN

Unpassende Verehrer

Süße romantische Kurzgeschichten aus der Regency-Zeit

Bertha's Weihnachts-Marquis

Ein Graf zu Weihnachten

Der stahl Wille von Fraüleine Remington zu Weihnachten

Ein Verehrer für Miss Penhurst

Ihre weihnachtliche Versuchung

Die Ehe ist ihr Hobby

Regency-Tollereien

Heiße romantische Kurzgeschichten aus der Regency-Zeit

Wochenende bei Baron E

Leg dich mit dem Herzog an und finde es heraus

Küsse für einen eiskalten Halunken

Eine Rose mit vielen Dornen

Auf dem Weg nach oben

Geschäftsrisiken

DIE DAMEN DES BUCHLADENS

Buch 1: *Estelles glühender Verehrer*

Buch 2: *Maries Gentleman zum Fest*

Buch 3: *Louises Weihnachtsheld*

Buch 4: *Bernadettes charmanter Doktor*

Buch 5: *Matthews aufgeschlossene Witwe*

www.ingramcontent.com/pod-product-compliance
Lightning Source LLC
LaVergne TN
LVHW101937220826
846093LV00006B/42

* 9 7 8 1 9 2 3 7 3 5 1 0 1 *